DARK PLACES

Jake Hinkson

Verdorrtes Land

Aus dem Amerikanischen von Jürgen Bürger
Herausgegeben von Jürgen Ruckh

Polar Verlag

Originaltitel: Dry County
Copyright: 2019 by Jake Hinkson

Deutsche Erstausgabe, 1. Auflage 2021
Aus dem Amerikanischen von Jürgen Bürger
Mit einem Nachwort von Günther Grosser

www.polar-verlag.de

Redaktion: Eva Weigl und Andreas März
Umschlaggestaltung: Britta Kuhlmann
Coverfoto: Wirestock/Adobe Stock
Autorenfoto: Michelle Graves 2015
Satz/Layout: Martina Stolzmann
Gesetzt aus Adobe Garamond PostScript, InDesign
Druck und Bindung: Nørhaven, Agerlandsvej 3, 8800 Viborg, DK
Printed in Denmark 2021

ISBN: 978-3-948392-36-9

Für meinen Freund
Oliver Gallmeister

Der Himmel gehört Gott
aber Er begehrt die Erde.
Anne Sexton

Teil 1

Samstagmorgen

1
Richard Weatherford

Kurz vor Tagesanbruch vibriert das Handy auf meinem Nachttisch. Zuerst befürchte ich, dass einem Mitglied meiner Gemeinde etwas zugestoßen sei. Mehr als nur einmal bin ich von schlechten Nachrichten geweckt worden, wie einem Autounfall draußen auf dem Highway oder einer durch einen Wohnungsbrand obdachlos gewordenen Familie oder jemand, der von einer Krebsdiagnose erschüttert worden war. Ich brauche immer nur einen Moment, mir den Schlaf aus den Augen zu reiben und mich für jede dieser Krisen zu stählen, doch als ich den blau leuchtenden Bildschirm ans Gesicht hebe und Garys Nummer sehe, fluche ich beinahe. Ich schlüpfe mit dem zuckenden Telefon in der Hand unter den Laken heraus und schaffe es hinüber ins Bad, ohne meine Frau zu wecken.

»Kannst du reden?«, fragt er.

Meine nackten Füße tappen über den kalten Boden, als ich vorbei an den Zimmern, in denen meine Kinder schlafen, den Flur hinunterhaste. Auf der Treppe nehme ich zwei Stufen auf einmal. Sicher unten angekommen, gehe ich in die Küche und flüstere: »Es ist vier Uhr morgens!«

»Fünf«, korrigiert er. »Eher fünf.«

Ich werfe einen Blick auf die Digitalanzeige der Mikrowelle. 4:56.

Ich möchte ihn anbrüllen, was aber nicht geht, also wird es eher so etwas wie ein ersticktes, wütendes Krächzen. »Ich liege mit meiner Frau im Bett.«

»Redest du aus dem Bett mit mir?«

»Nein. Ich bin aufgestanden und runtergegangen, als mein Handy anfing zu vibrieren.«

Obwohl ich versuche, leise zu sprechen, hallt meine Stimme durch die großen, leeren Räume meines Hauses. Mir gefiel schon immer, dass unsere riesige Küche in das Esszimmer übergeht, das wiederum ins Wohnzimmer führt, welches sich fast über die gesamte Vorderseite des Hauses erstreckt. Jetzt jedoch scheint all dieser Raum mein Flüstern zu einer Stadiondurchsage zu verstärken.

Ich eile den Flur hinunter zur Tür in den Keller.

Er sagt: »Du solltest dich doch gestern mit mir treffen.«

Ich schließe leise die Tür hinter mir. »Und du meinst, es wäre wirklich klug, mich in aller Herrgottsfrühe zu Hause anzurufen?«

»Hat Penny das Telefon klingeln gehört?«

»Nimm ihren Namen nicht in den Mund.«

Ich stampfe die Holzstufen der Kellertreppe hinunter und gehe auf dem Betonboden zwischen der Hantelbank der Jungs und verstaubten Kartons voller altem Krempelkram, die an der Wand aufgestapelt sind, auf und ab.

»Kapiert?«, sage ich. »Du nimmst ihren Namen nicht in den Mund.«

»Gereizt, ja?«, sagt er. »Was, wenn ich jetzt einfach auflege? Was dann?«

Ich lehne mich an einen Karton mit der Aufschrift *Weihnachtsschmuck* in Pennys mustergültiger Handschrift. Ich sage: »Nein. Mach das bitte nicht.«

»Wir müssen reden«, sagt er. »Heute noch.«

Ich hole tief Luft und denke: *Das geschieht mir recht. Das geschieht einem Narren recht.*

»Ich werde mich heute kaum freimachen können. Es ist die Jahreszeit, in der ich am meisten um die Ohren habe. Ich muss mich um Dinge kümmern. Eine ganze Menge Dinge. Ich kann nicht einfach so die Stadt verlassen.«

»Dann treffen wir uns eben in der Stadt.«

»Gary, nein.«

»Wir werden nur reden. Und es muss auch keine lange Unterhaltung werden. Aber es muss heute sein. Das ist mein Ernst. Und da lasse ich auch nicht mit mir verhandeln.«

Ich atme tief durch. »Wo sollen wir uns treffen?«

»In deinem Büro.«

»Wir treffen uns auf keinen Fall in der Kirche. Sei nicht albern.«

»Pass auf, was du sagst, Richard.«

»Ich wollte nicht … Hör zu, es tut mir leid. Ich sage doch nur, denk mal drüber nach. Es ist der mit Abstand schlechteste Ort für ein Treffen. Den ganzen Tag über werden dort Leute kommen und gehen.«

»An einem Samstag?«

»Morgen ist Ostern. Wir sind mit den letzten Vorbereitungen für das Passionsspiel beschäftigt. Musiker, Darsteller, die Leute für Ton und Licht. Die Damen des Frauenkreises werden ein und aus gehen, helfen, letzte Hand anzulegen.«

»Na schön. Dann eben hinter der Schule.«

»Du meinst die Senke dort?«

»Ja.«

»Aber wenn uns dort jemand zusammen sieht, wird das doch nur die Aufmerksamkeit auf uns lenken. Du weißt, was ich meine?«

»Hey, es ist deine Entscheidung. Wir können uns in aller Öffentlichkeit treffen und versuchen, nicht groß aufzufallen, oder wir treffen uns heimlich und versuchen, nicht erwischt zu werden. Du entscheidest.«

Ich reibe mein Gesicht. »Also hinter der Schule.«

»Wann kannst du kommen?«

»Je früher, desto besser. In einer Stunde, wie wär's damit?«

»Ja.«

»Okay.«

»Richard?«

»Was?«

»Wenn du heute nicht aufkreuzt, werden wir zur nächsten Phase übergehen, die mit den Konsequenzen.«

Ich stehe da in meiner Schlafanzughose, einem alten T-Shirt, unter meinen Füßen der kalte Betonboden des Kellers, und ich habe unfassbare Angst angesichts der Gefahr, die dieser Junge für mich darstellt, aber dennoch klinge ich ungehalten, als ich antworte: »Ich werde da sein.«

•••

Ich steige die Holzstufen hoch, meine Füße sind gefühllos und schmutzig. Ich gehe ins Obergeschoss und versuche, mich so leise wie nur möglich wieder in unser Schlafzimmer zu schleichen.

Während meiner Abwesenheit haben die ersten zarten Andeutungen der aufgehenden Sonne den Himmel draußen vor unserem Fenster zu einem dunstigen Grau aufgehellt. Penny dreht sich um und sieht mich an.

»Was ist?«, fragt sie.

In unser warmes Bett zurückkehrend sage ich zu ihr: »Terry Baltimore.«

Ich staune, wie leicht mir diese Lüge über die Lippen kommt, nicht nur wegen ihrer Schnelligkeit, sondern auch wegen ihrer Vollkommenheit. Terry Baltimore ist ein zerbrochener Überrest von einem Menschen, alles, was nach einem im Vollrausch vergeudeten Leben bleibt. Er ist einer jener Menschen, wie sie sporadisch in Kirchen auftauchen. Zwar hat er die Worte gelernt, die er sagen muss – so erklärt er mir, sein ruiniertes Leben in die Hand Christi gelegt zu haben und von nun an nur noch auf dem Pfad der Tugend wandeln zu wollen –, aber der Gestank haftet ihm immer noch an. Es ist nicht nur der Gestank von Alkohol, sondern vielmehr der Gestank der Niederlage. Ich glaube daran, dass Christus einen jeden erlösen kann, aber schon vor langer Zeit habe ich erfahren, dass er nicht jeden erlösen wird. Für die Terry Baltimores der Welt ist Jesus Christus nur ein weiteres Geschäft. Das weiß ich und ertrage es, weil es mein Job ist. Mein Job besteht nicht darin, Terry Baltimore zu retten; mein Job ist es, das Lied der Erlösung zu singen, bis Terry Baltimore sich endlich entschließt, weiterzuziehen. Das tun sie immer. Nachdem sie den guten Willen und die verfügbare Nächstenliebe einiger unserer älteren und gutgläubigeren Gemeindemitglieder aufgebraucht haben, verschwinden die Terry Baltimores immer ohne ein weiteres Wort, ohne die geringste Spur und man hört nie mehr von ihnen.

»Es ist fünf Uhr morgens«, informiert mich Penny.

»Ich weiß. Ich nehme an, Terry hatte eine lange Nacht.«

»Bäh.«

Und wieder beeindruckt mich die Perfektion meiner Lüge. Penny besitzt ein gutes Herz und ihr Glaube ist echt, aber ihr christliches Pflichtgefühl entfernt sich nie sehr weit von ihrer eigenen Komfortzone. Sie unterrichtet gern Drittklässler in der Sonntagsschule und speist mit den Damen zu Mittag, weil sie dort vorbeten kann. Sie ist niemand, der in der schmuddeligen, kaputten Welt der Terry Baltimores verweilt, Glaube hin oder her. Von all unseren Gemeindemitgliedern ist

Terry derjenige, von dem sie am ehesten das Schlimmste denkt und mit dem sie höchstwahrscheinlich niemals darüber sprechen würde. Er ist die perfekte Ausrede.

»Nun«, sagt sie, »was wollte er von dir?«

»Er will sich mit mir treffen, will mit mir beten. Ich nehme an, er befindet sich in einer Glaubenskrise.«

»Wann?«

»Jetzt.«

»Jetzt? Es ist …«

»Ich weiß, wie viel Uhr es ist, Liebes.«

»Und ausgerechnet am Samstag vor Ostern!«

»Ich habe ihn darauf aufmerksam gemacht, ja.«

»Ich wette, das hast du nicht getan. Weswegen will er denn beten?«

Ich zucke mit den Achseln.

Sie fragt: »Wirst du gehen?«

Ich drehe mich ihr zu. Es ist komisch, aber ich bin tatsächlich enttäuscht über ihren Mangel an Nächstenliebe. »Findest du nicht, dass ich sollte? Glaubst du im Grunde deines Herzens, der Herr möchte, dass ich hier im Bett liege, während ein Mann, der mich um Hilfe bittend angerufen hat, auf der anderen Seite der Stadt leidet?«

Sie schließt die Arme um ihr Seitenschläferkissen und schließt die Augen.

»Ich fahre rüber und …«, sage ich zu ihr, »sehe, was ich tun kann. Dann komme ich zurück. Eine Stunde, max.«

»Okay«, sagt sie. »Versuch bitte einfach nur, deine Kinder nicht aufzuwecken. Die Kleinen werden sofort über mich herfallen, sobald sie die Augen aufgeschlagen haben.«

Ich gebe ihr einen Kuss auf die Stirn und gehe ins Bad. Am liebsten hätte ich mir nur kurz was übergezogen und wäre sofort aufgebrochen, aber ich sollte alles so normal wie möglich aussehen lassen. Ich sollte mich fertig machen und verhalten, als wäre alles völlig normal, und das bedeutet, meine gewohnten morgendlichen Abläufe einzuhalten.

Das Wasser der Dusche laufen lassen, bis es heiß ist, ausziehen und in die Duschtasse treten. Das heiße Wasser peitscht meine Haut, vertreibt noch den letzten Rest an verbliebener Trägheit. Ich seife mich ein. Ich reinige meinen Körper, aber als ich das Wasser abstelle und aus der Dusche trete, meine dampfende Haut noch tropfnass, entweicht meiner Kehle unbeabsichtigt ein Stöhnen.

Herr, es tut mir so leid.

Bitte, steh mir bei.

Bitte, mach, dass er geht.

Ich schlinge mir ein Handtuch um die Hüfte und rasiere mich über dem Waschbecken. Mein Haar klebt mir am Schädel, betont so meine markanten Züge. Ich bin auf eine improvisierte Art attraktiv. Aus der richtigen Perspektive fotografiert – wie auf dem Mitarbeiter-Foto auf der Website unserer Kirche –, bin ich ein gut aussehender Mann. Aus der falschen Perspektive jedoch wirkt meine Attraktivität wie aus Einzelteilen zusammengestückelt. Die Ohren stehen ein wenig ab, meine Nase wirkt unproportioniert zu meinen Wangen, und die Lippen scheinen mein Kinn zu erdrücken.

Genau so sieht es an diesem Morgen für mich aus, weniger wie ein von Gott erschaffenes Gesicht, sondern mehr wie eine Art genetischer Unfall.

Ich schüttle den Kopf. Der Spiegel ist der schnellste Weg fort von Gott.

•••

Als ich aufbreche, um mich mit Gary zu treffen, sickert das erste Sonnenlicht durch die Bäume am Rand meines Gartens, und meine Wohngegend erwacht gähnend und sich reckend. Ich setze den Odyssey aus der Einfahrt zurück und winke Mr. Newman zu, der nebenan gerade seine Zeitung vom Rasen hereinholt.

Er winkt zurück, zeigt dann auf das Schild in seinem Garten: KONTRA – VAN BUREN COUNTY MUSS TROCKEN BLEIBEN.

Ich selbst habe natürlich das gleiche Schild. Wir heben beide den Daumen.

Ein Stück die Straße hinunter packt Carrie Close ihre Kinder in den Kombi. Ihr Sohn Allen hat samstags Schwimmunterricht in Little Rock, und sie muss früh aufbrechen, um rechtzeitig dort zu sein. Carrie scheint Allen und seine jüngeren Schwestern schroff anzufahren, als sie die Hecktür zuschlägt, aber sobald sie mich sieht, lächelt sie und winkt.

Am Ende der Straße biege ich auf die School Hill Road ein. Während ich den Hügel hinauffahre, komme ich an einem großen roten Laster vorbei, aus dem laute Musik schallt. Wahrscheinlich Country, vermute ich, obwohl man es vor fünfundzwanzig Jahren, als ich auf der Highschool war, unter Rock eingeordnet hätte. Wie auch immer, für einen frühen Samstagmorgen war es viel zu laut.

Die School Hill Road führt an der Highschool vorbei. Den Hügel hinunter, vorbei an den Gebäuden der Mittel- und Grundschule, geht der Asphalt in eine Schotterstraße über, die am Rodeoplatz entlangführt – einem weitläufigen Weidegelände, flankiert von einfachen Tribünen, mit einem Häuschen für den Ansager in der Mitte. Ein Stück weiter, bevor die Straße den Baseballplatz erreicht, biege ich rechts über ein offenes grünes Feld auf die Bäume zu ab.

Ich bin nicht in Stock aufgewachsen, weswegen ich alle Ecken und Enden der Stadt nicht als Kind kennengelernt habe. Penny und ich haben jedoch hier unsere Kinder großgezogen, seit ich vor zehn Jahren zum Pastor dieser Kirche berufen wurde. Obwohl die Älteren, alle inzwischen im Collegealter, auf die Welt kamen, als wir noch in North Carolina lebten, sind sie in Arkansas volljährig geworden. Die Kleinen sind hier geboren und haben nie etwas anderes kennengelernt. Folglich sind meine Kinder hier einheimisch, wohingegen ich mich in mancher Hinsicht wie ein Einwanderer fühle, der gerade erst frisch eingetroffen ist. Die

Kids haben mir die Sprache beigebracht, haben mich mit den Landessitten vertraut gemacht. Außerdem haben sie mich über den Klatsch und Tratsch, den sie mit nach Hause gebracht haben, so manches gelehrt. Und eines der Dinge, von denen ich weiß, ist die versteckte Senke in der Nähe der Bäume zwischen dem Rodeoplatz und dem Baseballfeld.

Von der Schotterstraße aus sieht das Gelände völlig normal aus, lediglich ein grasbewachsener Hang, der zur Waldgrenze hin ansteigt. Wenn man allerdings von der Straße abbiegt und auf die Bäume zufährt, stellt man fest, dass das Gelände nach einem kurzen Anstieg jäh in eine weiträumige Senke abfällt, die von der Straße aus nicht einzusehen ist. Hierhin, so erzählt man mir, kommen die verdorbenen Kids, um zu trinken.

Ich halte am Rand des abgewetzten Erdkraters. Die Überreste eines Lagerfeuers im verkohlten Zentrum der Senke wirken wie der Einschlagpunkt einer Bombe. Ich steige aus dem Minivan und stapfe über die lockere Erde hinunter zu diesem vernarbten, geschwärzten Boden. Leere, verbeulte Bierdosen. Eine zerbrochene Flasche. Zigarettenkippen.

»Guten Morgen, Bruder Weatherford«, sagt Gary, als er zwischen den Bäumen hervortritt, die Hände in den Taschen seiner dunklen Jeans.

Ich suche den oberen Rand der Senke mit den Augen ab.

»Niemand in der Nähe«, sagt er. Er schlittert die

lockere Kraterwand hinunter und bleibt auf der anderen Seite der Asche stehen. »So früh kommen die Kids nicht hierher und demzufolge auch nicht die Cops.«

Sein schmales Gesicht ist blass, er trägt einen dunklen Anorak über einem schwarzen T-Shirt mit dem Namen irgendeiner Band darauf. Er hat das College abgebrochen, aber im diffusen Morgenlicht sieht er beinahe zu jung aus, um schon auf einer Universität gewesen zu sein. Sein Anblick verursacht bei mir eine leichte Übelkeit.

»Du weißt, dass du mich nicht anrufen darfst«, sage ich. »Was hast du dir dabei gedacht?«

»Ich habe daran gedacht, wie ich den ganzen Weg raus nach Petit Jean gefahren bin und eine Stunde lang auf dich gewartet habe.«

»Ich habe doch gesagt, dass ich viel zu tun hatte. Meine Kinder sind zu Ostern alle in der Stadt.«

»Versteck dich nicht hinter deinen Kindern«, sagt er. »Das ist so mies.«

Ich werde rot. »Ich bin ja jetzt hier.«

»Dann kommen wir zur Sache. Wo ist mein Geld?«

»*Dein* Geld? Du meinst wohl, *mein* Geld.«

»Das du mir geben würdest, wie du gesagt hast.«

»Ich sagte, ich würde drüber nachdenken.«

»Warum machst du das mit mir, Richard?«

»Was mache ich mit dir?«

»Du zwingst mich, dir wehzutun. Das will ich aber gar nicht. So bin ich nicht.«

»Ach ja? Du erpresst mich also nicht?«

Er starrt mich mit der Art von Enttäuschung an, die ich manchmal auch meinen Kindern gegenüber an den Tag lege. Niemand sonst in meinem Leben, nicht einmal Penny, betrachtet mich mit solch einer unverhohlenen Herablassung. Ich hasse mich dafür, dass ich ihm diese Macht über mich verleihe.

Er sagt: »Wir haben uns doch darauf verständigt, dass es das Beste wäre, wenn ich meiner Wege gehe, aus diesem Drecksloch verschwinde und woanders noch mal ganz von vorne anfange. Verdammt, das war deine Idee.«

»Ich habe doch nur gesagt …«

Er schiebt meine Verteidigung mit einer wegwerfenden Handbewegung beiseite. »Ich will nur das, was du mir versprochen hast. Wenn du hier stehen und mit mir diskutieren willst, können wir das auch sehr gern machen, aber mit jeder verstreichenden Sekunde wächst das Risiko, dass uns jemand zusammen sieht.«

Ich sehe zum oberen Rand der Senke hinauf, nackte Erde vor dem Hintergrund eines eisblauen Himmels.

»Siehst du?«, sagt Gary. »Genau darum geht's hier doch. Du möchtest nicht zusammen mit mir gesehen werden. Nie. Du möchtest nicht, dass Leute von uns erfahren. Niemals. Du hast von mir bekommen, was du haben wolltest, und jetzt willst du, dass ich einfach verdunste. Aber das wird nicht passieren, sofern du mir keine dreißigtausend Dollar gibst. Hast du das verstanden? Ich erpresse dich nicht. Du bezahlst mich dafür, dass ich mich verziehe und so tue, als würde ich dich nicht kennen. Es geht um das, was *du* von *mir* erwartest. Nur werde ich das nicht für umsonst machen.«

Ich reibe meine Augen. »Woher soll ich denn dreißigtausend Dollar nehmen?«

»Du bist doch derjenige, der mir dauernd erzählt, wie erfolgreich er ist. Du kannst das besorgen.«

»Aber nicht einfach so, nicht, ohne dass es jemand merkt. Ich habe nicht einfach so dreißig Riesen in einer Schublade herumliegen.«

»Tja, irgendwo wirst du es wohl auftreiben müssen«, sagt er so ruhig, als würde er einem Kind erklären, es solle sein Zimmer aufräumen. »Ich hab keine Lust mehr zu warten.« Er richtet seine Aufmerksamkeit wieder auf den kleinen Hügel kalter Asche und geschwärzter Bierdosen. »Wenn du mir nicht unter die Arme greifst, werde ich wohl in der Stadt bleiben und die Wahrheit sagen müssen.«

»Willst du wirklich im Zentrum eines Kleinstadtskandals stehen?«

Lächelnd schüttelt er den Kopf und kickt etwas Erde auf die Asche. »Die Landeier hier beschimpfen mich schon seit der fünften Klasse als Schwuchtel, Richard. Die werden nur sagen, ›Wir wussten es doch!‹. Du bist hier derjenige mit dem guten Ruf, der ihm wie eine Schlinge um den Hals hängt.«

In dem Versuch, zuversichtlich zu klingen, versuche ich es mit der einzigen Sache, die mir noch geblieben ist. Ich sage: »Dann stünde mein Wort gegen deines. Die Leute würden mir glauben.«

»Klar, manche bestimmt. Aber ganz ehrlich, wie viele Leute müssten mir denn glauben, bis es deinen guten Namen bei allen beschädigt? Zehn? Fünf? Einer?« Gary stößt mit der Spitze seines Stiefels eine zerbrochene Flasche an. »Wirklich, Penny würde doch schon reichen.«

Am liebsten würde ich durch die Asche stampfen und ihn packen, sein T-Shirt mit der Faust zusammenknüllen und ihn so fest schlagen, wie ich nur kann. Aber ich kann mich nicht bewegen.

»Was hast du da gerade gesagt?«, ist alles, was ich herausbekomme.

Er dreht mir das Gesicht zu, seine Miene beinahe mitleidig. Als wäre er der vernünftigste Mensch auf der ganzen Welt, sagt er: »Es liegt allein an dir, Richard. Wenn du mir das Geld gibst, werde ich gehen. Ich werde einfach verschwinden. Und dann kannst du wieder ein ganz normales Leben führen. Ist es nicht das, was du willst?«

In meinem Kopf summt es, und ich muss die Augen schließen, um nicht das Gleichgewicht zu verlieren. »Ich bringe dich um, wenn du meiner Familie zu nahe kommst …«, sage ich.

Die Drohung berührt ihn nicht im Geringsten. Er sagt einfach: »Es wäre erheblich einfacher, mir zu helfen, die Stadt zu verlassen.«

Als ich die Augen wieder öffne, sind sie nass. Mein Mund ist trocken. In meinen Ohren klingelt es. Es ist, als hätte er mir eine Ohrfeige gegeben.

Auf seinem Gesicht befinden sich dunkelrote Flecken, und seine schmächtige Brust hebt und senkt sich unter seinem Shirt, aber seine Augen sind so ausdruckslos wie die eines Amokschützen in einer Schule.

Er ist nicht einfach nur ein Junge. Er kann das wirklich tun. Er weiß, was er sagen muss, und er weiß auch, zu wem er es sagen muss.

»Alles klar, der Herr verfluche dich«, sage ich und missbrauche den Namen des Herrn zum ersten Mal seit Jahren. »Ich besorge dir dein Geld.«

2
Brian Harten

Die verfickte Autoalarmanlage weckt mich. Ich hab das Ding schon immer gehasst. Roxie hat sie mal als Geburtstagsgeschenk einbauen lassen. »Wer sollte in Stock schon mein Auto klauen?«, hab ich sie gefragt. Sie hat geantwortet, ich wär ein undankbares Arschloch.

Schön und gut. Jetzt ist Roxie weg, aber die Alarmanlage hab ich immer noch.

Was heute Morgen aber ganz in Ordnung ist, denke ich. Die Alarmanlage schmettert vor sich hin, während ich meinen Arsch aus dem Bett wuchte – nackt bis auf meine Boxershorts – und die Jalousie hochziehe.

Auf dem Parkplatz des Wohnblocks verladen zwei Typen gerade meine Karre auf einen großen weißen Abschleppwagen. Irgendwie schaltet einer von denen die Alarmanlage meines Autos aus. Ich weiß nicht genau, wie er das anstellt, aber das Gekreische hört einfach auf.

Ich renne zur Tür und reiße sie auf. »Hey!«, brülle ich den Kerl an, der die Hebevorrichtung des Lasters bedient.

Er ist so gewaltig wie der Abschleppwagen. Hat einen großen kahlen Schädel so weiß wie die Sonne. Er wirft mir einen irgendwie schrägen Seitenblick zu, macht sich aber weiter an seinen Hebeln zu schaffen.

Der andere Typ kommt um den Truck herum. Erinnert irgendwie an eine Ratte mit seinem winzigen Mund und den vergammelten Frontzähnen, die wie kleine Beilköpfe aussehen.

Er sagt: »Sichergestellt, Mann.«

»Leck mich. Lasst meine Karre wieder runter.«

Er hält ein Blatt Papier hoch. »Sind Sie Brian Harten?«

»Ja.«

»Ist das Ihr Fahrzeug?«

»Ja.«

»Wurde sichergestellt, Mann.«

Ich nehme das Blatt, wische mir damit den Hintern ab und werfe es auf den Boden.

»Was halten Sie davon?«, sage ich.

»Hey, Mann, ich hab noch nicht gefrühstückt«, sagt die Ratte.

Der große Kerl sagt: »Hab dir doch bei McDonald's gesagt, du sollst auch was nehmen.«

Die Ratte wendet sich ihm zu. »Und ich hab dir gesagt, ich bin weg von den Tieren. Endgültig.«

»Hättest ja ein Brötchen mit Ei und Käse nehmen können.«

»Tiere *und* tierische Produkte, Mann. Ich bin weg davon.«

»In dieser Stadt kannst du nicht Veganer sein«, meint der große Kerl.

»Scheiße auch, und ob ich kann.«

»Was willst du denn machen? Willst du dich von Nüssen und Beeren und so Scheiße ernähren?«

»Lasst meine verkackte Karre wieder runter!«, brülle ich. Ich mache einen Schritt auf den kleinen Kerl zu.

»Mo-ment, Alter-in-Boxershorts«, sagt er, »mal schnell einen Schritt zurück. Wenn du wen anbrüllen willst, dann häng dich ans Telefon und brüll deine Gläubiger an. Wir können dir nicht helfen.« Er wendet sich dem großen Kerl zu. »Und du, Alter – du weißt ja nicht mal, wovon du laberst. Hast du das Buch gelesen, das ich dir gegeben hab?«

»Ich lese kein verschissenes Buch, Mann. Ich hab keine Bücher gelesen, als die uns *gezwungen* haben, Bücher zu lesen. Und *wenn* ich ein Buch lesen würde, dann ganz bestimmt keins über verfickte Veganer und so Scheiße.«

»Über Tiere, Mann.«

»Scheiß auf die Tiere, Mann.«

»Ich kann euch Jungs Geld geben«, sage ich. »Jeder kriegt einen Zwanni. Sagt denen einfach, ihr hättet mich nicht gefunden.«

»Nicht drin, Alter.«

»Dreißig Mäuse für jeden.«

»Nee. Sorry. Du solltest anrufen, wen immer du anrufen musst. Wir müssen die Karre mitnehmen.«

Ich ramme einen Finger in die magere Schulter der Ratte. »Du hörst nicht zu, Arschloch. Ich brauche die Karre.«

Er dreht sich zu mir um und schiebt sein kleines Gesicht dicht vor meine Nase, wobei seine hässlichen Zähne unter seiner Oberlippe hervorragen. »Fass mich nicht noch mal an. Eine zweite Warnung gibt's nicht.«

Ich trete einen Schritt zurück und hole aus. Weiß selbst nicht, warum. Gottverdammt blöd. Ich bin hier draußen, nur eine Boxershorts zwischen meinem Schwanz und der ganzen Welt, und ich hole zu einem Schlag gegen ihn aus.

Ich erwische ihn im Gesicht, aber es tut meiner Hand mehr weh, als es ihm wehtut, und dann verwandelt er sich aus dem Stand in Jason Bourne. Erwischt mich dreimal, bevor ich blinzeln kann, dann fegt er mir die Beine unter dem Hintern weg und bringt mich zu Boden. Gibt mir noch einen Schlag voll ins Gesicht, damit ich auch ja nichts falsch verstehe.

Ich heb schützend die Arme. Er zieht sich zurück und nennt mich Scheißkerl.

Der große Typ lacht sich einen Ast.

Sie steigen in den Truck. Der kleine Typ reibt sich die Knöchel und verflucht mich, und der große Kerl sagt: »Kung To-Fu, das ist mein Mann!«

Sie fahren los, und ich sehe meinem Auto hinterher, das jetzt die Straße hinunter verschwindet.

Ich stehe auf. Hebe eine Hand an meine Nase. Mein Gesicht fühlt sich an, als würd's sich aufblähen wie ein Luftballon. Blut tropft auf meinen behaarten weißen Bauch. Da, wo ich auf den Straßenbelag geknallt bin, hab ich mir das Bein aufgeschürft.

»Scheiße.«

Ich drehe mich um und humple zurück ins Haus, und auch wirklich jeder meiner Nachbarn linst durch die Jalousien. Ich zeige ihnen allen den Finger und gehe zu meiner Tür.

Abgeschlossen.

Ich verfluche die Tür, als hätte sie meine Frau gevögelt.

Gott-ver-damm-te Schei-ße.

Ich humple auf die Rückseite des Hauses. Meine Terrassentür ist zu, also klettere ich auf die Klimaanlage und ziehe mich rüber, wobei ich mir das Bein aufschramme.

Bitte. Jesus. Mach, dass die Glastür nicht …

Sie ist zu.

Schwanzlutscher. Scheiß-Schwanz-Lutscher.

Ich öffne das Terrassentörchen, gehe zur Wohnung der Eriksons hinüber und klopfe an.

Er kommt an die Tür, und ich rieche hinter ihm Gras und gebratenen Speck. Er sieht aus, als wollte er irgendwohin, aber er verlässt die Wohnung nie, also vermute ich, er ist heute Morgen einfach nur früh auf den Beinen.

»Hab gesehen, was passiert ist«, sagt er.

»Ja, hör zu …«

»Haben dir ordentlich in den Arsch getreten.«

»Ja.«

»Der alte Typ war klein, aber er hatte ein paar scharfe Moves drauf.«

»Ich hab mich aus meiner Wohnung ausgesperrt.«

Er mustert mich von oben bis unten und nickt. Er hat die Wohnungsschlüssel an seinem Gürtel. »Dann mal los«, sagt er.

Während ich ihm zu meiner Tür folge, sagt er: »Die haben deine Karre sichergestellt, hä?«

»Sieht so aus.«

»Heißt das, du hast auch Probleme mit der Miete?«

»Nein.«

Er wirft mir einen Blick über die Schulter zu.

»Hey, Mann«, sage ich, »du kriegst dein Geld, wenn die Miete fällig ist. Bis dahin hast du kein Recht, mich deswegen zu nerven.«

Wir erreichen meine Tür, und er schließt auf. »Haustürservice«, sagt er.

»Ja, danke.«

Sein Blick fällt auf das auf meinem Bauch verschmierte Blut. »Der kleine Bursche hat dir ordentlich den Arsch versohlt.«

•••

Ich gehe rein und springe unter die Dusche. Sie haben meine Scheißkarre mitgenommen. Ich halte meinen Kopf unter den Wasserstrahl.

Und was mach ich jetzt?

Ray. Ich muss zu Ray. Er kann mir die Kohle leihen.

Nachdem ich mein Gesicht untersucht habe, um sicherzugehen, dass meine Nase nicht gebrochen ist, ziehe ich mich an und stürme aus der Wohnung.

Als ich den zentralen Platz überquere, am Gerichtsgebäude und Pickett's vorbei, tut mir die Nase noch weh. Ich berühre sie immer wieder, habe Angst, dass sie wieder zu bluten beginnen könnte. Aber alles bestens. Sie tut nur weh.

Stock.

Ich hasse diese Stadt.

Nein, stimmt nicht. Ich hasse sie nicht. Sie gefällt mir schon ganz gut. Ich wünschte nur, die Arschlöcher, die hier das Sagen haben, würden mich mal in Ruhe lassen.

Ich erreiche den Bürgersteig, der die School Hill Road hinaufführt, und beginne den Aufstieg. Scheiße, ist das steil. Das letzte Mal bin ich als Kind hier langgelatscht. Bin immer runter zu Pickett's, um im Foyer Pac-Man zu spielen. Einmal haben sie mich erwischt, als ich da eine Coke geklaut hab. Ausgesprochen bescheuert, so was zu tun. Die Dame hat mich aber laufen lassen. Sie war ziemlich hübsch.

Ich komme durch ein kleines Wohnviertel. Nette Häuschen mit Schildern in den Vorgärten, auf denen steht, TRUMP: MAKE AMERICA GREAT AGAIN oder TED CRUZ 2016. Schilder für Hillary oder Bernie seh ich nirgends – zumindest nicht in dieser Gegend –, aber dafür steht so ziemlich in jedem Vorgarten ein Schild mit der Aufschrift: KONTRA – VAN BUREN COUNTY MUSS TROCKEN BLEIBEN.

Arschlöcher. Was ist in Amerika nur aus der Freiheit geworden, Mann? Diesen Leuten ist das Saufen doch scheißegal. Echt. Die Hälfte der Leute in dieser Stadt haben genau jetzt Bier in ihrem Kühlschrank stehen. Diese »Das County muss trocken bleiben«-Arschgeigen wollen doch nur anderen Leuten vorschreiben, was sie zu tun oder zu lassen haben. In Wahrheit interessiert es sie doch einen Scheiß, wem sie schaden. Ich habe sechs Monate gebraucht, nur um das Einverständnis der Countyverwaltung zu bekommen, die Sache mit einer Abstimmung klären zu lassen.

Die verkackten hiesigen Prediger haben mich auf Schritt und Tritt bekämpft. Weatherford, dieser Blödmann von der First Baptist, das ist der Anführer. Es ist so erbärmlich. *Absolut erbärmlich.* Du willst mir weismachen, dass dein ganzer verschissener Lebenszweck darin besteht, dafür zu sorgen, dass andere Leute sich in der Stadt keinen Drink kaufen können? Jesus hat Wasser in Wein verwandelt, oder? Das hab ich in der letzten Stadtratssitzung so vorgebracht. Weatherford sagte, der Wein wäre in Wirklichkeit einfach nur unvergorener Traubenmost gewesen. Woher zum Kuckuck will er das denn jetzt wissen? Was weiß denn schon Richard Weatherford, JCs Wein kann doch absolut ein verdammter Pinot Noir gewesen sein.

Oben auf der Kuppe angelangt, biege ich in Rays Straße ein. Er hat ein kleines Haus, einen Vorgarten, einen Baum. Ich könnte auch in so was leben, wenn der Laden erst mal eröffnet hat und läuft. Fürs Erste nichts Hochtrabendes. Denn genau so vergurken es die meisten. So wie die ganzen Rockstars und Rapper und was weiß ich. Die kriegen Geld in die Finger und dann verballern sie alles wie die letzten Idioten. Das passiert mir nicht. Für den Anfang besorge ich mir einfach nur ein kleines Häuschen mit Garten.

Ich klopfe an seine Tür.

Es dauert einen Moment, aber dann macht Ray auf und scheint überrascht. »Hey, Mann …«

»Die haben meine Karre abgeholt, Alter.«

»Was?«

»Heute Morgen sind Typen vorbeigekommen und haben sie abgeschleppt.«

»Scheiße.«

Er kommt nach draußen, was schon irgendwie komisch ist. Normalerweise gehen wir einfach rein. Kann mich nicht erinnern, dass wir schon mal in seinem Garten rumgelaufen sind, aber genau das macht er jetzt. Die Hände in den Gesäßtaschen seiner Jeans, die Haare unter ein Bandana geschoben, schaut er sich auf seinem Grundstück um, als würde er es jetzt zum ersten Mal sehen.

»Meinst du, du könntest mir die Kohle leihen, damit ich sie auslösen kann?«, frage ich. »Ich brauch einen fahrbaren Untersatz, um rumzufahren und den Scheiß zu erledigen, den wir vor der Abstimmung noch erledigen müssen. Ich zahl's dir zurück, sobald der Kredit freigegeben wird.«

Er holt tief Luft. »Ja, hör zu, Brian, ich hab nachgedacht. Lacy und ich haben geredet. Ich denke, vielleicht … vielleicht wird doch nichts aus dem Laden.«

Ich starre ihn einfach nur einen langen Moment an, bevor mir einfällt zu sagen: »Was redest du da?«

Er hebt die Hand und zeigt irgendwie auf alles gleichzeitig. »Alter, diese Stadt ist noch nicht bereit für einen Spirituosenmarkt. Wir haben gestern Abend geredet, und Lacy hat das entscheidende Argument gebracht, sie hat gesagt: ›Weißt du, in zehn Jahren vielleicht, vielleicht auch schon in fünf, dann wird die Stadt bereit sein, Aber nicht jetzt.‹ Ich glaube, das stimmt. Denk doch nur mal daran, wie alle durchgedreht sind wegen dieser Sache. Ich meine, die haben schon all diese ›KONTRA‹-Schilder gemacht, und das nur, um die Sonderabstimmung zu verhindern. Und jetzt reden sie, als müssten wir bis zur allgemeinen Wahl im November warten, um es zur Abstimmung zu bringen. *November,* Mann. Die können das noch bis in alle Ewigkeit rausschieben. Wir haben einfach zu schnell gemacht. Hätten es langsamer angehen lassen sollen.«

Ich gehe auf ihn zu. »Alter, was machst du?«

»Was? Nichts. Ich sag nur …«

»Ray, mach das nicht, Mann. Mein ganzes Geld steckt in diesem Laden. Scheiße, das ganze Geld, das ich *nicht* habe, steckt in diesem Laden. Die haben meine Karre abgeschleppt, Mann. Ich hab *nichts*. Verstehst du, was ich sage? Wenn wir diesen Laden nicht aufmachen, hab ich *nichts* mehr.«

Er kann mir nicht mal in die Augen sehen. Starrt auf den Boden wie eine Pussy. »Tut mir leid, Brian. Es tut mir unglaublich leid. Wenn sich diese Sache entwickelt hätte, wie wir's uns vorgestellt haben, wären wir jetzt schon drin. Und ich war begeistert von der Idee, einen eigenen Laden zu besitzen. Das weißt du.«

»Du *warst* begeistert? Alter, red nicht so, als wär's schon gegessen.«

Er holt tief Luft. »Das ist jetzt echt das Schwerste, was ich je getan hab, Brian, aber ich werd aussteigen müssen.«

»Hör ich da vielleicht Lacy sprechen? Hol sie zu uns raus.« Ich setze mich Richtung Haus in Bewegung. »Lass mich mit ihr reden.«

»Sie ist nicht hier, Mann.«

»Wo ist sie?«

»Auf der Arbeit.«

»Lass uns reingehen und über alles reden.«

»Ich kann nicht. Die Kids schlafen.«

Ich zeige mit meinem Daumen auf mein Herz. »Ich hab auch Kids, Ray. Ich hab auch Kinder. Was ist mit meinen Kindern?«

Er senkt den Kopf, als versuche er, den Sturm über sich wegziehen zu lassen, als wäre ich sein trunksüchtiger Vater oder was weiß ich. Ich merke, dass er nicht reden will. Er hat nichts mehr hinzuzufügen, hat nichts mehr zu sagen. Er will jetzt nur noch, dass ich gehe, damit er wieder rein kann.

»Ray …«

»Tut mir leid, Brian. Es tut mir wahnsinnig leid. Ich weiß, wie viel es dir bedeutet.«

»Und was hast du jetzt vor? Gehst du weiter in der Zementfabrik arbeiten?«

»Ja.«

»Du hasst es doch.«

»Nein, tue ich nicht«, sagt er. »Klar, mir hat die Idee gefallen, zusammen mit dir einen Laden aufzumachen. Aber ich hasse meinen Job nicht. Ich werde am Montag wie immer arbeiten gehen, und alles ist gut.«

»Ja, schön, für mich nicht. Ich hab zu Tommy gesagt, er kann mich mal am Arsch lecken, also hab ich keinen Job mehr.«

Er schüttelt den Kopf. »Mein Gott. Tut mir leid, Mann.«

»Ich dachte, ich hätte einen Partner, auf den ich mich verlassen kann. Deshalb hab ich gekündigt.«

»Nein.« Sein Gesicht läuft rot an, und er richtet einen Finger auf mich. »*Du* hast das gemacht. Nicht ich. Häng mir das nicht an die Backe. Ich hab zu meinem Chef nicht gesagt, er kann mich mal am Arsch lecken. Wenn du es dir bei Tommy Weller versaut hast, ist das allein dein Problem.«

»Du bist ein verkackter Waschlappen, Mann. Du stehst voll unter dem Pantoffel … bist ein Schlappschwanz, der keine Ahnung hat, was es heißt, ein Mann zu sein.«

»Was heißt es denn, Brian? Sag's mir.«

»Es geht darum, seine Träume umzusetzen. Es geht darum, an sich zu glauben.«

»Du nennst *mich* einen Schlappschwanz? Du hörst dich an wie Céline Dion.«

Ich schlage die Hände über dem Kopf zusammen. »Vergiss es, Mann. Nur mach das bitte einfach nicht. Warte doch wenigstens bis nach der Abstimmung.«

»Wenn wir jetzt aussteigen, den Schaden für uns begrenzen, dann können wir aus der Sache immer noch rauskommen, ohne Haus und Hof zu verlieren.«

»Für mich gilt das nicht«, sage ich. »Ich *muss* diesen Laden aufmachen, Ray. Ich bin hierher zurückgezogen. Ich bin derjenige, der das Geld vorgestreckt hat, damit uns O'Keefe die Immobilie reserviert.«

»Hey, Mann, ich hab meinen Teil dazu getan.«

»Ich weiß. Ich weiß. Ich sag ja nur. Ich kann das nicht einfach so wegstecken. Du hast einen Job – zwei Jobs, der von Lacy mitgerechnet. Ich hab gekündigt. Ich kann das nicht wegstecken, Mann. Ich verliere alles. Ich muss Bankrott anmelden.«

Er lässt den Kopf hängen, als wäre er eine Million Pfund schwer. Er sagt, »Es tut mir leid, Brian. Ehrlich.« Und das Ding ist, ich weiß, dass es ihm leidtut. Er sieht aus, als könnte er jeden Moment losheulen. Aber er tut's nicht. Stattdessen holt er so tief Luft, wie ich noch nie jemanden Luft holen gesehen habe, und er sagt, »Ich weiß, dass du von mir enttäuscht bist. Wir haben bei dieser Sache einfach zu schnell gemacht. So einfach ist das. Anfängerfehler. Wir hätten uns darauf konzentrieren sollen, zuerst die Abstimmung durchzubekommen. Das ist mindestens so sehr meine Schuld wie deine. Ich hab auch wirklich gedacht, wir hätten die Sache im Kasten, aber das hatten wir nicht. Wir waren schon am Arsch, als die Verwaltung das erste Mal ablehnte, darüber abstimmen zu lassen. In dem Moment haben wir angefangen, Geld zu verlieren. Und das müssen wir ganz klar sehen. Wenn wir jetzt aussteigen, verlieren wir nur das, was wir O'Keefe bereits gezahlt haben. Das ist ein herber Verlust, aber immer noch besser, als noch mehr Geld und Zeit in etwas zu pumpen, das so nie aufmachen wird. Nicht in dieser Stadt. Nicht jetzt. Und genau das steht unterm Strich. Es wird einfach nicht laufen, Mann. Es tut mir leid, aber es wird einfach nicht laufen.«

Ich möchte ihm etwas antworten. Ihn noch mal Schlappschwanz nennen, ihn weiter anpissen, ihn anflehen, aber ich hab mein Pulver bereits verschossen. Ist nichts mehr da. Er geht zur Haustür, öffnet sie und geht hinein. Er blickt sich nicht mehr nach mir um.

3
Sarabeth Simmons

Nicki Minaj fetzt mich aus dem Schlaf. »No Frauds«, viel zu früh, viel zu laut.

Ich greife nach meinem Telefon. Scheiße. Pickett's.

»Bin auf dem Weg«, sage ich.

»Du bist zu spät«, sagt diese verfluchte Schlampe zu mir.

»Ja, ich weiß«, antworte ich und schwinge meine Füße auf den Boden. »Bin auf dem Weg. Hatte Ärger mit der Karre.«

»Du bist zu spät«, wiederholt sie. Mehr hat sie nicht zu sagen.

Ich lege auf.

Ich sitze noch einen Moment auf dem Bett, den Kopf in meinen Händen. Ich habe einen stechenden Schmerz hinter dem rechten Auge, und alles, was sich in meinem Schädel befindet, scheint gerade rauskommen zu wollen. In meinem Magen das gleiche Gefühl, aber ich werde nicht kotzen. Ich bin kein Kotzer.

Ich stehe auf und gehe zur Schlafzimmertür. Ich lausche einen Moment, will wissen, ob Tommy noch da ist. Er geht heute arbeiten, denke ich. Ich höre nichts, also öffne ich die Tür und strecke den Kopf raus. Nichts.

Ich flitze ins Bad und schließe die Tür ab. Ich bin irgendwie geschockt, als ich mich im Spiegel sehe.

Vielleicht liegt's ja nur daran, dass ich einen Kater hab, aber ich kann kaum glauben, dass das da mein Gesicht ist, mein Körper. Gary sagt, ich wär schön, aber Gary ist ja auch ein Schatz. Mein Kopf ist irgendwie kantig, das Kinn allerdings spitz. Meine Augen sind zu groß und mein Mund ist zu klein. Mein Bauch ist größer als meine Titten, und mein Arsch ist praktisch nicht vorhanden.

Würg!

Ich pinkle, und wie ich da so sitze, vergrabe ich das Gesicht in meinen Händen. Mein seltsam geformter Kopf hasst mich an diesem Morgen.

Ich muss aufhören zu trinken. Ich bin gerade neunzehn geworden, und seit ich fünfzehn bin, saufe ich, als wär ich in einem Scheißcountrysong. Es ist bescheuert.

Ich mach mich frisch. Zum Duschen hab ich keine Zeit mehr, aber ich putze mir die Zähne und benutze ein Deo. Dann ziehe ich meine sauberste Jeans an, krame ein Shirt aus dem Schrank, schnappe mir meine Arbeitsweste und gehe zur Tür raus.

Ich bin schon den ganzen Flur runter, bevor ich begreife, dass Tommy und Momma in der Küche sind.

Er trägt nur Boxershorts und Socken, und sein Bauch ist weißer als ein roher Truthahn. Momma sagt, er trägt auch im Bett Socken, was für mich so ziemlich das Übelste ist, was ich je gehört habe. Er sitzt am

Tisch und poliert mit einem Wildlederlappen seine alten Baseballpokale aus der Highschool, während Momma ihm Frühstück macht. Sie trägt sein Shirt und einen rosa Slip. Genau, was ich morgens als Erstes sehen will.

»Hey, sieh nur, wen wir hier in aller Herrgottsfrühe haben«, sagt Tommy. Er stellt den Pokal beiseite. Die Haare stehen ihm in alle Richtungen vom Kopf, und er sitzt da in Unterwäsche und schmutzigen Socken, hat aber eine Miene aufgesetzt, als würde er gleich ein Vorstellungsgespräch führen.

»Bin spät dran«, sage ich. »Muss zur Arbeit.«

Ich setze mich an den Küchentisch und fange an, Socken und Schuhe anzuziehen.

»Wann musst du noch mal da sein?«, fragt er.

Ich zucke mit den Achseln.

»*Das*«, er äfft mein Achselzucken nach, »ist keine Uhrzeit.«

Momma macht Arme Ritter. Sie dreht sich nicht um, schlägt einfach weiter Eier.

»Also«, hakt Tommy nach, »um wie viel Uhr musst du auf der Arbeit sein?«

Ich binde meinen Schuh zu. »Ich muss dir nicht sagen, wann. Ich werde angeschnauzt, wenn ich ankomme. Von dir muss ich mich nicht auch noch anschnauzen lassen.«

»Ich schätze, du brauchst jemanden, der dich anschnauzt«, sagt er. »Ich denke mal, eine Stunde zu spät sollst du nicht auf der Arbeit antanzen.«

Ich ziehe den anderen Schuh an.

»Was wäre, wenn jeder eine Stunde zu spät kommt?«, hakt er nach.

Ich höre mit dem auf, was ich gerade mache, und starre ihn an. »Ich wünschte, es wär so. Dann würden die Leute mich nicht dauernd zusammenscheißen.« Ich widme mich wieder meinen Schuhen. »Außerdem geht's dich gar nichts an, was ich tue oder wann ich es tue.«

Er dreht sich zu Mommas Rücken. »Ich weiß wirklich nicht, was du dir dabei gedacht hast, eine Tochter wie die hier großzuziehen. Kein Mensch braucht *so was* am frühen Morgen.«

Momma legt eine Brotscheibe in die Pfanne und schiebt sie mit der Gabel hin und her.

Tommy sieht mich wieder an. »Du könntest von mir das eine oder andere lernen, Mädchen. Hast du schon mal drüber nachgedacht, dass ich der erfolgreichste Arsch bin, den du kennst?«

»Das ist eine echt deprimierende Vorstellung.« Ich binde den anderen Schuh zu.

»Ich habe vier Unternehmen«, sagt er.

»Schon mal gehört.«

»Solange ich hier die Miete zahle …«

»Mich hast du nicht gemietet«, sage ich.

»Solange ich hier die Miete zahle …«

»Und durch mich kriegst du bei Pickett's einen Rabatt auf Lebensmittel.«

Ich stehe auf.

Er steht ebenfalls auf. »Solange ich hier die Miete zahle«, sagt er wieder, »werde ich sagen, wozu auch immer ich gerade Lust habe.«

Er steht da, als hätte er gerade was umwerfend Großartiges gesagt.

Ich sage ihm, »Wo du schon mal stehst, könntest du dir doch eigentlich auch was anziehen, oder?«

Er grinst und wirft einen Blick auf Mommas Rücken. Sie stapelt gerade Arme Ritter auf einen Teller. Er dreht sich wieder zu mir und zieht die Vorderseite seiner Shorts runter und zeigt mir seinen haarigen Sack.

»Ekelhaft!«, kreische ich. »Momma …!«

Tommy setzt sich. Momma schenkt sich eine Tasse Kaffee ein. Sie dreht den Kopf gerade genug, um über die Schulter zu sagen: »Sarabeth, so kommst du auch nicht früher zur Arbeit.«

•••

Ich fahre auf den Parkplatz fürs Personal, auf der Rückseite von Pickett's direkt neben den Müllcontainern. Ich atme einmal tief durch, bevor ich aus dem Wagen steige. Es ist fünf nach neun, also bin ich über eine Stunde zu spät.

Als ich an den Müllcontainern vorbeigehe, schlägt der Geruch von vergammeltem Obst und Gemüse wie ein Hammer auf mich ein. Mein Schädel pocht immer noch, die Augen tun mir weh. Und jetzt kriege ich auch noch ein irrsinniges Herzklopfen. Ich öffne den

Hintereingang und gehe rein. *Warum hab ich Angst?* Der Lagerraum ist leer, im Büro des Managers brennt kein Licht. Ich stemple ein und gehe in den Verkaufsraum weiter.

Ich stöhne leise, als ich sehe, dass wir keine Kunden haben. Wenn ein paar Ladenbesucher da gewesen wären, hätte ich dem Miststück aus dem Weg gehen können. Aber sie ist die Einzige im ganzen Laden. Sie ist vorne an der Kasse.

Als sie mich reinkommen hört, dreht sie sich um, verschränkt die Arme und fixiert mich. Sie ist groß, hat ein Doppelkinn und eine Frisur, die sie ungefähr 1994 mit Haarspray an Ort und Stelle fixiert hat. Ich gehe zu ihr, stehe auf der anderen Seite der Kasse.

Ich starre einfach eine Weile zurück, bis es unangenehm wird. Dann wende ich den Blick ab und schaue mich im Laden um. Er ist hell und sauber. Alle Lampen brennen. Alles ist an seinem Platz. Ein weiterer ruhiger Samstagmorgen. Eine Person kann praktisch bis Mittag den Laden allein schmeißen. Die meisten Leute in der Stadt fahren sowieso rüber zum Walmart. Das Miststück weiß das, und ich weiß es auch.

»Hast du irgendwas zu sagen?«, fragt sie schließlich.

Ich drehe mich wieder zu ihr. »Ich hatte eine Panne.«

»Das ist alles? Du kommst anderthalb Stunden zu spät zur Arbeit, und das ist alles, was du zu sagen hast?«

»Ich bin eine Stunde zu spät.«

»Du sollst eine halbe Stunde vor Ladenöffnung hier sein, das weißt du.«

Ich seufze. »Tut mir leid, ich hatte eine Panne.«

»Und was für eine Panne war das?«

Mir schießt das Blut ins Gesicht. Wer bin ich denn? Ein Scheißmechaniker? Und wieso das Verhör?

»Keine Ahnung. Ist nicht angesprungen.«

»Wie bist du hergekommen?«

»Irgendwann ist es dann angesprungen.«

Sie starrt mich an. Klar, ich lüge, aber was geht's sie an? Sie hat die letzte Stunde nichts getan. Hat nur hier rumgestanden. Hat langweilige Scheiße auf Facebook gepostet. Vielleicht hat sie auch 'ne Zeitung verkauft oder 'ne Gallone Milch. Wenn ich hier gewesen wäre, hätte ich auch nur rumgestanden, während sie hinten gesessen und per Facebook verkündet hätte, was sie zum Frühstück hatte.

»Ich brauche dich hier, damit du vorne alles im Auge behältst«, sagt sie. »Ich habe hinten zu tun.«

Ja, klar, der mit Abstand langweiligste Facebook-Account aller Zeiten aktualisiert sich nicht von allein.

»Okay.«

Sie meldet sich an der Kasse ab. Ich melde mich an.

»Wir sind noch nicht fertig damit«, sagt sie.

Ich nicke und sie geht kopfschüttelnd nach hinten.

Ich stehe hinter der Kasse und krame mein Handy aus der Tasche. Ich gehe auf Facebook zu ihrem Profil.

Fünf.

Vier.

Drei.

Zwei.

Eins.

Sie aktualisiert ihren Status:

Ein kleiner Tipp für die amerikanische Jugend: Seid an der Stelle, wo ihr sein sollt, wenn ihr dort sein sollt!!! Alles klar??? Das hilft euch, euren Job zu behalten!!!

Aus reiner Biestigkeit like ich das und schiebe das Handy zurück in meine Tasche.

Ein alter Mann geht vor dem Geschäft vorbei und winkt. Ich winke zurück. Er geht weiter. Ich bemerke, dass er eine Tüte von Walmart trägt.

•••

Kurz vor Mittag schickt Gary mir eine SMS. *Arbeitest du?*

Ja, antworte ich.

Ich komme gleich vorbei.

Besser nicht, schreibe ich.

??

Das Miststück, texte ich zurück. *Ich war spät dran, und die führt sich wie die letzte Schlampe auf deswegen.*

Ein oder zwei Minuten verstreichen, dann textet er: *Ich hab mit dem heiligen Scheißer geredet.*

Beinahe hätte ich einen Schrei ausgestoßen. *Wann?*

Heute Morgen.

Wo?

In der Senke.

Hat er …

»Simst du da etwa rum?«

Ich zucke zusammen und schaue auf, und das Miststück steht praktisch direkt neben mir.

»Sie haben mich erschreckt«, sage ich.

Sie starrt mich einfach nur mit ihrer blöden Visage an.

Sie will schon etwas sagen, als Jason hereinkommt. Er hat bereits seine Weste an. »Morgen«, sagt er.

»Jason«, sagt sie zu ihm, »nachdem du dich eingestempelt hast, kommst du sofort hierher.«

Er sagt »okay« und verschwindet nach hinten.

»Wenn er gleich raufkommt«, sagt sie, »kommst du zu mir.«

Sie geht an Jason vorbei, der zu den Kassen zurückkehrt, und ich höre, wie sie zu ihm sagt: »Geh und melde dich an Kasse eins an.«

Als er bei mir ist, fragt er: »Was geht?«

»Ich war heute Morgen *ein bisschen* zu spät«, sage ich, »und jetzt führt sie sich auf, als hätte ich Wahlkampf für Hillary gemacht.«

Jason grinst und schüttelt den Kopf.

Ich melde mich ab. Er meldet sich an. Ich gehe nach hinten.

Sie sitzt an ihrem Schreibtisch und tut so, als würde sie irgendwelche Formulare durchgehen.

Ich strecke den Kopf durch die Tür. »Hey.«

Sie dreht sich auf ihrem Schreibtischstuhl um. »Du möchtest dich vielleicht setzen.«

Ich gehe rüber und setze mich. »Okay.«

»Wir werden uns von dir trennen müssen.«

»Weil ich zu spät war.«

»Ich meine, möchtest du wirklich, dass ich mich über alles auslasse, womit du dir deine Entlassung verdient hast? Du bist zu spät gekommen. Wieder mal. Es war nicht das erste Mal. Nicht das fünfte Mal. Und jetzt tippst du während der Arbeit auf deinem Handy rum.«

»Es war doch niemand im Geschäft.«

Sie nickt. »Ja. Ich wusste, dass du das sagen würdest.«

»Weil es stimmt.«

Sie lächelt. Sie hat ihre Antwort vorbereitet, und sie hat es so eilig, das jetzt auch auszusprechen, dass ihre Stimme bricht. »Du wirst bei Pickett's nicht fürs Texten bezahlt.«

»Werden Sie dafür bezahlt, Scheiße auf Facebook zu posten?«

Jetzt taucht ein hässlicher Ausdruck auf ihrem Gesicht auf. »Sarabeth, ich muss mir diese ordinäre Sprache nicht länger anhören. Du kannst jetzt einfach gehen, stempelst dich aus und fährst nach Hause.«

»Vielleicht sollten wir mit Mr. Pickett sprechen.«

Sie spreizt die Finger. »Ich habe bereits mit Mr. Pickett gesprochen, Liebes, aber du kannst ihn sehr gern anrufen.« Sie schiebt ihr Telefon über den Schreibtisch. »Hier. Ich wähle sogar für dich.«

Sie blufft nicht. Es ist ja nicht so, als würde Pickett mich kennen oder sich auch nur einen Scheiß für mich interessieren. Er würde mich zusammenstauchen und mir sagen, ich hätte es mir selbst zuzuschreiben, während sie so dasitzt und zuschaut.

Ich stehe einfach auf und gehe raus. Ich höre, wie sie hinter mir aufsteht und mir den Flur hinunter zur Stechuhr folgt.

Ich drehe mich um. »Was machen Sie da?«

»Ich begleite dich hinaus. So macht man das.«

»Glauben Sie, ich klaue noch irgendwas?«

»Ich bitte dich, Sarabeth, geh doch jetzt einfach.«

Sie schaut zu, wie ich ausstemple, und dann folgt sie mir zum Hinterausgang.

Ich ziehe die Tür fest hinter mir zu, versuche, sie zuzuschlagen, aber oben an der Tür befindet sich eines dieser Dinger, die wie eine Fahrradluftpumpe aussehen und das Schließen der Tür dämpfen, wodurch es unmöglich ist, sie zuzuschlagen. Ich höre, wie sie sich mit einem leisen Klicken hinter mir schließt.

Ich stampfe zu meinem Wagen hinüber und lasse den Motor an. Mit Vollgas verlasse ich den Parkplatz.

Lange brauche ich allerdings nicht, bis ich begreife, dass ich nicht weiß, wohin ich fahre.

Ich fahre einfach rum. Mein Kopf ist jetzt seltsam klar, als hätte ich den Kater gerade einfach so abgestreift. Ich lasse die Innenstadt und den Platz hinter mir, erreiche den Highway, komme an den Tankstellen und dem McDonald's, dem Dollar General und dem Subway vorbei. Das alles kommt mir in dem Augenblick schrecklich klein und künstlich vor. Wieso nur? Durch die Scheiben sehe ich die Leute in Schlangen anstehen oder aus ihren Autos steigen, und keiner von denen kommt mir realer vor als die Plastikschilder. Ich fahre am Cowboy Supply und dem Feed Store vorbei – zwei Bauerntölpel mit Stetsons auf der Birne stehen an ihre Pick-ups gelehnt und quatschen – und dann überquere ich die Little Red River Bridge. Sie ist ziemlich hoch über dem Wasser. Als ich gerade meinen Führerschein hatte, hab ich öfters geträumt, ich würde über die Brücke fahren und ihr Ende würde verschwinden und ich würde abdüsen, als wär's eine Rampe. Weit den Fluss hinunter kann ich nur so gerade eben die winzige Gestalt eines Mannes in einem Boot ausmachen, der im Schatten angelt.

Der Highway beschreibt eine Kurve, und auf der linken Seite, einen leichten Abhang hinunter, befindet sich Stocks First Baptist Church.

Ich krame mein Handy raus, scrolle zu Garys Namen und drücke auf Wählen.

»Hey«, sagt er.

»Ich bin gefeuert.«

»Was? Wann?«

»Eben. Gerade eben. Diese Scheißfotze hat mich in ihr Büro zitiert und dann hat sie mich gefeuert.«

Ich höre sein Atmen, während er darüber nachdenkt. Ich fahre am KFC vorbei, dem Pferdedoktor, der Bücherei. »Tja«, sagt er, »scheiß auf sie. Und auf den Laden. Denn die gute Nachricht ist, du brauchst diesen Job nicht mehr.«

Mein Herz explodiert beinahe. »Hast du das Geld?«

»Noch nicht. Aber er hat gesagt, er wird's besorgen.«

»Oh.«

»Ja. Heute Morgen hab ich ihn als Erstes angerufen und ihn geweckt. Hab seinen Arsch aus dem Bett geholt, um sich mit mir zu treffen.«

»Hat er gesagt, warum er nicht bei Petit Jean aufgekreuzt ist?«

»Wegen seiner Kids, hat er gesagt. Konnte nicht weg.«

»Was ist mit dem Geld?«

»Hat gesagt, er wird's besorgen.«

»Aber du hast ihm schon auch gesagt, dass er dir das Geld geben *muss*, oder?«

»Ja.«

»Denn nur so wird das laufen – indem du ihm sagst, dass er gar keine andere Wahl hat.«

»Ich weiß. Ich hab ihm gesagt, ich werd's seiner Frau erzählen.«

»Scheiße, ja. Und jedem anderen in der Stadt.«

»Klar, aber sie ist diejenige, vor der er Angst hat. *Die Hölle selbst kann nicht wüten wie eine verschmähte Frau.*«

»Stammt das aus der Bibel?«

»William Congreve. Aus einem Stück, das ich auf dem College gelesen hab.«

»Du bist so scheiße klug, Gary.«

»Ein Stück, das ich auf dem College gelesen hab, *bevor ich geflogen bin …*«

Ich lache.

Ich erreiche die Ampel vor der Post, biege rechts ab und fahre auf den Parkplatz von Walmart. Da steht ein Haufen Autos, aber alle drängen sich in der Nähe des Vordereingangs. Ich parke ganz am Ende des Platzes und bleibe einfach sitzen.

»Und, was glaubst du, wird er jetzt machen?«, frage ich.

»Er wird eine Möglichkeit finden, an die Kohle zu kommen.«

»Und da bist du ganz sicher?«

»Ja. Du hättest ihn sehen sollen, als ich sagte, ich würde zu seiner Frau gehen. Ich dachte schon, der kackt sich gleich in die Hose.«

»Weil die Hölle selbst nicht wüten kann wie die stocksaure Frau eines Predigers.«

»Ge-nau.«

»Aber, was wenn … Jetzt mal rein theoretisch, was, wenn es ihr egal ist. Was dann?«

»Amos Pettibone.«

»Was?«

»Dann gehe ich zu Amos Pettibone.«

»Wer zum Geier ist Amos Pettibone?«

»Der Chef des Gemeinderats.«

»Ich weiß nicht, was das bedeutet.«

»Nun, wenn der Prediger so was wie ein CEO der Kirche ist, dann sind die Diakone so was wie der Aufsichtsrat. Das sind diejenigen, die ihn tatsächlich feuern können. Und Richard und Amos hassen sich, wie sich nur zwei Christen hassen können. Sie schütteln sich die Hand und lächeln und sagen, ›Bruder, der Herr hat mir eine Botschaft für dich mitgegeben‹, und dann sagen sie dem anderen Typen ganz honigsüß, dass er sich ficken soll. Als Richard und ich angefangen haben rumzumachen, musste ich ihm schwören, niemals jemandem was zu erzählen. Er war deswegen immer total paranoid. Diese ganze ›Das ist unser kleines Geheimnis‹-Scheiße, verstehst du? Es war Bruder Amos. Bruder Amos ist derjenige, vor dem er Angst hat. Vor seiner Frau und vor dem Diakon. Eine echte Links-rechts-Kombination.«

»Gut«, sage ich. Ich seufze tief. »Klingt gut. Ich bin nur einfach so überreif, endlich von hier wegzukommen. Ich kann nicht länger bei Momma und Tommy wohnen, andernfalls schlitze ich mir die Handgelenke auf.«

»Tja, kauf dir mal noch keine Klinge«, sagt Gary. »Richard muss uns bezahlen. Was bleibt ihm anderes übrig?«

4
Richard Weatherford

Als ich wieder zu Hause bin, sind die Kinder wach. Die älteren Kids machen ihr eigenes Ding. Mary hilft ihrer Mutter, das Frühstück zuzubereiten, während Matthew am Küchentisch die Zeitung liest. Mark ist oben im Bad. Wegen seiner Behinderungen braucht er immer etwas länger als die anderen, um etwas zu erledigen. Als er fertig wird, höre ich seine undeutliche Stimme schief bei einem Elvis-Gospel mitträllern.

Im Wohnzimmer streiten die zwei Kleinen wegen irgendwas. Ich habe kaum die Haustür hinter mir zugemacht, da kommen Johnny und Ruth auch schon angerannt und verlangen, dass ich ihren kleinen Streit schlichte.

»Ich kann nicht … Jetzt gerade nicht, Kids.«

Johnny sagt, »Aber, Dad …«

Ich ergreife sein kleines Kinn, beuge mich zu ihm hinunter und sehe ihm fest in die Augen. Meine Kinder wissen alle, was das bedeutet. »Jetzt nicht, Jonathan.«

»Jawohl, Sir«, sagt er mit bebender Stimme. Als ich weiter zur Küche gehe, kann ich seine kleine Schwester hören, die plötzlich voller schlechtem Gewissen oder Mitleid ist, wie sie ihm sagt, dass sie sich teilen können, um welchen albernen Gegenstand auch immer sie gestritten haben. Ohne es auch nur zu versuchen – genau genommen, durch komplettes Vermeiden der Diskussion –, habe ich ihre Auseinandersetzung geklärt.

Penny dreht sich von der Spüle in der Küche zu mir um. Die Ärmel ihres dunkelgrauen Pullis hat sie bis zu den Ellbogen hochgeschoben, und sie spült Orangen- und Eierschalen in den Küchenabfallzerkleinerer. »Und?«, fragt sie. »Wie ist es gelaufen?«

»Was?«

Matthew legt die Zeitung beiseite. »Wie ist es mit Terry Baltimore gelaufen? Ich wünschte, du hättest mich geweckt. Liebend gern wäre ich mitgekommen.« Von meinen Kindern ist Matthew der Einzige, den ich je zu Hausbesuchen mitgenommen habe.

»Ein Besuch bei Terry wäre eine Feuerprobe«, sagt Mary zu ihm. Sie ist hübsch, meine Mary, mit rotblonden Haaren wie ihre Mutter. Sie trägt es allerdings ziemlich kurz, was ich nicht ganz so mag. Ich hab überlegt, dazu etwas zu sagen, aber Penny hat mich davor gewarnt. *Sie weiß ja, dass es dir nicht gefällt,* sagte sie. *Woher?*, hab ich gefragt. *Weil du es schon zweimal erwähnt hast, seit sie wieder zu Hause ist,* antwortete sie. *Aber ich hab doch gar nichts Negatives dazu gesagt. Ich hab lediglich angemerkt, wie kurz sie sind.* Penny sagte: *Wenn du es zweimal erwähnst, ist es das Gleiche, als würde jemand anderes was Negatives dazu sagen.* Ich füge mich nicht immer Pennys Klugheit bezüglich unserer Kinder

– Mütter werden manchmal zu sehr wegen ihrer Intuition gelobt, finde ich –, aber ich glaube schon, dass sie mehr von Marys Haaren versteht als ich.

»Und?«, fragt Penny. »Wie ist es gelaufen?«

Ich hebe die Hände in einer Geste vorgeblicher Sinnlosigkeit. Einen kurzen und schrecklichen Moment erkenne ich, dass alle auf meine Antwort warten, während bereits ein Lächeln um ihre Lippen spielt, weil sie wissen, dass ich irgendwas Komisches über Terry Baltimore sagen werde. Das Schreckliche daran ist, wie falsch ich mich dabei fühle, dass ich all diesen Menschen, die ich liebe, gleich eine Lüge auftischen werde.

Ich seufze. »Er ist eben Terry Baltimore.«

Sie kichern, sind vielleicht ein wenig enttäuscht, dass ich nichts darüber sage, was für eine Plage, die mir der Herr geschickt hat, Terry Baltimore darstellt, oder dass ich immer noch um ein Wunder bete. Alle machen einfach mit dem weiter, was sie vorher getan haben.

Penny beobachtet, wie ich mich zur Tür in Bewegung setze. »Wirst du deinen Vater anrufen?«, fragt sie. »Wir können gleich essen.«

Fast stöhne ich. Den Anruf bei meinem Vater habe ich vergessen. Das ist eine wichtige Tradition bei uns. Meine Mutter war immer für alles Zwischenmenschliche in unserer Familie zuständig gewesen, weswegen alle Informationen und Äußerungen von Zuneigung zwischen meinem Vater und mir immer über sie liefen. Als sie starb, in dem Jahr, als ich dreißig wurde, verloren mein Vater und ich unseren emotionalen Dolmetscher. In der Folge haben wir uns beide jeder in sein eigenes Leben zurückgezogen. Ich habe meine Familie und meine Kirche. Mein Vater hat seine Nachbarn und ein paar alte Kumpels aus dem Marine Corps. Die einzigen Ausnahmen dieser gemeinsamen Funkstille sind Ostern und Weihnachten, wenn einer von uns den anderen anruft und wir so tun, als würden wir uns gegenseitig auf den aktuellen Stand der Dinge bringen. Wie schlechte Christen tauchen wir nur an Feiertagen auf, und diese Telefonate sind unsere einzigen Rituale.

»Ich bin auf dem Weg ins Büro, um die Liste der Gebete zusammenzustellen. Ich rufe ihn später an.«

Ich gehe den Flur hinunter zu meinem Büro und finde dort Johnny, der auf dem Boden sitzt, die Arme um die Beine geschlungen hat und grübelt.

»Johnny, ich brauche das Büro.«

Er reagiert nicht, was eines meiner persönlichen Lieblingsärgernisse ist.

»Hast du mich verstanden?«

»Ja, Sir.«

Er rappelt sich auf und schleicht betont niedergeschlagen aus dem Raum. Ganz offensichtlich will der Junge meine Aufmerksamkeit, vielleicht will er die vorherige Auseinandersetzung mit Ruth wieder aufnehmen.

Allerdings habe ich jetzt keine Zeit für solchen Unsinn. Ich schließe hinter ihm die Tür. Die Tür besitzt kein Schloss, und normalerweise brauche ich das auch nicht. Jeder in der Familie weiß, dass man nicht hereinzukommen hat, wenn die Tür geschlossen ist. Sie wissen weiter, nur dann anzuklopfen, wenn etwas dringend meiner Aufmerksamkeit bedarf. Wenn die Tür geschlossen ist, ist klar, dass ich mich im Zwiegespräch mit dem Herrn befinde.

Ich lasse mich auf die Knie nieder und falte die Hände.

Bitte, oh Herr …

Ich habe in meinem Leben schon für Tausende Menschen gebetet, vielleicht sind es sogar Zehntausende. Menschen in Not. Menschen mit Schmerzen. Die Kranken. Die Sterbenden. Die Erlösten und die Nichterlösten. Aber jetzt versuche ich, für mich selbst zu beten, und es ist, als hätte ich noch nie zuvor gebetet. Ich weiß nicht, wie ich mit Gott sprechen soll. Nicht in dieser Angelegenheit. Natürlich weiß er bereits Bescheid. Er hat alles gesehen, was ich getan habe. Was genau der Grund ist, warum ich mit ihm nicht darüber reden kann, warum ich weder um Vergebung noch um Hilfe bitten kann.

Ich habe es kaputt gemacht, und nun muss ich es auch in Ordnung bringen.

Wenn ich dem Jungen kein Geld gebe, wird er mich ruinieren. Das ist die Krise, in der ich mich befinde.

Würde Penny mir verzeihen? Was, wenn ich es ihr erzähle, bevor Gary die Gelegenheit dazu bekommt?

Meine Antwort ist eine Woge der Übelkeit.

Ich denke an eine Nacht mit Penny, vor etwas mehr

als einem Jahr, Monate bevor ich anfing, mich mit Gary zu treffen. Unsere körperliche Kälte – *meine* körperliche Kälte – führte spät eines Nachts zu einem Streit, zu Tränen und harten Worten, geflüstert, damit die Kinder es nicht hörten. *Müssen wir wirklich darüber sprechen?*, fragte ich. *Du hast mich nicht mehr angerührt, seit ich mit Ruth schwanger war,* sagte sie. *Weißt du eigentlich, wie ich mich dabei fühle? Hör zu,* sagte ich, *Männer werden eben älter. Ich habe dir bereits fünf Kinder geschenkt.* Penny schüttelte den Kopf. *Ich spreche nicht davon, Kinder zu machen, Richard. Ich muss wissen, dass ich immer noch attraktiv bin. Ich bin keine alte Frau. Soll ich jetzt die nächsten vierzig Jahre keinen Sex mehr haben? Soll ich jetzt die nächsten Jahre auf das Gefühl verzichten, begehrt zu werden?*

Ich weiß nicht, warum ich ihr in dieser Nacht nicht einfach die Bestätigung geben konnte, die sie haben wollte. Ich glaube, ich hatte Angst davor, ihr zu beweisen, dass sie für mich attraktiv war. Stattdessen gab ich mich empört, warf ihr vor, ganz profan an Sex zu denken. Am nächsten Tag entschuldigte sie sich bei mir. Sie schluckte ihre Demütigung, weil sie meinte, mich verletzt zu haben, meinen männlichen Stolz gekränkt zu haben. Wir haben das Thema seitdem nie mehr angeschnitten – und uns auch nicht berührt.

Ich kann nicht mal allen Ernstes darüber nachdenken, ihr von Gary zu erzählen. Genauso gut könnte ich über Selbstmord nachdenken. Und wenn das öffentlich wird … würde sie es mir niemals verzeihen. Sie hat vor nichts mehr Angst als vor Demütigung. Mein Platz in der Gemeinde definiert ihren Status. Im Idealfall funktioniert das bestens. Durch mich ist sie zu einer wichtigen Frau in der Stadt geworden. Sollte ich jedoch in einen schäbigen Skandal verwickelt werden, wird sie diese Bedeutung verlieren. Sie wird zum Objekt für Mitleid und Beschämung. Ich glaube ehrlich, sie würde mir eher vergeben, wenn ich sie schlagen würde.

Außerdem ist es ja nicht nur Penny, die Gary zuhören würde. Ich sagte ihm, dass mir jeder glauben würde, aber das war nur Theater. Ja, viele Menschen lieben und respektieren mich. Und, ja, viele von denen würden zu mir stehen, egal was irgendjemand anderer sagt.

Aber ich habe auch Feinde, sogar unter unseren Kirchenältesten. Der Vorsitzende der Diakone, Bruder Amos, würde jede Verleumdung genießen, die gegen mich vorgebracht wird. Mich schüttelt es jedes Mal, wenn er mitten in einer geschäftlichen Besprechung aufsteht und von seiner Bank aus ruft: »Bruder Weatherford, darf ich einige Worte äußern, die der Herr meinem Herzen auferlegt hat?« Könnte ich dazu je Nein sagen? Könnte ich je auch nur andeuten, dass nicht jede Idee, die dem alten Mann in den Kopf kommt, auf Gott, den Allmächtigen, zurückzuführen ist? Nein, natürlich nicht. Also steht Amos da, klimpert mit einer Hand mit den Autoschlüsseln in seiner Jackentasche, während er mit schallender Stimme eine Rede hält, als würde er die Gettysburg Address rezitieren. Und was hat der Herr seinem Herzen aufgetragen? Immer das Gleiche. Immer, dass der Prediger sich irrt, immer ohne Ausnahme. Der Herr hat Amos noch nie gesagt, dass ich etwas richtig gemacht habe. Bei der Vorstellung, wie er mitten in der Kirche steht und die Worte »Gary Doane« ausspricht, wird mir wieder schlecht.

Und dann sind da natürlich noch all die Leute, die von meiner öffentlichen Demütigung profitieren würden. Ich mache jede Wette, dass die Alkoholverteidiger sich auf die Chance stürzen würden, meine Scheinheiligkeit hervorzuheben. Das Einzige, was Amos mit jemandem wie Brian Harten gemein hat, ist, dass beide mich liebend gern auf die Nase fallen sehen würden.

Ich wäre die große Schande des Ortes, und meine Frau und Kinder würden mit Schmach überschüttet. Und heutzutage besitzt jeder lokale Skandal das Potenzial, sich zu einem landesweiten Skandal auszuweiten. Ich bin der Stellvertreter Gottes, von ihm berufen, das Leiden Christi zu verkünden, und die Welt sieht nichts lieber als einen Mann der Kirche, der von seiner eigenen Schwäche zu Fall gebracht wird.

Es wäre besser, wenn ich letzte Nacht im Schlaf gestorben wäre.

Ich senke mein Gesicht auf den Teppich, und ich versuche zu weinen. Ich habe schon viele Tränen in den Teppich dieses Raumes vergossen. Tränen des Leids und Tränen des Jubels, alle vergossen, während ich den Herrn für den einen oder anderen Menschen angefleht habe. Aber für mich selbst kann ich jetzt nicht weinen. Ich kann nicht für mich selbst beten.

Ich schäme mich viel zu sehr, Gott gegenüberzutreten.

•••

Das Frühstück ist angerichtet. Penny und die Kinder haben ein ziemliches Festmahl vorbereitet. Wir halten uns an den Händen, während ich das Tischgebet spreche, und als wir dann zu essen beginnen, erhebt sich eine Kakophonie von Stimmen am Tisch.

Die älteren Kinder sprechen vom College. Mary berichtet von einem Geschichtsseminar, das ihr sehr gefällt, es ist tatsächlich ihr Lieblingsseminar im ersten Semester.

Matthew greift das auf, um zu kritisieren, wie unsere weltlichen Universitäten Geschichte lehren. »Es ist noch schlimmer als ihr Wissenschaftsunterricht«, sagt er.

»Nichts«, sagt Mark, »ist schlimmer als die Art und Weise, wie sie Wissenschaft lehren.« Er verschleift das r in seinen Worten zu einem l, eine Folge der kognitiven Schäden, die er bei der Geburt erlitten hat. Mein armer Sohn. Obwohl er immer noch mit einer beträchtlichen Lernbehinderung zu kämpfen hat, strebt er an einer Fernuniversität einen Abschluss in Cybersicherheit an, und in letzter Zeit spricht er davon, ausziehen und allein leben zu wollen. Das würde für uns manches erleichtern, aber wir machen uns Sorgen, wie er draußen in der Welt zurechtkommen soll.

Johnny, der geschmollt hat, seit ich ihn zuvor getadelt habe, erwärmt sich für das Thema Wissenschaft, sieht eine Möglichkeit, mein Wohlwollen zurückzubekommen. »Dad, wie können Leute nur denken, dass wir von Affen abstammen?«

»Ich weiß es nicht, Sohn. Hitler hat gesagt, wenn man will, dass die Menschen eine Lüge glauben, muss man sie nur ständig wiederholen. Die Säkularisten wiederholen ständig die ganze Evolutionsgeschichte, und die Menschen akzeptieren es einfach unkritisch. Sie hören, wie sich Gelehrte mit beeindruckenden Titeln über Affen und Fossilien und was auch immer ergehen, und sie denken, ›Tja, ich versteh's zwar nicht, aber ich schätze, es muss wohl alles Hand und Fuß haben, wenn diese klugen Köpfe es glauben.‹«

Johnny schüttelt energisch den Kopf, wendet sich seiner kleinen Schwester zu und sagt: »Affen …«

Ruth kichert und verschlingt ein Stück Speck.

Ich lächle sie an. Ich selbst habe keinen sonderlichen Appetit, also trinke ich einfach in kleinen Schlucken meinen Kaffee.

Matthew sagt: »Also, auf dem College ist die Festanstellung das Problem. Diese keuchenden alten Liberalen aus den Sechzigern verstopfen die Hochschulen – sie sind die Fossile, über die wir uns tatsächlich Gedanken machen sollten.«

Für Matthew ist alles politisch. Er macht gerade auf der University of Arkansas seinen Abschluss in Politikwissenschaft – oder PoWi, wie er es hartnäckig nennt –, und er beabsichtigt, selbst in die Politik zu gehen. Er hat schon in jungen Jahren ein ausgeprägtes Interesse an Politik gezeigt, hat es auf seiner Highschool zum Präsidenten der dortigen Gruppe der Young Republicans geschafft, doch sein Zorn über die Wiederwahl Obamas in 2012 hat mehr als alles andere seine diesbezüglichen Ambitionen bestärkt. In unserer Familie diskutieren wir über politische Dinge, und ich habe mich noch nie gescheut, kontroverse Themen auch auf der Kanzel anzusprechen. Aber ich habe so meine Zweifel, was Matthews Besessenheit von der Politik betrifft. Trotzdem, während ich mir einerseits Sorgen mache um den Preis, den er dafür zahlen müsste, in die schmutzige Welt der Politik einzusteigen, bin ich andererseits überzeugt, dass er einen guten Führer abgäbe.

Ich lasse meinen Blick über den Tisch wandern, betrachte die Gesichter meiner intelligenten und schönen Kinder. Das Atmen fällt mir schwer. Meine Brust fühlt sich beengt an. Ich schließe die Augen, um mich zu konzentrieren, den nächsten Atemzug zustande zu bringen.

»Richard, geht es dir gut?«, fragt Penny.

Ich nicke.

»Bist du sicher, Dad?«, fragt Matthew.

»Mir geht's gut.« Ich greife nach meinem Glas Wasser und stoße es um.

Mary legt eine Hand auf meine. »Dad?«

»Vielleicht sollte ich mich kurz hinlegen«, sage ich. Ich hole Luft. Ich öffne die Augen.

Penny steht neben mir, eine Hand auf meiner Schulter. »Geht's dir gut?« Sie legt eine Hand an mein Gesicht. »Du fühlst dich klamm an. Und du schwitzt.«

Sie sehen mich alle besorgt an. So etwas habe ich noch nie zuvor gesehen, dass mich meine Frau und alle meine fünf Kinder so anstarren. Der arme Mark sieht richtig erschrocken aus.

Ich versuche zu lächeln. Schweiß tropft auf meine Brille. Ich versuche, die Tropfen wegzuwischen, verschmiere aber dabei alles nur. »Vielleicht sollte ich mich einen Moment hinlegen.« Ich greife nach Marys Glas und trinke ihr Wasser. »Alles gut.«

Sie starren mich weiter an. Matthew steht auf und greift nach meinem Arm, um mir zu helfen, aber ich schlage liebevoll nach seiner Hand und sage: »Mir geht's gut, mir geht's gut. Macht nicht so ein Theater darum. Frühstückt zu Ende. Ich lege mich hin und mache ein kleines Nickerchen. Ich bin zu früh aufgestanden und hab zu viel Kaffee getrunken. Muss mich nur mal kurz hinlegen.«

Penny sagt zu allen: »Ihr habt euren Vater gehört. Esst auf.«

Sie folgt mir den Flur hinunter und die Treppe hinauf. Wir wechseln kein Wort, bis wir ins Schlafzimmer kommen und sie die Tür geschlossen hat.

Ich setze die Brille ab und lege mich hin, und sie fragt: »Ist es deine Brust?«

Ich hebe die Füße aufs Bett, und sie beginnt, mir die Schuhe auszuziehen.

»Es geht mir gut«, sage ich.

»Richard, sei nicht so starrköpfig. Sag mir, was los ist.« Sie setzt sich neben mich.

Ich schließe die Augen, damit ich nicht in ihr besorgtes und leicht vorwurfsvolles Gesicht sehen muss.

»Mir ist plötzlich schwindlig geworden, ein bisschen benommen, und ja, es ist mir ein wenig schwergefallen, frei durchzuatmen. Es ist aber nichts.«

»Es ist nicht nichts, wenn man Atemprobleme hat«, protestiert sie. »Du solltest zu Dr. Ritter gehen.«

Ich möchte diese Unterhaltung beenden, und ich möchte, dass sie geht. Ich habe schon vor langer Zeit gelernt, dass sie am schnellsten geht, wenn man mit allem einverstanden ist, was sie sagt. »Ja. Natürlich. Ich rufe Montagmorgen direkt als Erstes an.«

»Bist du sicher, nicht jetzt sofort jemanden zu konsultieren?«

»Mir geht's gut, wirklich. Mir war einen Moment schwindlig, aber jetzt ist alles wieder gut. Mein Puls ist in Ordnung. Ich liege hier und rede mit dir, also funktioniert auch mein Atmen wunderbar. Ich werde Montag anrufen.«

»*Ich* werde am Montag anrufen. Ich kann mich nicht darauf verlassen, dass du es selbst machst.«

»Danke, Liebes.«

»Ich werde dich jetzt ausruhen lassen.«

»Danke, Liebes.«

»Kann ich dir noch etwas holen?«

»Du könntest die Jalousien schließen und die Vorhänge zuziehen.«

Sie schließt die Fenster und gibt mir einen Kuss auf die Stirn. Ich öffne die Augen erst wieder, als sie die Tür hinter sich schließt und ihre Schritte sich den Flur hinunter entfernen.

Es ist fast dunkel im Raum, aber an den Rändern der Fenster drängen sich einige wenige besonders hartnäckige Lichtstrahlen durch und fallen auf die Wand. Ich ziehe die Bettdecke über meinen Kopf und drehe mich so lange, bis ich von einem schwarzen Kokon umhüllt bin. Ich lasse mich in der behaglichen Dunkelheit nieder. Ich kann nichts sehen. Ich spüre nur meinen Atem. Es ist, als hätte ich keinen Körper, als wäre ich bloß der Atem, den Gott der Herr Adam eingehaucht hat.

•••

Aber die Dunkelheit bietet nicht lange eine Pause. Die Gedanken kommen. Das Bedauern.

Wie habe ich nur so dumm sein können? Satan verstellt sich als Engel des Lichts; das wissen wir doch aus den 2. Korinthern, 11,14. Aber ich habe Gary nie als Engel des Lichts gesehen, oder? *Ich* sollte der Engel des Lichts sein. Sein Vater war außer sich, weil Gary vom College geflogen war. Und seine Sorge galt nicht nur der verschwendeten Studiengebühr oder einer beeinträchtigten Zukunft; seine Eltern hatten Angst, dass Gary sich etwas antun könnte. Ich sollte helfen.

Wie konnte das alles nur so schieflaufen? Hatte ich schon immer nach jemandem wie ihm gesucht? So etwas war mir noch nie zuvor passiert.

Was ist mit dem Mann in Asheville?

Nein, der Mann in Asheville war ein verrückter Augenblick der Schwäche, vor fünfzehn Jahren. Dabei ging es um die totale Selbstverleugnung – Richard der Mann, der Ehemann, der Vater, der Christ. Die ganze Erfahrung war traumatisch, ein Wildfremder fickte mich – ich mag das Wort nicht, aber es gibt dafür wirklich kein anderes Wort –, fickte mich mit einem triumphierenden Funkeln in den Augen, und nachdem er gegangen war, stand ich im Motel unter der Dusche, zitternd und blutend, und mehr allein, als ich es in meinem ganzen Leben gewesen war.

Dafür hasste ich mich. Ich bereute es unter Tränen. Es war so traumatisch, dass ich glaubte, für immer von diesem Drang geheilt zu sein.

Aber dann sah mich eines Tages Gary an und wendete den Blick nicht mehr ab. Wir sind einander überhaupt nicht ähnlich, unsere Leben besitzen keine Gemeinsamkeiten, aber als er mich ansah, fühlte ich mich völlig wehrlos. Hilflos. Ungeschützt.

Was hatte er gesehen? Ich weiß es nicht, aber ich habe schon vor vielen Jahren gelernt, dass es im Kern des Menschen nichts Romantisches gibt. Ich vermute, in meinem Kern gibt es nichts als drängende Bedürfnisse. Vielleicht hat er das gesehen.

Gary war mindestens so sehr eine Marionette des Teufels, wie ich eine war, und ich weiß, dass ich ihn im Stich gelassen habe. Er schenkte mir sein Vertrauen, und ich habe dieses Vertrauen missbraucht. Ich habe ihn jedoch nicht verführt. Ich wollte nie, dass so etwas passiert. Und er ebenfalls nicht. Es ist einfach passiert. Der Teufel hat uns beide hereingelegt. Der Teufel verspricht dieselbe einfache Lösung für alle Probleme, denselben Flicken für jede Verletzung: Tu, was immer du willst.

Hab ich. Ich hab meinem Bedürfnis nachgegeben.

Also, ja, ich wurde hereingelegt, aber ich kann mich nicht dahinter verstecken. Gott ist ein Mysterium, der Teufel allerdings nicht. In jeder nennenswerten Hinsicht wusste ich, was ich tat. Ganz sicher hatte ich einen ausreichend klaren Kopf, um unsere Interaktionen zu organisieren. Ich wollte nicht, dass es so war wie jene Nacht in Asheville. Es sollte spielerisch und leicht sein. Spaß machen. Ich wollte zusehen, wie er sich selbst Lust bereitete, meine pubertären pornografischen Fantasien Fleisch werden sehen. Vor allem jedoch wollte ich, dass er mir zusah, mich ansah, ich wollte, dass ein Mann Zeuge meiner Lust wurde.

Oder wollte ich nur einen Zeugen meiner Verderbtheit? Gibt es auf dieser Welt überhaupt so etwas wie echte Lust ohne Verderbtheit? Ich bin nicht sicher, es sei denn, es ist die Verzückung, am Ende die Fesseln des Fleischs abzuschütteln.

•••

Schließlich, ich weiß nicht, nach wie langer Zeit, klopft es an der Tür. Ich schäle mich aus dem Kokon und sage: »Ja?«

Die Tür öffnet sich. Penny sagt: »Liebling, Randy Ellis ist hier. Er möchte mit dir über …«

»Über die Abstimmung zur Abstinenz sprechen. Genau. Sag ihm, ich komme sofort runter.«

»Bis du sicher, Schatz? Ich kann ihm auch sagen …«

»Nein, nein. Sei nicht albern. Ich fühle mich ausgeruht und schon viel besser.«

Sie sieht mich einen Moment scharf an, sagt nichts und zieht sich zurück.

Ich stehe auf, gehe zum Fenster hinüber und ziehe die Gardinen zurück. Der strahlende Glanz des Tages ist zu viel für meine Augen, und ich muss den Blick abwenden.

Ich schlüpfe in meine Schuhe, streiche mein Haar zurecht und gehe nach unten.

Randy ist in der Küche und unterhält sich mit Matthew über Obamas Außenpolitik. Randy trägt eine Jeans mit Hosenträgern über einem grauen T-Shirt mit der Aufschrift EINE NATION UNTER GOTT, was exakt seine politischen Ansichten zusammenfasst.

Als Matthew mich sieht, fragt er: »Geht's dir wieder besser, Dad?«

Randy schiebt die Razorback-Baseballmütze auf seinem Kopf nach hinten. »Fühlst du dich krank, Bruder Richard?«

Ich winke ab. »Bisschen Kopfschmerzen. Penny tut immer so, als wäre so etwas gleich ein Weltuntergang. Matthew kommt da ganz nach ihr, schätze ich.«

Der Kommentar konnte für Matthew kaum schärfer sein. Obwohl er seine Mutter liebt, hat er sich bezüglich ihrer verantwortlichen Stellung in der Familie immer unwohl gefühlt. Schon als kleiner Junge schien er sich an ihrer Machtposition ihm gegenüber zu stören. Er respektiert sie als Mutter, als Nährerin, aber nicht als Autorität. Wie all meine Jungs strebt er danach, mir nachzueifern, und ich glaube fast, er war schon immer der Auffassung, Penny habe die Stellvertreterrolle an der Spitze unserer Familie usurpiert.

Er versucht zu lächeln und den Hieb wegzustecken, aber die Heiterkeit verschwindet aus seinem Gesicht. Jetzt weiß er, dass er vorsichtiger sein sollte.

Während Matthew einen Rückzieher macht, hat Randy – der leutselige, gutmütige Randy Ellis – überhaupt nichts davon mitbekommen, dass etwas passiert ist. Er reibt einfach nur seinen dicken Bauch.

»Hast du schon Patricias Whopper geholt?«, frage ich ihn.

»Noch nicht. Mach ich auf dem Heimweg.«

Nachdem ihre Söhne erwachsen und aus dem Haus sind, leben Randy und seine Frau Denise allein mit einem fettleibigen Cockerspaniel namens Patricia, und Randy kauft ihr jeden Tag bei Burger King einen Whopper.

Als ich mit ihm zu meinem Büro gehe, frage ich: »Sag, hast du ihr schon mal einen Big Mac gegeben, so zur Abwechslung?«

Er zuckt mit den Achseln. »Sie mag McDonald's nicht.«

Wir lachen darüber, und ich schließe hinter uns die Tür des Büros.

»Was gibt's Neues, Bruder Randy?«

Mein Schreibtisch steht zum Fenster, also drehe ich meinen Stuhl, um ihn anzusehen. Er nimmt auf dem Sessel vor meinem Bücherregal Platz. Er will die Beine übereinanderschlagen, doch dabei kommt ihm sein Bauch in die Quere. Stattdessen ergreift er mit den Händen seine Knie.

Sein Gesicht ist ernst, so ernst, wie ich es lange nicht gesehen habe. »Also, ich hab mit den Leuten vom Quorum Court gesprochen, wie du mich gebeten hast«, sagt er.

»Hast du auch mit den Methodisten gesprochen?«

»Natürlich. Tubb und Carter sind beide an Bord.«

»Das sind erfreuliche Neuigkeiten.«

»Damit ist die Sache doch geritzt, oder?«, fragt er. »Ich meine, wenn Tubb und Carter mit Nein stimmen, wird es keine Abstimmung über eine Lockerung der Prohibition geben. Oder machst du dir immer noch Sorgen?«

»Nun, das sind fantastische Neuigkeiten«, antworte ich ihm. »Gar keine Frage. Die Alkoholbefürworter befinden sich ohnehin auf wackligem Boden, und ohne die Methodisten sind ihre Chancen gleich noch mal erheblich schlechter geworden. Aber vergiss nicht, das Spiel ist erst zu Ende, wenn die Zähltafel ausgeschaltet wird und alle nach Hause gehen. Warten wir ab, wie es läuft.«

Randy holt geräuschvoll Luft. »Weißt du, Bruder Richard«, sagt er, »ich weiß es wirklich zu schätzen, dass du mich bei dieser Sache beteiligst.«

Seine düstere Stimmung überrascht mich. »Natürlich, Bruder«, sage ich. »Ich bin dir sehr dankbar für all deine Hilfe.«

Er nickt und räuspert sich. »Was ich meine ist ... Ich meine nur, und ich weiß nicht, ob dir das bewusst ist, jedenfalls ist morgen der achte Jahrestag, an dem ich das erste Mal einen Fuß in eine Kirche gesetzt habe.«

»Ist das schon so lange her? Nein, dessen war ich mir wirklich nicht bewusst.«

Er räuspert sich wieder. »Nun, ich werd's nie mehr vergessen. Denise hat mich vor acht Jahren reingeschleift.« Er lächelt. »›Es ist Ostern‹, hat sie gesagt. ›Setz deinen Hintern in Bewegung. Wir gehen in die Kirche.‹«

»Ich weiß, dass sie damals schon eine ganze Weile für dich gebetet hatte, Randy.«

»Genau, und sie hat mich mit in den Gottesdienst genommen, und ich habe dich predigen hören, und es hat mein Leben verändert.«

»Tja«, sage ich, »der Herr hat dein Leben verändert. Ich habe nur versucht, seine Botschaft zu übermitteln.«

»Du hast seinen Willen offenbart, wie immer, und mir hat das eine neue Richtung gegeben. Ich habe noch in derselben Woche aufgehört zu trinken. Ich dachte, es bringt mich um. Heute aber vermisse ich es überhaupt nicht mehr.«

»Gelobt sei der Herr.«

»Gelobt sei der Herr«, wiederholt er. »Deshalb bin ich ja auch so stolz darauf, mit dir gemeinsam gegen den Alkohol anzutreten, Bruder Richard. Damit es nicht so weit kommt … Ich kann dir sagen, das fühlt sich verdammt gut an. Wir können das nicht zulassen.«

»Nein, das können wir nicht.«

»Ich wünschte nur«, sagt er mit einem leichten Stottern, »ich wünschte nur, ich hätte früher damit aufgehört. Vielleicht wären meine Jungs dann besser dran.« Er starrt auf seine massigen Hände.

Ich hätte wissen können, dass ihn dies beschäftigt. Seine Söhne, Carl und Bobby, waren beide auf der Highschool, als Randy errettet wurde. Für jeden wiedergeborenen Christen ist es das Schwerste, sich wieder in seine Familie einzuführen, besonders gegenüber den Kindern. Man sagt seinen Kindern nicht einfach, dass man sich verändert habe; man sagt ihnen, dass eine höhere Macht alle Sünden vergeben habe. Manche Menschen, um es milde auszudrücken, wollen das nicht hören, ganz besonders trifft dies auf Kinder zu. Kinder sehen sich gern als die Einzigen, die befähigt sind, ihre Eltern zu beurteilen. Nach seinem eigenen Urteil war Randy vor seiner Errettung ein mangelhafter Vater, der einerseits zu Trunkenheit neigte und andererseits zu einer unbarmherzigen Zucht. Als er an diesem Ostern nach Hause kam und verkündete, er sei errettet worden, reagierten seine Jungs mit größter Skepsis. Und als er anfing, ihre Freiheiten einzuschränken – weltliche Musik im Haus zu verbieten, Alkohol und Zigaretten zu verbannen, ihre Freunde unter die Lupe zu nehmen –, verwandelte sich ihre Skepsis in wütenden, offenen Ungehorsam. Randy und Denise reagierten auf diese Rebellion, indem sie die Einschränkungen verdoppelten, die Jungs zwangen, zum ersten Mal in ihrem Leben den Gottesdienst zu besuchen. Bobby, erst ungefähr fünfzehn, gehorchte widerwillig. Carl, achtzehn und kurz vor dem Schulabschluss, verließ einfach das elterliche Haus und kehrte nicht mehr zurück.

Heute sind beide Jungs Mitte zwanzig und beide sind vom rechten Weg abgekommen. Bobby lebt noch in der Stadt, arbeitet in der Spätschicht in der Geflügelfabrik und lebt mit einer über vierzigjährigen Crystal Meth-Süchtigen zusammen. Carl lebt irgendwo unten in Little Rock und ist drogenabhängig. In gewisser Hinsicht, so scheint es mir, erfolgte Randys Errettung auf Kosten seiner Familie.

»Ist irgendwas passiert?«, frage ich.

»Tja, Carl ist angeschossen worden.« Er sagt es einfach, ohne jedes Gefühl, als würde er mir sagen, sein Sohn hätte seinen Job verloren.

Ich bin verblüfft. »Du meine Güte, Randy. Geht es ihm gut?«

»Ja. Ein Schuss ins Bein. Er hat uns gestern Abend angerufen. Denise ist heute Morgen runter. Sie hat mich angerufen, bevor ich hergekommen bin. Sagt, ihm geht's gut.«

»Was ist passiert?«

»Er hat irgendwelche Geschäfte gemacht. Du weißt ja, dass er in Southwest Little Rock lebt. Du weißt, was das bedeutet.«

»Drogen.«

»Ja. Wir wissen, dass er sie verkauft. Bobby hat uns das mal erzählt. Jedenfalls, gestern saß Carl mit einem Kerl in seiner Wohnung, ein Freund von ihm, sie hingen einfach nur ab. Der Typ ist noch keine zehn Minuten da, als es an der Tür klopft, und sie machen auf, und zwei Schwarze kommen rein. Ich vermute, sie kannten den anderen Kerl, Carls Freund, als hätte er sie eingeladen rüberzukommen. Aber dann zieht einer dieser schwarzen Typen eine Kanone und versucht, Carl auszurauben. Also zieht Carl seine eigene Kanone, denn natürlich hat er rein zufällig eine Kanone bei sich, und es kam zu einem Schusswechsel. Das ist jedenfalls Carls Geschichte, die Geschichte, die wir gehört haben, und die Geschichte, die er der Polizei erzählt hat.«

»Was ist deiner Meinung nach die Wahrheit?«

»Ich glaube, Carl ist ein Drogendealer, und diese Typen haben versucht, ihn auszurauben.«

»Okay. Und Carl hat einen Schuss ins Bein bekommen?«

»Ja. Hat seinen Oberschenkel zerfetzt, aber Knochen und Arterien nicht erwischt. Er hat Glück gehabt, unter den gegebenen Umständen.«

»Sonst noch jemand verletzt worden?«

»Na ja, also, er hat den Kerl mit der Kanone umgebracht.«

»Moment, Carl hat gestern einen anderen Menschen umgebracht?«

»Ja«, sagt Randy, starrt auf seine Hände.

»Mein Gott.«

Randy nickt.

»Mit dir alles in Ordnung?«, frage ich.

Er schüttelt den Kopf. »Ich ernte, was ich gesät habe, Richard. Genau das ist es. Du pflanzt Sünde, du ziehst Sünde heran.«

Er hebt eine große Hand an sein Gesicht.

Ich strecke meine Hand aus und lege sie auf seine Schulter. »Das tut mir leid, Mann.«

Er nickt.

Ich drücke seine Schulter. »Es tut mir unheimlich leid.«

Er lässt die Hand auf seinen Oberschenkel sinken und sagt: »Ich weiß einfach nicht, was ich tun soll, Bruder Richard.«

»Es ist schwer zu wissen, was man tun soll«, sage ich. »Aber das Erste, was du tun solltest, ist zu versuchen, den Herrn zu erreichen. Er ist für dich da. Er hört dir zu. Er hat einen Plan.«

Randy starrt auf meinen Teppich. »Weißt du, ich möchte das ja glauben …«

»Römer, 8, 28. ›Wir wissen aber, dass denen, die Gott lieben, *alle* Dinge zum Besten dienen.‹ Alle Dinge, Bruder.«

»Ja.«

»Zum Beten ist es nie zu spät, Randy. Er hört immer zu.«

Er nickt. »Richtig. Ich werde zu ihm beten.«

»Ich weiß, dass du das tun wirst. Möchtest du jetzt direkt zu ihm beten?«

»Jawohl, Sir. Es würde mir sehr viel bedeuten, wenn du das Gebet sprechen könntest, Bruder Richard, wenn du jetzt direkt für mich dem Herrn berichten würdest.«

»Natürlich.«

Wir beugen unsere Köpfe. Ich bete: »Himmlischer Vater, wir kommen heute zu dir, um dich zu bitten, Carl zu beschützen, seinen Körper zu heilen und auch sein Herz.«

Randy bricht beim Gebet die Stimme. »Ja, oh Herr. Bitte.«

»Hol ihn in den Schoß der Kirche, oh Herr. Bring ihn nach Hause zu seiner Mutter und seinem Vater, hol ihn nach Hause zu dir. Und strecke deine Hand auch zu Bobby aus, oh Herr. Bring diese Familie wieder zusammen und heile sie, oh Herr. Sei mit Randy, und gib ihm die Weisheit und die Kraft, seine Familie zu dir zu führen.«

»Ja«, betet Randy.

»Wir wissen, dass du dies tun wirst, oh Herr, denn du bist der große Heiler.«

»Das ist wahr«, flüstert Randy.

»Und, Vater, wir danken dir und preisen deinen Namen, weil du Randy in die Familie Gottes gebracht hast. Wir preisen dich und danken dir für diese letzten acht Jahre. Für das, was du in seinem Leben und im Leben von Denise getan hast.«

»Amen, amen«, flüstert Randy.

»Dies alles beten wir in Jesus heiligem Namen. Amen.«

»Amen«, sagt Randy. Mit Tränen in den Augen schaut er zu mir auf. »Danke«, sagt er. »Wirklich, Richard, ich danke dir.«

Ich tätschle seine großen Hände, die immer noch zum Gebet gefaltet sind. »Sehr gern geschehen, mein Freund. Und ich sage dir etwas, lass uns am Montag deinen Sohn besuchen gehen. Du und ich. Meinst du, das wäre eine gute Idee?«

Randy nickt. »Ja. Vielen, vielen Dank.«

»Nichts zu danken. Das mache ich sehr gern. Vielleicht hat der Herr uns dies geschenkt.«

»Könnten wir das hier trotzdem vorläufig für uns behalten? Ich wäre dir sehr dankbar, wenn du niemandem davon erzählen würdest.«

»Bist du auch ganz sicher, dass die Kirche dies nicht in ihr Gebet aufnehmen soll? Ich bin sicher, unsere Gebetskrieger würden dir den Rücken freihalten.«

»Ich würde lieber im Moment noch darüber schweigen. Natürlich habe ich nichts dagegen, wenn du es Penny erzählst. Ich hab's nur einfach nicht so eilig, dass jeder davon erfährt.«

»Natürlich. Ich werde schweigen.«

Er rappelt sich auf, wischt sich mit seinen fleischigen Fingern die letzte Träne aus dem Gesicht. Seine Stimme hebt sich, signalisiert einen Stimmungswechsel.

»Gehst du später noch zur Kirche?«

»Ja. Ich muss beim Osterprogramm helfen. Muss noch an meiner Geschichte arbeiten.«

Er lächelt. »Solange ich dich kenne, hab ich nicht verstanden, wie du dich dort hinstellen und vor all den Menschen sprechen kannst.«

Ich öffne die Tür und klopfe ihm auf den Rücken. »Das gehört alles zum Job. Ich vermute, der Herr erwählt die Redner fürs Reden.«

Randy sagt: »Apropos Leute, die reden. Ich hab heute Morgen in der Zementfabrik was aufgeschnappt. Jemand hat gesagt, dass Ray doch nicht kündigt. Er hat ihnen gesagt, er bleibt.«

»Wirklich?«

»Hab ich so gehört.«

»Vielleicht bedeutet das, Ray lässt Brian im Stich.«

»Genau das hab ich auch gedacht. Glaubst du, Brian schmeißt das Handtuch, wenn Ray aussteigt?«

»Nein«, sage ich und tippe mit den Fingern an meine Lippen. »Brian ist derjenige, in dem das Feuer lodert. Ich hatte schon immer das Gefühl, dass Ray nur ein Trittbrettfahrer ist. Brian war schon immer der Motor in dieser Partnerschaft.«

»Trotzdem«, sagt Randy, »sieht gar nicht gut aus für Harten.«

»Ganz sicher nicht.«

Während er auf unsere Veranda tritt, sagt er: »Okay, Bruder Richard, wir sehen uns morgen.«

»Jap, wir sehen uns.«

»Und dann können wir noch mal darüber sprechen, am Montag zu Carl zu fahren«, sagt er. »Dann weiß ich auch schon mehr.«

»Oh, ja.« Ich nicke. »Natürlich.«

Montag. Wie schaffe ich es bis Montag?

Während ich ihm hinterhersehe, als er zu seinem Pick-up geht, spüre ich, wie mir wieder schlecht wird.

Ich schließe die Tür und gehe zurück zu meinem Büro. Ich bleibe auf dem Flur stehen, vor der Wand mit unseren Familienfotos.

Wie schaffe ich es bis Montag?

Jetzt ist nicht der richtige Augenblick für Panik. Jetzt ist der Augenblick auszutüfteln, wie ich das hinbekomme. Fokussier dich.

Wie schaffe ich es bis Montag?

Ich gehe in mein Büro, und als ich mich setze, muss ich wieder an etwas denken, das Randy gesagt hat.

Sieht gar nicht gut aus für Harten.

Brian Harten dürfte gerade ziemlich verzweifelt sein. Die Abstimmung wird gegen ihn ausgehen. Jeder weiß das. Er muss es auch wissen.

Er muss mich hassen.

Ja, natürlich, er hasst mich.

Aber er muss ebenfalls verzweifelt sein.

Ich frage mich, wie verzweifelt.

5
Brian Harten

Roxie freut sich nicht besonders, mich zu sehen.

»Heute ist nicht dein Tag, um die Kids zu holen«, sagt sie.

»Ich weiß.«

»Und warum bist du dann hier?«

Neben ihrem Wagen steht ein Truck in der Einfahrt. Ich deute mit dem Kopf darauf. »Wem gehört der?«

Sie lehnt sich gegen die Tür und verschränkt die Arme. Sie trägt ein blaues Trägerhemdchen und die Captain America-Jogginghose, die sie vor ein paar Weihnachten von den Kids bekommen hat.

»Jeff.«

»Wer zum Henker ist Jeff?«

»Jeff ist der Typ, dem der Truck gehört.«

»Und wieso steht Jeffs Truck in der Einfahrt? Wo ist Jeff?«

Roxie ist irgendwie mager, kleine Titten, keine Hüften. Sie hat Sommersprossen, braune Haare und braune Augen. Als wir verheiratet waren, hatte ich irgendwie keinen Bock mehr auf Sex mit ihr. Nein, keinen Bock ist der falsche Ausdruck. Ich hatte mich einfach an den Sex mit ihr gewöhnt. Es war wie zur Arbeit fahren, es gab einfach nicht mehr viel Neues. Jetzt jedoch, wie sie mit verschränkten Armen, zerknautschtem Gesicht und total angepisst vor mir steht, macht sie mich irgendwie an. Ihr Hals sieht so zart aus, und das Haar fällt über ihre sommersprossigen Schultern. Wenn sie in diesem Augenblick hätte Sex haben wollen, ich wäre ohne zu zögern dabei.

Aber sie denkt nicht an Sex.

»Es geht dich gottverdammt nichts an, mit wem ich zusammen bin«, sagt sie. »Wir sind nicht mehr verheiratet. Ich komme ja auch nicht in aller Herrgottsfrühe bei dir vorbei und frage dich, mit wem du frühstückst.«

»War er die Nacht über hier?«

»Ich mach gleich die Tür zu, sofern du nichts anderes zu sagen hast, Brian.«

»Ich sag ja nur, ich finde, ich hab ein Recht zu wissen, wer da drinnen ist und mit meinen Babys Müsli mampft.«

»Es gibt Speck mit Eiern, und du musst nur wissen, dass er mein Freund ist, und dass er hier ist.«

»Speck mit Eiern. Seit wann machst du für irgendwen Speck mit Eiern?«

»Bäh!« Sie schüttelt den Kopf und will die Tür schließen, aber ich halte sie auf.

»Okay. Hey, ich bin sowieso eigentlich wegen was ganz anderem hier. Ich bin vorbeigekommen, um dich zu fragen, ob ich mir deinen Wagen ausleihen kann.«

Sie erstarrt, runzelt die Stirn und wirft einen Blick über meine Schulter. »Wo ist dein Auto?«

»Kaputt.«

»Was ist los damit?«

»Die Lichtmaschine, glaub ich. Ich muss jemanden draufsehen lassen.«

»Warum musst du dir mein Auto ausleihen?«

»Ich muss rüber nach Morrilton.«

»Warum?«

»Was interessiert's dich?«

»Wenn du meinen Wagen ausleihen möchtest.«

»Ich muss mit Tommy sprechen. Er schuldet mir Geld. Ich muss das Geld haben, damit ich das Auto reparieren lassen kann.«

»Ist er so früh schon da?«

»Am Wochenende kommt er meistens ziemlich früh, damit er von Carmen und Sarabeth wegkommt. Er wird Bürokram machen oder telefonieren oder was weiß ich. Die meiste Zeit sitzt er nur da und glotzt fern.«

Sie nickt, schnappt sich ihre Handtasche von der Garderobe und nimmt die Wagenschlüssel heraus. Allerdings hält sie sie noch fest. »Wann bist du zurück?«

»Wie spät ist es?«

»So halb elf.«

»Keine Ahnung. Vielleicht gegen zwölf? Spätestens um zwei.«

»Spätestens um zwei.«

»Ja.«

Sie gibt mir die Schlüssel.

•••

Der Fußraum ist voller Scheiß. McDonald's-Verpackungen und alte Comics und Schulaufgaben der Kids. Roxies Auto hat schon immer ausgesehen wie eine fahrbare Mülltonne. Ich hab das noch nie verstanden. Ich halt meinen Scheiß in Ordnung. Deswegen hat man so was doch, oder? Damit es nett und in Ordnung ist. Ich hab noch nie verstanden, wie man sich ein Auto kaufen und es dann wie einen Müllcontainer behandeln kann.

Jedenfalls, es ist ein gutes Gefühl, in einem Auto zu sitzen und nicht zu Fuß gehen zu müssen. Ich überquere die Little Red River Bridge, vorbei an der Kirche und raus aus der Stadt. Zu Fuß hätte ich diesen Trip nie machen können, das ist mal klar. Nett von Roxie, dass sie es mir geliehen hat, denke ich.

Nein, scheiß drauf. Sie hat's mir nur geliehen, damit sie es mir später unter die Nase reiben kann. Heute oder morgen oder in einem verkackten Jahr – irgendwann wird's das Miststück mir um die Ohren knallen.

Jeff. Wer zum Henker ist Jeff? Nicht Jeff Black? Nein, kann nicht sein. Vielleicht Jeff Dingsbums, der bei Walmart arbeitet.

Keine Ahnung. Schätze, es spielt auch keine Rolle. Hat keinen Sinn, eifersüchtig zu werden.

Ich bin ja sowieso nicht eifersüchtig, also, nicht wirklich. Wenn *Jeff* sich Roxies Scheiß reinziehen will, hey, besser er als ich.

Aber ich würd schon gern mit ihr ficken. Ein letztes Mal.

Schätze mal, der alte Jeff vögelt sie jetzt gerade.

Egal.

Außerhalb der Stadt beschreibt die Straße eine weite Kurve in den Wald. Bäume, Bäume, Bäume. Der Norden von Arkansas ist nichts als Bäume. Der untere Teil des Staates besteht nur aus Sümpfen. Mir sind die Bäume lieber, sag ich mal, aber manchmal denke ich doch, ich hätte von hier verschwinden sollen. Klar, ich bin raus aus dem Van Buren County, aber wohin bin ich denn? Ein County weiter. Und was hat mir das gebracht? Hier bin ich genau da, wo ich angefangen habe. Kein Geld. Keine Familie. Bin mit dem Auto meiner Ex-Frau unterwegs zu meinem Ex-Boss.

Eine echte Erfolgsgeschichte.

•••

Tommy's Bar ist geschlossen, aber sein Truck steht davor neben der Statue. Er parkt immer neben der Statue. Nicht genug, dass er sich selbst ein Standbild gesetzt hat, er muss auch noch daneben parken.

Die Statue sieht bescheuert aus. Tommy erzählt jedem, das Ding sei aus »Kaltbronze«, aber ich war dabei, als er das verfluchte Teil gekauft hat, und ich weiß ganz sicher, dass es lediglich Kunstharz ist, dem gemahlene Bronze beigemengt wurde. Also, es ist zwei Meter vierundvierzig wie Bronze aussehendes Kunstharz auf einem ein Meter dreißig hohen Betonsockel, und es soll Tommy in seiner besten Zeit darstellen, wie er einen neunzig Zentimeter langen Baseballschläger lässig auf der Schulter drapiert hält. Es ist eine verranzte Statue, und sie sieht ihm nicht mal mehr ähnlich, weil er eine fette Bierwampe von der ewigen Sitzerei hinter der Theke hat. Als er noch Highschool-Baseball-Star war und ein Stipendium fürs College bekommen hat, war er schlank und durchtrainiert und achtzehn. Jetzt ist er nur ein weiterer fetter Redneck.

Aber das ist ihm nicht bewusst. Er hält sich für die Statue.

Ich parke neben mehreren Autos auf dem Parkplatz und gehe rein. Die Stühle stehen auf den Tischen, und Tommy ist hinter der Theke. Zwei Mädels sitzen dort bei ihm. Ich kenne sie nicht. Vielleicht sind es neue Kellnerinnen. Sie sind beide jung und hübsch. Die eine ist Chinesin oder vielleicht auch Koreanerin. Man sieht hier nicht sonderlich viele Asiatinnen. Muss adoptiert sein.

Die drei starren mich an, als ich reinkomme, und ich sehe Tommy lächeln.

Er lehnt sich so weit zurück, dass er sich fast den Kopf an dem an der Wand angebrachten Louisville Slugger stößt. »Harten, mein Lieber. Der Unternehmer kehrt zurück.« Er trägt eine beige Cargo-Shorts und ein knapp sitzendes rosa Polohemd, wodurch er wie ein großer Nippel aussieht.

»Hey, Tommy, was geht?«

Die Mädchen sitzen auf Barhockern und spielen Siebzehnundvier mit Tommy. Vor ihnen liegen Pennys. Er hat Dollars. Ich hab früher schon mitbekommen, wie er dieses Spiel mit Mädchen spielt – er setzt Dollars und sie setzen Pennys. Das macht er nur, um zu protzen. Den Mädchen ist es immer egal. Im Grunde bezahlt er sie dafür, dass sie mit ihm abhängen.

»Du kennst Ka und Britney?«, fragt er.

Die Mädchen lächeln mich an. Ka ist das asiatische Mädchen. Britney ist die Blondine.

»Nein.« Ich nicke ihnen zu. »Was geht?«

Sie erwidern mein Kopfnicken und wechseln einen Blick. Sind noch nicht sicher, was sie von mir halten sollen.

Tommy mischt die Karten. »Was geht, Harten?«

»Ach, nicht viel. Dachte, ich schau mal kurz rein und hole meinen Scheck ab.«

»Was für'n Scheck? Wofür?«

»Der Lohnscheck.«

Er sieht mich nicht mal an, als er darauf antwortet. »Wenn ich das richtig checke, hast du nicht mehr hier gearbeitet, Harten.« Er sieht die Mädchen an und lächelt. »Hey, wenn ich das richtig checke, hast du keinen Scheck gekriegt. Das ist ein … Wie heißt das noch schnell? So was wie ein Reim?«

»Ein Wortspiel?«, schlägt Ka vor.

»Genau, ein Wortspiel.«

»Du schuldest mir noch letzten Monat«, sage ich.

»Letzten Monat?«

»Ja.«

Er mischt wieder die Karten, zieht eine heraus, sieht sie an, schiebt sie wieder in den Stapel und mischt weiter.

Die Mädchen lächeln nicht mehr. Ka sieht Britney an. Britneys Blicke pendeln zwischen mir und Tommy.

»Letzten Monat«, sage ich.

»Hm. Was meinst du denn, wie viel ich dir für letzten Monat schulde?«

»Du weißt nicht, wie viel du den Leuten schuldest?«

»Doch, doch, weiß ich. Weiß ich. Was aber genau der Punkt ist, warum ich jetzt etwas durcheinander bin, denn ich bin ziemlich sicher, dass ich dir gar nichts schulde. Du hast doch vor dem Monatsende gekündigt.«

»Ich habe gearbeitet, Tommy. Du schuldest mir locker dreihundert Mäuse!«

Er legt die Karten auf die Theke und starrt mich an, diese dämlichen Augen blinzeln mich aus seinem feisten Gesicht an. »Du bist am letzten Tag doch nicht mal mehr zur Arbeit erschienen.«

»Ich hab Katy angerufen und ihr Bescheid gegeben.«

»Du sollst keinen meiner Angestellten anrufen, du sollst mich anrufen! Du hast mich hängen lassen.«

»Ich musste mich um Scheiß kümmern.«

»Du hast bei mir telefonisch gekündigt, indem du eine Kellnerin anrufst. Das ist echt 'ne miese Nummer, mein Freund. Das haut so einfach nicht hin.«

Ka wirkt nervös. Britney lächelt.

»Du hast trotzdem Schulden bei mir, Tommy.«

Er schüttelt den Kopf. »Du hast mich an dem Abend im Regen stehen lassen, Alter. Das muss ich in Abzug bringen.«

»So läuft das nicht.«

»Außerdem musste ich jemanden bezahlen, der deine Schicht übernommen hat.«

»Und? Was hat das mit irgendwas zu tun …?«

»Und, ich würde mal sagen, damit wären wir dann wohl quitt.«

Mir fehlen echt die Worte. Ich weiß, dass dieses Arschloch niemals zahlen wird, was er mir noch schuldet. Tommy ist ein echt beschissener Chef. Und ich? Ich bin nur ein Typ, der *mal* für ihn gearbeitet hat.

Ich schüttle den Kopf. »Seid ihr neu hier?«, frage ich die zwei Mädels.

Beide starren mich nur an.

»Arbeitet ihr hier?«

Ka nickt.

»Dann vergesst nicht, was ihr hier gerade erlebt. Das ist nämlich der echte Tommy Weller.«

»Okay«, schaltet Tommy sich ein. »Wieso verpisst du dich nicht einfach aus meinem Laden?«

»Der Arsch besitzt vier Firmen«, erkläre ich den Mädels. »Wusstet ihr das? Klar wisst ihr das. Er erzählt's ja jedem, der zuhört. Die Statue da draußen, er mit seinem Baseballschläger, die hat er selbst aufstellen lassen. Und das ist schon saukomisch, weil sich nämlich absolut kein Schwanz in Arkansas auch nur einen Furz für Baseball interessiert. Und wo hat er Baseball gespielt? In der ersten Liga? Nein. In der Unterliga? Nein. Auf dem *College*. Ja, ich meine, hey, wer zum Henker steht nicht auf College-Baseball?«

»Wo hast *du* gespielt, Brian?«, fragt Tommy.

Ich sehe ihn nicht mal an. »Er ist übrigens vom College geflogen«, kläre ich die Mädels auf. »Das nur so nebenbei. Er war ein Jahr dort, bis sie ihn geschasst haben.«

»Und dann«, sagt Tommy, »komme ich hierher zurück und gründe vier erfolgreiche Firmen, Brian. Wie viele Unternehmen gehören dir?«

»Eines in der Mache.«

»Ach, ist das so?«

»Ja.«

»Ist das so?«

»Ja, es ist so.«

»Da hör ich aber was ganz anderes. Nach allem, was ich so höre, wirst du hier im Van Buren County gar nichts eröffnen.«

»Das werden wir ja noch sehen.«

Tommy lächelt dünn. »Oh, ja. Das werden wir ganz bestimmt.«

Mein Blick wandert zwischen den dreien umher. Britney kann sich ein Lachen kaum noch verkneifen, sie wird losprusten, noch bevor ich den Parkplatz erreiche. Ka wirkt irgendwie voll entsetzt. Und Tommy grinst, als hätte er mir gerade die Hose runtergezogen.

Ich drehe mich um und stampfe hinaus. Ich springe in Roxies Wagen, als wollte ich mit Vollgas abzischen. Aber ich kann nur dasitzen und starre auf den Schatten von Tommys großem Gips-Baseballschläger, der auf die Kühlerhaube fällt.

Ich drücke den Daumen an meine Lippen. Ich weiß nicht, wohin ich soll. Ich kann niemanden anrufen. Ich werde zurück nach Stock fahren und Roxies Wagen abgeben. Und dann werde ich zu Fuß zu meiner Wohnung gehen.

Ich vergrabe den Kopf in meinen Händen.

Mein Telefon vibriert. Ich reibe die Augen und ziehe das Telefon aus der Tasche. Ich erkenne die Nummer. Richard Weatherford. Ich hab ihn letzten Monat angerufen, um mich wegen etwas zu beschweren, das er in einer Stadtratssitzung gesagt hat. Vielleicht revanchiert er sich jetzt.

»Hallo«, sage ich.

»Ja, hallo. Spreche ich mit Brian?«

»Ja.«

»Ja, Brian. Hier spricht, äh, hier spricht Richard Weatherford. Wie geht's Ihnen?«

»Nicht so besonders, Reverend. Was kann ich für Sie tun?«

»Ich dachte, wir könnten vielleicht reden.«

»Okay.«

»Ich dachte, wir könnten uns vielleicht unterhalten. Persönlich. Vorzugsweise noch heute.«

»Worüber wollen Sie mit mir reden? Ich hab zu tun.«

»Also, es geht um die bevorstehende Abstimmung.«

»Mir ist gerade nicht nach einer weiteren Moralpredigt über die Übel des Alkohols, Prediger.«

»Ja, also, ich werde nicht predigen. Überhaupt nicht. Also, eigentlich hab ich gehofft, wir könnten darüber reden.«

Er hat was Komisches in der Stimme. So hat er sich

noch nie angehört. Einen kurzen Augenblick bin ich nicht mal sicher, ob er es überhaupt ist. »Okay …«

»Ich denke, es interessiert Sie vielleicht zu erfahren, was ich zu sagen habe.«

»Na schön. Wo? In Ihrer Kirche?«

»Äh, nein«, sagt er. »Was ich zu sagen habe, ist ziemlich heikel. Ich frage mich, ob wir uns irgendwo treffen könnten, wo wir eine diskrete Unterhaltung führen können.«

»Eine diskrete Unterhaltung.«

»Ja.«

»Woran haben Sie gedacht?«

»Kennen Sie die Autowaschanlage unten an der Huddo Road?«

»Ja.«

»Ich kann in zehn Minuten dort sein.«

»Ich bin gerade unterwegs«; sage ich. »Wie wär's in einer Stunde?«

»In einer Stunde? Okay. Ja. In einer Stunde.«

»Wir sehen uns dann.«

»Brian, eines noch.«

»Ja.«

»Ich wäre Ihnen sehr verbunden, wenn Sie mit niemandem darüber sprechen würden. Wir sollten das für uns behalten, wenn es Ihnen nichts ausmacht, bis wir miteinander reden konnten.«

»Alles ein bisschen zwielichtig, Prediger.«

»Nein.« Er lacht nervös. »Da ist überhaupt nichts ›zwielichtig‹. Ich möchte nur kurz mit Ihnen sprechen.«

Wir beenden das Gespräch, und ich sitze da, starre das Telefon an und denke: *Was zum Teufel will der denn?*

6
Richard Weatherford

Ich habe gerade das Gespräch mit Brian Harten beendet, als das Telefon in meiner Hand zu summen beginnt. Ich zucke zusammen, weil ich annehme, Brian rufe zurück.

Stattdessen ist es mein Vater. Ich lasse den Kopf sinken und stöhne.

Ich muss diesen Anruf annehmen.

»Hey, Dad«, sage ich.

Ich höre, wie er es sich in seinem Sessel bequem macht. »Und?«, bellt er. »Wie geht's?«

»Es läuft«, sage ich. »Die Kinder sind zu Ostern alle zu Hause.«

»Ach ja? Das ist gut.«

»Wir finden es alle schade, dass du nicht kommen konntest.«

»Ach, du weißt doch, dass ich zu angeschlagen bin, um groß zu reisen. Ihr solltet mich alle besuchen kommen.«

Ich versuche, das mit einem Lachen abzutun. »Dad, warum lädst du mich immer zur einzigen Zeit des Jahres auf einen Besuch ein, wo du doch genau weißt, dass ich nicht kommen kann?«

»Wie meinst du das?«

»Mich an Ostern einzuladen, dich besuchen zu kommen, ist so ziemlich das Gleiche, wie einen Bräutigam an seinem Hochzeitstag zu einem Besuch einzuladen.«

»Tja, ich meine ja auch nicht unbedingt jetzt. Sondern nur, du weißt schon, dieser Tage eben.«

Genau das sagt er jedes Mal, wenn wir reden. Und zur Antwort sage ich genau dasselbe wie jedes Mal, wenn wir reden.

»Ja, wir müssen unbedingt demnächst zu dir kommen. Im Moment jedoch, das kann ich dir sagen, habe ich wirklich jede Menge um die Ohren.«

Dad lacht leise. Es ist kein spöttisches Lachen, aber eine Spur Sarkasmus schwingt schon mit. »Diese Zwei-Tage-Arbeitswoche macht dich fertig?«

Mir schießt sofort das Blut in den Kopf, aber ich versuche, mit ihm zu lachen. »Du kannst dir gar nicht vorstellen, wie viel ich am Hals hab, Dad.«

»Ach, sei doch nicht so empfindlich. Das weiß ich doch. Wenn ich allein an die Kinder denke. Deine Mutter und ich sind ja kaum mit einem zurechtgekommen. Wo wir gerade von deinen Sprösslingen sprechen: Hat Matt schon sein Examen gemacht?«

»In ein paar Monaten.«

»Hat er schon drüber nachgedacht, was er danach macht?«

»Also, sieht ganz danach aus, als wollte er seinen Master machen.«

»Master? Kein Scheiß? In Politikwissenschaft?«

»Ja. Er wird an der U of A bleiben.«

»Schätze, dann wird er wohl Politiker, was?«

»Das wird sich zeigen. Er hat bereits ganz gute Kontakte machen können.«

»Wenn er eines Tages für ein Amt kandidieren will, sollte er zum Militär gehen. Keiner von diesen ganzen Politikern hat mehr gedient.«

»Ich weiß.«

»Aber den alten Trump, den mag ich schon.«

»Ach, ja?«

»Sicher. Die mexikanische Grenze hat mehr Löcher als ein Stück Schweizer Käse. Da hat der Mann völlig recht. Alle möglichen Leute kommen da jeden Tag durch und schnorren hier Sozialhilfe, drücken die Löhne runter, werfen Kinder wie die Karnickel. Jemand muss dem endlich einen Riegel vorschieben.«

»Cruz ist mein Mann.«

»Ist der nicht Kubaner oder so was?«

»Also, zum Teil, glaube ich. Er gehört der Southern Baptist an.«

»Das ist gut.«

»Was gibt's bei dir sonst noch Neues, Dad?«

Er lacht. »Ich bin alt, Sohn. Und wenn man alt ist, dann ist alles neu und doch auch wieder nichts. Meine rechte Hand ist fast nicht mehr zu gebrauchen. Das ist die jüngste Entwicklung.«

»Wie meinst du das?«

»Also, ich habe nur noch einen Finger an der Hand, der funktioniert, und das ist mein kleiner Finger. Und was kann man mit dem schon groß machen? Die Finger, die die ganze richtige Arbeit machen, die sind zu nichts mehr zu gebrauchen. Die sind so steif wie ein Brett.«

»Warst du damit beim Arzt?«

»Wenn du das nächste Mal betest, leg ein gutes Wort für meine Hand ein.«

»Werde ich. Aber warst du damit bei einem Arzt?«

»Klar doch, aber diese Ärzte vom Veteranenministerium haben alle keine Ahnung. Dieses kleine alte Mädel, das mich in der Mangel hatte, hat zu mir gesagt, sie könnten mir die Finger abnehmen, wenn ich wollte. Kannst du dir so was vorstellen? Ich habe ihr geantwortet: ›Also, müssen Sie denn?‹ Und darauf sie so, nein, die werden mich nicht umbringen oder so. Also sag ich zu ihr: ›Prima, Schätzchen, dann möcht ich meine Finger lieber behalten, wenn's Ihnen egal ist. Sie sind unnütz, aber es sind meine.‹ Diese Ärzte wissen einen Scheißdreck.«

»Aber, Dad, was haben sie denn gesagt, woran es liegt? Sind es Folgeschäden von deinem Zucker?«

»Ach, ja, der Zucker spielt da wahrscheinlich auch irgendwie mit, schätze ich, aber da ist auch noch die Nervenschädigung in meinem Arm von damals, als ich mich im Dienst mit dem Jeep überschlagen hab. Außerdem hab ich ja Arthrose. Das wäre noch ein Faktor. Aber so ist es nun mal. Wenn man anfängt, alt zu werden, ist immer irgendwas. Und wenn man anfängt, richtig alt zu werden, dann sind es immer gleich zehn verschiedene Sachen. Bei mir ist heute so viel kaputt, da fällt's mir schwer, mich zu erinnern, wie es sich angefühlt hat, als noch alles in Ordnung war.«

»Hast du deswegen gebetet?«

»Ach, der Herr hat Besseres zu tun, als über meinen alten, kaputten Körper nachzudenken. Ich werde alt, das ist alles. Hat keinen Wert, Gott damit zu belästigen.«

»Ich bin nicht sicher, ob das so ist …«

»Halt mir keine Predigten, Sohn.«

»Wie steht's mit der Schrift? Du liest deine Bibel?«

»Ich muss sie nicht lesen. Ich weiß, dass sie wahr ist. Und nur darauf kommt's an.«

»Gehst du denn wenigstens regelmäßig in die Kirche, Dad?«

»Ach, sicher. Ich gehe so ziemlich jeden Sonntag.«

»Schön, freut mich, wenigstens das zu hören.«

»Aber mir gefällt der neue Mann für die Musik nicht.«

»Warum nicht?«

»Tja, der geht da mit seiner Gitarre hoch. Ein Jugendlicher am Schlagzeug, einer am Bass. Ich meine, die sind schon okay, aber Gitarren und Schlagzeug in einer Kirche? Ich dachte, Kirchen wären für Klaviere und Orgeln, jedenfalls nicht für Rock and Roll.«

»Du weißt doch, dass es heute in vielen Kirchen Praise-Bands gibt. Praktisch alle großen Kirchen haben die.«

»Na, dein Großvater hat nur an zwei Dinge geglaubt

– an das United States Marine Corps und an die Southern Baptist Convention – und wenn er lange genug gelebt hätte, um zu sehen, wie so ein Langhaariger an einem Sonntagmorgen auf ein Schlagzeug eindrischt, ich glaube, dann hätte er jemanden erschossen.«

Darüber müssen wir beide lachen, und ich sage: »Ich weiß, was du meinst, Dad, aber in der Bibel wird nirgends zwingend vorgeschrieben, dass der Herr nur mit Orgelspiel gepriesen werden kann.«

»Wenn du das sagst. Ihr habt in eurer Kirche aber nicht auch diesen christlichen Rock and Roll, oder?«

»Der Himmel bewahre. Wenn ich jemanden ein Schlagzeug aufstellen lassen würde, dann würde Amos Pettibone eine Menschenmenge bewaffnet mit Fackeln und Mistgabeln zu mir nach Hause schicken. Vielleicht ist das ja auch der Grund, warum ich nicht mehr als dreihundert Menschen in der Gemeinde habe.«

»Dreihundert sind doch gar nicht schlecht.«

»Vermutlich nicht.« Ich denke an seine Bemerkung vorhin wegen meiner Zwei-Tage-Arbeitswoche und füge hinzu: »Dreihundert halten mich ziemlich auf Trab. Montags mache ich meine Hausbesuche. Jeden Dienstagmorgen mache ich Bibelstudium für die Senioren, dann sind da noch jeden Monat die Geschäftsversammlungen und ich schreibe zwei Predigten für die Gottesdienste am Sonntag und den Bibelkreis am Mittwochabend.«

»Tja«, sagt er mit einem Tonfall, der immer das Ende eines Anrufs einleitet, »ich denke, dann sollte ich dich jetzt wohl nicht länger von deiner Arbeit abhalten. Klingt ja so, als hättest du viel zu tun. Grüß bitte alle von mir.«

»Ich muss nicht gerade in dieser Minute …«

»Richte Penny Grüße von mir aus.«

»Okay, Dad.«

»Okay, Sohn.«

Wir legen auf, und so viel dann bis Weihnachten von meinem Vater.

•••

Penny sitzt auf einem Barhocker an der Kücheninsel, hat die Beine übereinandergeschlagen, hält einen Kaffee in der Hand. Mary und Ruth sitzen auf der Arbeitsfläche – ich hab schon lange aufgegeben, sie mit guten Worten davon abzubringen, als mir klar wurde, dass ich diesbezüglich keine Unterstützung von Penny erhalte.

Als Ruth mich sieht, springt sie herunter, kommt herübergelaufen und schlingt die Arme um meine Taille. Obwohl sie durch und durch das süße kleine neunjährige Mädchen ist, sieht sie mir von all unseren Kindern am ähnlichsten. Und diese Ähnlichkeit sitzt exakt in der Mitte unseres Gesichts. Wir haben die gleiche auffällige Nase, die dicken Lippen und die großen Zähne. Wie man so schön sagt, ich könnte sie nicht mal in einer Menschenmenge verlieren.

Ich klopfe ihr auf den Rücken. »Hallo, meine Tochter.«

»Hallo, mein Vater. Kann ich zu Scarlett?«

»Ich weiß nicht, *kannst* du?«

»*Darf* ich zu Scarlett?«

»Hast du deine Mutter gefragt?«

»Hab ich.«

»Und was hat sie gesagt?«

»Ich soll dich fragen.«

»Dann also ja. Ich kann dich sogar fahren.«

Ruth jubelt und rennt nach oben.

»Richard …« Penny sieht mich mit hochgezogenen Augenbrauen an, was mich an das Offensichtliche erinnern soll, aber ich habe keine Ahnung, was hier das Offensichtliche sein sollte.

»Was?«, frage ich daher.

»Alle Kinder sind zu Hause. Ich dachte, wir machen mal als Familie etwas zusammen.«

»Liebes, wenn du wolltest, dass sie zu Hause bleibt, hättest du ihr das selbst sagen sollen.«

»Aber du bist doch hier der geliebte Familienvorstand.«

»Seit wann?«

»Oh, ein herzhaftes Ha-ha«, sagt Penny und trinkt einen Schluck Kaffee.

Mary lächelt darüber. Die Kinder fanden unsere elterlichen Neckereien schon immer gut. Als wir jünger waren, war es heftiger gewesen, lag mehr Zorn darin, mehr Frustration. Im Laufe der Jahre ist es beträchtlich abgemildert zu einem spielerischen Gezanke, so sehr, dass ich diese kleinen Witze machen kann über den

Verzicht auf meine Autorität. Es ist natürlich allen klar, dass ich das letzte Wort habe. Aber ich habe versucht, bildlich gesprochen, diese Krone ein wenig unverkrampfter zu tragen.

»Geht's dir wieder besser, Dad?«, fragt Mary.

»Ja. Danke der Nachfrage.«

»Er geht am Montag zu einem Check-up zum Arzt«, sagt Penny.

Ich winke übertrieben ab. »Na ja, Ärzte. Ich kann auf deren schwarze Magie gut verzichten.«

»Er macht Witze«, sagt Penny zu unserer Tochter, »aber du weißt ja, dass ich ihn am Montag wahrscheinlich wieder hinschleifen muss. Wie ein Mann eben. Die meinen doch alle, sie wären zu zäh, um zu einem Arzt gehen zu müssen.«

»Das bin ich. Ein zäher Typ.«

»Hast du vorhin mit jemandem gesprochen?«, fragt Penny. »Ich meinte, ich hätte dich telefonieren gehört.«

»Mein Vater hat angerufen.«

»Oh.«

»Wie geht's Grandpa denn so?«, will Mary wissen.

Ich zucke mit den Achseln. »So gleichbleibend wie dem Polarstern.«

Sie lächelt. »Hat er dich gefragt, warum Matt nicht zum Marine Corps geht?«

»Ist möglicherweise zur Sprache gekommen, ja.«

»Hat er auch angesprochen, dass du besser zum Corps gegangen warest?«

»Muss er diesmal wohl irgendwie vergessen haben.«

Auch wenn mein Vater stolz darauf war, dass ich ein geistliches Amt angenommen habe, war er enttäuscht, dass ich nicht wie er zum Marine Corps gegangen war. Ich habe mit dem Gedanken gespielt, habe mich sogar mit einem redegewandten Musterungsoffizier getroffen, der mir die ganze Welt auf einem Silbertablett angeboten hatte, doch ich sah mich veranlasst, stattdessen dem Herrn zu folgen. Dad hat sogar die Idee forciert, dass ich Geistlicher wurde. Hätte ich diese Entscheidung nach 9/11 fällen müssen, dann bin ich überzeugt, dass ich zu den Marines gegangen wäre, wie mein Vater es wollte, aber Anfang der Neunzigerjahre war ich überzeugt, ich könnte als Geistlicher mehr Gutes in der Welt bewirken. Außerdem hatte ich durch meinen Vater genug Einblicke in das Soldatenleben erhalten, um zu wissen, dass ich eher nach Höherem trachtete.

Ruth kommt herunter.

»Bist du fertig, Baby Ruth?«, frage ich.

»Daddy, ich bin zu alt, um noch ›Baby Ruth‹ genannt zu werden.«

»Meine Tochter, du wirst nie zu alt, meine Baby Ruth zu sein.«

Sie verdreht theatralisch die Augen und zuckt mit den Achseln. »Na schön. Ich wär dann so weit.«

»Okay.«

»Kommst du direkt zurück?«, fragt Penny.

»Warum fragst du?«

»Nur so.«

»Ja«, sage ich leicht gereizt. »Ich komme direkt zurück.«

Sie trinkt einen Schluck von ihrem Kaffee und wendet sich von mir ab. »Ich möchte nur einfach nicht, dass du von zu Hause wegläufst.«

•••

Scarletts Haus liegt etwa fünf Minuten von der Autowaschanlage entfernt. Nachdem ich Ruth abgesetzt habe, biege ich in die Huddo Road ein.

Pennys irgendwie seltsame Bemerkung beschäftigt mich, auch wenn sie schon immer zu bissigen kleinen Kommentaren geneigt hat. Mir fällt kein einziger Grund ein, warum sie heute mir gegenüber misstrauisch sein könnte, aber ich merke, dass etwas sie beschäftigt. Nach vierundzwanzig Jahren Ehe spüre ich immer, wenn sich hinter ihrem merkwürdigen Schweigen und den kurz angebundenen Einwürfen etwas zusammenbraut.

Wir haben lange gebraucht, einander zu verstehen. Als wir auf dem College miteinander zu gehen begannen, verblüffte es mich immer wieder, wie zutiefst sie ihre Eltern verehrte. Sie war ihr Wunderkind gewesen, ihr einziges Kind nach drei Fehlgeburten, und in ihrer Familie waren sich alle sehr nah. Aber ehrlich gesagt, sie hat ihre Eltern völlig zu Unrecht auf ein Podest gehoben. Ihre Vergötterung hielt die ersten zehn Jahre unserer Ehe an und war, abgesehen von finanziellen Dingen, die Ursache für den größten Teil unserer ehelichen Probleme. Einfach ausgedrückt, sie wollte, dass ich zu einer Kopie ihres Vaters wurde. Dan war ein guter Mensch, aber ich hatte mich gerade aus dem Einfluss meines eigenen Vaters gekämpft, und ich brauchte ganz sicher keine neue Vorlage. Penny brauchte Jahre, um sich mit der Tatsache abzufinden, dass der Mann, den sie geheiratet hatte, niemals ihr Vater werden würde, sie brauchte Jahre, um zu akzeptieren, dass der Herr uns aus einem Grund zusammengeführt hatte. Gewiss, sie hat uns Kinder beschert. Sie sieht darin genauso wie ich die Hand der Vorsehung. Dennoch, wenn ich sie so gut kenne, wie ich sie zu kennen meine, dann weiß ich, dass sie mich für immer an eine Stelle irgendwo unter ihrem Vater setzen wird, wenn es darum geht, den Wert eines Mannes zu bestimmen.

Das Kuriose daran ist natürlich, dass ich erfolgreicher bin, als Dan es je war. Ich habe das größere Haus, den beeindruckenderen Job. Und obwohl es hier nur um Zahlen geht, aber ich habe fünf Kinder, und er hatte, genau wie mein eigener Vater, nur eines.

Dennoch spüre ich, wie ich einen roten Kopf bekomme, als ich daran denke, dass weder Dan noch mein Vater jemals getan hatten, was ich im Begriff bin zu tun. Plötzlich ist mir so heiß, dass ich das Fenster runterkurbeln muss, um etwas frische Luft zu bekommen.

Trotz all seiner Fehler hat Dad nie getan, was ich tue. Aber er hatte auch nie eine solche Verantwortung. Er musste nie eine ganze Kirche beschützen.

Nachdem ich an einigen weiteren Häusern und ein paar alten Scheunen vorbeigekommen bin, biege ich von der Huddo ab, um einem kleinen, pfeilförmigen Schild zur Waschanlage zu folgen. Ich fahre eine schattige unbefestigte Schotterstraße bergauf bis zu zwei baufälligen Boxen aus Aluminium auf einer Anhöhe, wo Brian Harten auf mich wartend in seinem Auto sitzt.

Als ich in die freie Box einfahre, kommt Harten herum, die Haare zerzaust im Wind. Ich steige aus dem Minivan und werfe einen Blick zur Straße. Abgesehen von flüchtigen Blicken auf die sich in der Ferne verlierende Huddo Road verdecken die den Hügel einfassenden, sich wiegenden Bäume die Sicht.

»Danke, dass Sie sich mit mir treffen«, sage ich.

»Warum sind wir hier?«

Er ist ein junger Mann, dieser Brian Harten. Ungefähr dreißig oder so. Seine Kleidung sieht aus, als habe er darin geschlafen, und seine verfilzten braunen Haare wirken ungepflegt. Trotz des kühlenden Windes, der durch die Bäume zieht, hat er Schweißperlen auf seinem ausdruckslosen Gesicht und stoppeligen Kinn.

»Ich wollte mit Ihnen«, sage ich, »über unsere … über die Sache mit der bevorstehenden Abstimmung sprechen.«

»Ja«, sagt er, »aber warum zum Henker treffen wir uns hier draußen?«

»Weil ich unter vier Augen mit Ihnen sprechen wollte.«

»Schön, gut, hier sind wir. Was haben Sie zu sagen?«

»Erstens, Sie und ich, wir wissen doch beide, dass der Ausschuss gegen Sie entscheiden wird.«

»Das wissen Sie nicht.«

»Doch, ich weiß es. Und Sie wissen es auch. Es gibt hier zu viele Leute, die wollen, dass Van Buren County trocken bleibt.«

»Weil Sie sie aufgestachelt haben.«

»Nun, welche Politik auch immer dahintersteht, es war nichts Persönliches, Brian, das kann ich Ihnen versichern. Tatsächlich bin ich sogar sehr beeindruckt von Ihnen. Nein, das meine ich wirklich. Obwohl wir bei dieser Sache auf entgegengesetzten Seiten stehen, weiß ich, dass Sie ein intelligenter, hochmotivierter junger Mann mit immensem Potenzial sind. Das sieht jeder.«

»Jetzt bin ich aber erleichtert, Prediger. Ich dachte schon, Sie ruinieren mein Leben, weil Sie mich nicht mögen.«

»Falls ich Sie verletzt haben sollte, Brian, ist dies nicht vorsätzlich geschehen. Ich habe Sie schon immer gemocht. Eigentlich wollte ich heute mit Ihnen sprechen, weil ich wissen möchte, ob ich Ihnen irgendwie helfen kann.«

»Was soll das denn heißen? Wobei wollen Sie mir helfen?«

»Nun, ich weiß ja, dass Sie ziemlich viel in Ihren Laden gesteckt haben. Eine Menge für seinen Erfolg investiert haben.«

»Ja …«

»Und ich habe darüber nachgedacht … Was wäre, wenn ich dabei helfen könnte, dass es sich zu Ihren Gunsten entwickelt?«

»Wie meinen Sie das?«

»Wie Sie schon sagten, ich bin ein gewichtiger Grund, warum diese Abstimmung gegen Sie ausgehen wird. Was wäre, wenn ich es wende? Was, wenn ich helfen könnte, über diese Alkoholverordnung gesondert abstimmen zu lassen?«

Er starrt mich einen Moment lang groß an, bevor er sagt: »Was?«

»Ich befinde mich selbst in einer schwierigen Lage. Und da brauche ich etwas Unterstützung. Ich denke, Sie könnten mir helfen.«

»Über welche Art von Unterstützung reden wir hier?«

Ich muss mich zwingen, tief auszuatmen, bevor ich das Wort über die Lippen bringe. »Finanziell.«

»Sie wollen mich erpressen.«

»So würde ich es nicht nennen. Ich mache Ihnen ein geschäftliches Angebot. Ich kann helfen, dass die Abstimmung zu Ihren Gunsten verläuft.«

»Im Gegenzug für etwas Geld.«

»Nun …«

»Das ist Erpressung. Was Sie da gerade gesagt haben – das entspricht so ziemlich der gesetzlichen Definition von Erpressung.«

Ich ziehe die Schultern zurück und versuche, aufrechter zu stehen. »Nennen Sie es, wie immer Sie mögen – was würden Sie zu meinem Angebot sagen?«

»Ich würde sagen, ich habe kein Geld.«

Ich muss blinzeln. »Oh.«

Der Wind fegt durch die Boxen.

»Ich bin arm«, sagt er. »War Ihnen das nicht klar? Sie sind hier und versuchen, Geld von einem armen Mann zu erpressen.«

»Ich dachte nur …«

»Wie viel wollen Sie?«

»Ich brauche dreißigtausend Dollar.«

Er blinzelt, öffnete den Mund, um etwas zu sagen, findet aber nicht die richtigen Worte. Und dann: »Ich habe nichts, Prediger. Ich fahre das Auto meiner Ex-Frau. Ich kann nicht mal den Unterhalt für meine Kinder zahlen. Jede Aussicht darauf, etwas Geld zu verdienen, steckt in diesem Laden … und Sie schleifen mich hier raus zu dieser verkackten Waschanlage, weil Sie dreißigtausend Dollar von mir haben wollen. Ich meine, ich müsste eigentlich stinksauer sein, wenn ich nicht so gottverdammt sprachlos wäre.«

Ich blicke zu den tropfenden Boxen hinüber. Ich weiß nicht, was ich darauf antworten soll. Ich verschränke die Arme, aber es fühlt sich komisch an, also lasse ich die Hände sinken.

»Warum«, sagt er, »sind Sie nicht vor zwei Monaten mit diesem Vorschlag zu mir gekommen? Ich meine, warum warten, bis ich Pleite mache?«

»Vor zwei Monaten hab ich's nicht gebraucht. Ich brauche es jetzt.«

»Und wieso beten Sie nicht einfach für die Kohle?«

Ich lasse das unkommentiert.

Er starrt mich an. »Was hindert mich eigentlich daran, jedem davon zu erzählen?«

Ich nicke, als würden wir gerade Möglichkeiten durchspielen. »Meinen Sie, irgendwer würde Ihnen glauben?«

»Ja, jede Wette, das werden sie.«

»Ich denke, es wäre eine schlechte Wette, anzunehmen, dass irgendwer Ihnen glaubt.«

»Warum?«

»Weil ich eine Säule der Gemeinde bin und der Pastor der größten Kirche in diesem County. Und obwohl ich etwas Schwarzgeld brauche, geht es mir finanziell gut – bin vermutlich einer der wohlhabenderen Menschen hier in der Gegend. Das bin ich. Sie jedoch sind pleite. Das haben Sie gerade selbst gesagt. Sie sind ein Typ, der in die Insolvenz schlittert, weil er versucht hat, in einem County mit Alkoholverbot einen Schnapsladen aufzumachen. Das sind Sie. Kein Mensch würde glauben, dass *ich* ausgerechnet *Sie* wegen Geld anspreche. Und niemand würde glauben, dass ich Ihnen angeboten habe, dabei zu helfen, den Alkoholverkauf in diesem County zuzulassen. Die Leute würden doch annehmen, dass Sie versuchen, mich aus purer Bosheit zu verleumden.«

Er schüttelt den Kopf und setzt sich in Bewegung.

Ich packe seinen Arm. »Warten Sie.«

»Nimm deine Pfoten weg, Mann«, bellt er und stößt mich zurück.

Ich stolpere gegen den Minivan. »Ich kann Ihnen helfen«, sage ich, damit er nicht geht, »Ihren Laden zu bekommen.«

Das stoppt ihn.

»Darum geht's doch letzten Endes«, sage ich, als ich mich wieder gefangen habe. »Wenn Sie jetzt gehen, was haben Sie dann? Denken Sie mal drüber nach. Was haben Sie dann? Nichts. Wenn Sie heute Nachmittag loszögen und bei jedem in der Stadt schlecht über mich reden, kommen Sie Ihrem Laden auch keinen Millimeter näher.«

»Wieso nicht?«

»Weil, wenn ich heute in Ungnade falle, wird das bei der Ausschusssitzung keine einzige Stimme zu Ihren Gunsten wenden. Aber wenn wir zusammenarbeiten, *kann* ich Ihnen helfen.«

»Sie können doch nicht einfach sagen: ›Was soll's, ich bin jetzt für den Alkoholverkauf‹.«

Ich schüttle den Kopf. »Was Sie nie verstanden haben«, sage ich zu ihm, »war doch, dass Sie in dieser Auseinandersetzung niemals was erreichen konnten, nachdem Sie es zu einer Entscheidung über Alkohol ja oder nein gemacht haben. Indem Sie gesagt haben, dass es um die Freiheit geht, sich einen Drink zu kaufen, haben Sie es zu einer Gewissensfrage gemacht. Und die Alkoholgegner würden einen moralischen

Streit immer gewinnen. Wir hatten die moralischen Grundsätze und die Tradition auf unserer Seite. Aber die Alkoholgegner sind kein Monolith. Sie setzen sich aus einer Vielzahl verschiedener Menschen zusammen. Verschiedener Vorstellungen. Verschiedener Prioritäten, wirtschaftlicher und anderer. Ich kenne die Bruchstellen in dieser Koalition. Mein Gott, ich kenne sie. Ich musste sie alle zusammenhalten. Ich garantiere Ihnen, im Ausschuss kann man Stimmen bekommen, allein indem man bei der Auseinandersetzung um das Schiefergas einen Keil treibt zwischen Tonya Hooper und John Floyd Jr., zwischen die Mittelzuweisungen für die Überwachung der Gewässerqualität und den Kampf um mehr Fördergenehmigungen. Ich wette, das wussten Sie nicht ... Natürlich nicht. Entschuldigen Sie, dass ich das sage, Brian, aber Sie sind der Sache nicht gewachsen. Wirklich. Aber ich kann helfen. Sie haben selbst gesagt, dass ich derjenige sei, der die Abstimmung gegen Sie beeinflusst hat. Nun, ich verspreche Ihnen, ich kann genauso leicht die Abstimmung zu Ihren Gunsten beeinflussen.«

»Na schön«, sagt er. »Wie wär's dann, wenn Sie das für mich tun? Sie helfen, dass die Abstimmung für mich gut läuft, und ich halte die Klappe über dieses Treffen.«

»Das Geld brauche ich aber immer noch.«

»Und ich hab immer noch kein Geld, Prediger.«

»Es ist eine Voraussetzung, Brian. Ich muss es haben. Wenn ich diese dreißig Riesen nicht bekomme, schwarz, so schnell wie möglich, dann kann ich keinem von uns helfen. Besorgen Sie mir das Geld, und ich sorge dafür, dass die Abstimmung gut für Sie läuft.«

»Und wie lange würden Sie brauchen, das hinzubekommen?«

»Ich weiß es nicht. Könnte ein paar Monate dauern. Vielleicht auch weniger.«

»Ein paar Monate? Ich geh wahrscheinlich heute den Bach runter.«

»Es könnte auch schneller gehen. So oder so, Brian, wenn Sie durchhalten können, kann ich die Abstimmung zu Ihren Gunsten drehen.«

»Und das würden Sie tun?«

»Ja. Sehen Sie's mal so, Brian: Wenn Sie mir das Geld besorgen, bleibt mir gar keine andere Wahl. Ich werde Ihnen helfen *müssen*, bei der Abstimmung zu gewinnen.«

Er weicht zurück. Nur einen Schritt.

Ich halte den Mund, weil ich sehe, dass er nachdenkt. Er denkt, und ich kenne den Ausdruck in seinen Augen. Wie jeder geborene Verkäufer erkenne ich, wenn ich jemanden am Haken habe. Gott vergebe mir, aber es ist ein Ausdruck, den ich kenne, weil ich ihn schon unzählige Male gesehen habe, wenn ich Menschen dem Herrn zuführe. Einem Menschen, der sich sehnlichst wünscht, errettet zu werden, erscheint kein Heilsangebot unglaubwürdig.

Er beißt sich auf die Lippe. Er reibt sich die Stirn.

»Ich hab aber trotzdem immer noch kein Geld …«

Ich nicke.

Ich lasse ihn selbst draufkommen.

»Aber«, sagt er schließlich und holt tief Luft, »ich weiß vielleicht, wie ich's mir verschaffen könnte.«

7
Penny Weatherford

Ich gehe in die Waschküche und hole Kleidungsstücke aus dem Trockner, falte sie und lege sie in einen Korb. Ich habe Matthew und Mary gebeten, mit nach Hause zu bringen, was sie an diesem Wochenende gewaschen haben wollen, und ich finde ihre schmutzigen Klamotten und Bettwäsche in unserem großen blauen Wäschekorb. Ich lasse eine Maschine Buntwäsche laufen, und dann gehe ich mit dem Korb sauberer Wäsche nach oben.

Als Matthew und Mary aufs College gegangen sind, haben Johnny und Ruth ihre Zimmer bekommen. Wenn die älteren Kids aus der Uni hier sind, teilen sie sich die Zimmer mit den Jüngeren, und ich bin zufrieden, dass es so ganz gut klappt. Johnny hat Matthew schon immer angebetet und Ruth behandelt Mary wie einen Promi auf Urlaub, daher scheinen die Jüngeren eher die Älteren zu betreuen. Der einzige Mensch in diesem Haus, der noch ein Zimmer für sich allein hat, ist Mark, und er scheint zufrieden damit, allein zu sein.

Gerade jetzt sitzt er auf seinem Bett und hört Elvis Presley Gospels singen. Das Interesse an Elvis' Gospelaufnahmen ist neu. Marks Musikgeschmack ging schon immer Richtung christlichen Rock und Pop, aber er neigt dazu, eine einzelne Band zu entdecken und dann wie besessen monate- und jahrelang nichts anderes mehr zu hören. Hillsong. MercyMe. Casting Crowns. Er hörte nicht eine Million verschiedene Bands, aber er hört eine Band Millionen Mal. Ich glaube, diese hochgradige Fokussierung hat etwas mit seinem Wunsch zu tun, die ihn umgebende Welt zu verstehen. Er will eine umfassende Buchführung aller Dinge. Von unseren Kindern ist er derjenige, der sich unglaublich intensiv dem Bibelstudium widmet. Ich glaube, es könnte das einzige Buch sein, das er je gelesen hat, aber das liest er nahezu jeden Tag.

Und jetzt ist er ganz besessen von Elvis.

Richard sind die musikalischen Eigenarten unseres zweiten Kindes nie aufgefallen, und als ich ihn darauf aufmerksam machte, sagte er: »Stimmt. Ich schätze mal, er ist ein Perfektionist.« Er dachte einen Moment darüber nach und ergänzte dann: »Das ist gut. Das zeigt Hingabe und Engagement.«

So sind wir als Eltern, denke ich. Ich beobachte unsere Kinder und erkläre sie Richard, und er spricht ein Urteil.

Elvis singt einen Song, den ich nicht kenne. Es ist eine große Nummer.

»Ich habe deine sauberen Klamotten«, sage ich und lege den Stapel aufs Fußende von Marks Bett.

»Danke, Mama«, sagt er. Von unseren Kindern ist er der Einzige, der mich Mama nennt. Als sie noch klein waren, hasste Matthew das. Er fand, es klang kindisch, und er verlangte, dass Mary mich genau wie er mit »Mom« ansprach. Mary, die ihre Brüder beide liebte, erkannte, dass Matthew der dominantere war und fügte sich. Also ist »Mama« ein Ding zwischen Mark und mir geblieben.

»Welcher Song ist das?«, frage ich und setze mich zu ihm.

»Reach Out to Jesus«, sagt er.

»Kenne ich nicht. Nett.«

Er nickt.

»Magst du Elvis, Mama?«

Ich zucke mit den Achseln. »Sicher. Wer nicht?«

Er nickt. Der Song erreicht seinen Höhepunkt. Der nächste Song ist eine unruhige Klaviernummer.

»Du hörst in letzter Zeit viel Elvis«, sage ich. »Warum?«

»Man nennt ihn den King des Rock 'n' Roll.«

»Ja.«

»Aber er macht auch Gospel. Wusstest du das?«

»Ich wusste von ein paar Stücken.«

»Er hat viele gemacht. Das wusste ich nicht. Ich dachte immer, er macht nur säkulare Musik.« Er verstümmelt das Wort *säkular*. Ich bemerke seinen Sprachfehler nicht oft, aber säkular hat in der Mitte ein *u* und sowohl ein *l* als auch ein *r*, wodurch seine Aussprache eine hölzerne Abfolge der falschen Laute wird. Ich berichtige ihn nicht. Richard korrigiert Marks Aussprache noch gelegentlich, selbst jetzt noch, wo er bald einundzwanzig wird, aber ich sehe darin keinen Sinn. Mark hat andere Dinge, mit denen er fertigwerden muss. Ihn wegen eines *r* zu quälen erscheint sinnlos und sogar ein wenig grausam.

»Wusstest du, dass er ein Zwilling war?«, fragt Mark.

»Wer?«

»Elvis.«

»Elvis hatte einen Zwilling?«

»Ja, bei der Geburt, aber irgendwas ist im Bauch seiner Mama schiefgelaufen, und das andere Baby ist gestorben.«

Ich starre meinen Jungen einen Moment lang an. Mein Zweitgeborener ist so ein empfindsamer Mensch. Es ist so vieles in ihm eingesperrt, an das er nicht herankommt, und doch empfindet er manchmal Dinge sehr tief. Er hat nie wirklich verstehen können, was mit ihm passiert ist, als er geboren wurde. Ich habe ihm erklärt, dass er eine Zeit lang aufgehört hatte zu atmen, was ihm geschadet hat, aber Gott hatte einen Plan und hat uns den perfekten Mark geliefert. Manchmal denke ich, dass er mir glaubt, er sieht mir dann in die Augen und weiß, dass ich die Wahrheit sage. Bei anderen Gelegenheiten mache ich mir Sorgen, dass er in den Augen meines Mannes etwas ganz anderes sieht.

Penny, es ist furchtbar, so etwas zu denken …

Ich schüttle den Kopf und stehe auf. Ich kann so unfreundlich Richard gegenüber sein.

Ich gebe Mark einen Kuss auf die Stirn, nehme meinen

Wäschekorb und bringe ihn in mein Schlafzimmer. Ich hänge einige meiner Blusen auf. Ich nehme mehrere von Richards gefalteten Anzughemden heraus und hänge zwei auf Bügel, die er morgen vielleicht tragen möchte, die übrigen lege ich in die Kommode.

Ich räume meine Unterwäsche fort. Dann seine.

Wie seltsam, dass ich seine Kleidung berühre, aber niemals ihn. Ich kenne die intimsten Einzelheiten seines Körpers, und doch versteckt er diesen Körper seit Jahren vor mir. Warum schämt er sich so?

Ich hole so tief Luft, als wäre ich gerade einen Hügel hinaufgelaufen. Ich weiß, dass er sich seines Körpers nicht schämt. Er hat sich fit gehalten, genau wie sein Vater. Keiner von ihnen war Biertrinker, und den Mangel an Alkohol hat keiner durch übermäßigen Zuckerkonsum ausgeglichen. Mit sechsundvierzig ist Richard einer der fittesten Männer in unserer Kirche. Darauf ist er stolz. Er macht kleine Bemerkungen über manche unserer kräftigeren Mitglieder. Selbst mit jemandem wie Randy, den er liebt, witzelt Richard und zieht ihn wegen seines Gewichts auf. Ich glaube, dass sich Randy nichts dabei denkt, aber ich weiß, warum Richard das tut. Er erinnert die Menschen einfach gern an ihre Mängel. Er kann nicht anders. Es ist immer das Erste, wonach er sucht, wenn er jemand Neuen kennenlernt.

Ich gehe in unser Bad, um Handtücher wegzuräumen, aber mein Bild im Spiegel über dem Waschtisch lässt mich verharren. Schon merkwürdig, dass man es im Englischen *vanity* nennt. Ich bin überhaupt nicht eitel, als ich mich nun anstarre. Ich habe mich ziemlich gut gehalten. Ich bin nicht viel fülliger als zum Zeitpunkt unserer Hochzeit. Ich war nie dünn und ich bin nicht fett. Ich war schon immer ein gesunder Durchschnitt. Aber wenn ich meine Bluse hebe, sieht mein Bauchbereich wie bei einer Sechzig- oder Siebzigjährigen aus, gezeichnet von fünf Schwangerschaften und einer späten Fehlgeburt. Mein Bauch wird nie mehr derselbe sein, ist ein unschöner Flickenteppich aus Speck und Kaiserschnittnarben.

Ich hatte mal daran gedacht, da was machen zu lassen, aber das Einzige, was ich mir vorstellen kann, das Richard noch abstoßender fände als meinen Körper, wären die Kosten von ein oder zwei chirurgischen Eingriffen, um das in Ordnung zu bringen.

Mein Körper. Ich hebe meine Hand und starre auf die Adern auf meinem Handrücken. Ich starre auf die dicke weiße Narbe am Ansatz meines rechten Daumens. Ich weiß nicht, wie die Narbe dorthin gekommen ist; es ist einfach etwas, das mir zugestoßen ist, bevor ich ein Alter erreichte, in dem ich mich an Dinge erinnern konnte. Schon merkwürdig, dass wir gleichzeitig Körper und Individuen sind. Ich starre mich wieder im Spiegel an. Mir scheint, als ginge es bei einem großen Teil des Lebens nur darum herauszufinden, wie man sowohl ein Körper als auch eine Person sein kann.

•••

Nachdem ich die Handtücher weggeräumt habe, meldet sich mein Handy auf der Arbeitsfläche. Ich greife danach, denke, es könnte Richard sein, aber es ist eine Nummer, die ich seit Jahren nicht gesehen habe. Sandy Loomis. Einen Augenblick starre ich einfach nur auf ihren Namen. Dann nehme ich das Gespräch an.

»Hallo?«

»Penny, Sandy Hadden hier.«

Ihr Mädchenname. Sie hat Loomis nach der Scheidung von Gene abgelegt, unserem Kantor. Er hatte deswegen sein Dienstamt aufgeben müssen.

»Nun, hallo Fremde«, sage ich und versuche, freundlich zu klingen. Ich gehe ins Schlafzimmer und setze mich aufs Bett.

»Hallo«, sagt sie lachend.

»Frohe Ostern.«

»Auch dir frohe Ostern. Wie geht's? Ich weiß, es ist schon ein paar Jahre her, seit wir uns das letzte Mal unterhalten haben.«

»Stimmt«, sage ich. »Mir geht's gut. Ich habe übrigens gerade erst an dich gedacht.« Obwohl das streng genommen nicht ganz stimmt, ist es in gewissem Sinne doch auch wieder wahr. Ich denke immer an Sandy, wenn ich meinen Körper taxiere. Selbst in unserer Stadt, in der Fettleibigkeit weitverbreitet ist, ragte Sandy heraus. »Wie geht es dir?«

»Super«, sagt sie. »Ich arbeite an einem kleinen Theater in Little Rock.«

»Oh, ich dachte, du wärst in Missouri.«

»Na ja, dort bin ich kurz gelandet, nachdem Gene und ich uns getrennt haben, aber nach ein paar Monaten bin ich dann hierhergezogen, um diesen Job anzunehmen.«

»Ich verstehe. Und du arbeitest an einem Theater? Einem richtigen Live-Theater?«

»Ja. Total cool. Meistens kümmere ich mich um den Bürokram, aber sie lassen mich jetzt auch an den Kulissen arbeiten. Du erinnerst dich, dass ich mich an solchen Sachen versucht hatte.«

»Natürlich. Du hast an den Kulissen für das Passionsspiel gearbeitet, oder?«

»Genau. Ich glaube, an diesen Sachen zu arbeiten war tatsächlich so ziemlich das Einzige, was mir am Kantorat wirklich gefallen hat.«

»Ja. Schön, ich erinnere mich, dass du deine Sache wirklich sehr gut gemacht hast. Woran arbeitest du denn heute so? Was für Stücke?«

»Nun …« Sie zögert. »Wahrscheinlich nichts, was dir gefallen würde, nehme ich an.«

Ich runzle die Stirn und nehme das Telefon vom Ohr. Wer ist sie denn, anzunehmen zu wissen, was mir gefällt?

»Mir gefallen sehr viele Dinge«, sage ich.

»Oh, so hab ich das nicht gemeint. Es ist nur, ich weiß nicht, ob du es gutheißen würdest. Zum Beispiel, als Letztes haben wir an einer Travestie-Produktion von *Oklahoma!* gearbeitet. Denkst du, das wäre das Richtige für dich?«

Das erwischt mich eiskalt, aber ich lache dennoch leise. »Ach … Jetzt verstehe ich. Nun, ich … ich hoffe, es macht dir wenigstens Spaß.«

»Das tut es. Das tut es allerdings. Ich schätze mal, jemanden mit einem Gemeindeamt zu heiraten, war einfach keine gute Idee. Dieses Leben hat nicht zu mir gepasst.«

»Vermutlich nicht, nein. Aber heute geht's dir gut?«

»Ja, das tut es wirklich. Ich meine, das Leben ist nicht perfekt, weißt du, ist es ja nie, aber ich fühle mich hier richtig wohl.«

»Wie schön«, sage ich. »Beruflich läuft alles gut, auch gesundheitlich alles in Ordnung …?«

Sie schweigt kurz und lacht dann. »Fragst du mich, ob ich immer noch fett bin?«

»Also, nein, ich …«

»Hey, ist schon okay zu fragen. Seit ich neun war bis ungefähr zu meinem neunundzwanzigsten Geburtstag, haben meine Gedanken hauptsächlich um mein Gewicht gekreist. Ich weiß natürlich, dass die Leute in der Kirche darüber geredet haben.«

»Ich glaube nicht … ich weiß, dass dich immer alle gemocht haben, Sandy.«

»Na, da bin ich aber nicht ganz so sicher. Aber ich mochte mich damals ja selbst auch nicht wirklich.«

»Aber heute ist alles gut?«

»Jepp, heute bin ich fett und glücklich. Ich glaube, mein Leben von Grund auf zu ändern, hat mir sehr geholfen. Eine neue Stadt, neue Freunde, ein neuer

Job, das alles eben. Aber ich habe für mich selbst auch einen Punkt erreicht, an dem ich sagen konnte, ›Sandy-Mädchen, so siehst du nun mal aus. Du hast zwanzig Jahre deines Lebens mit Hauruckdiäten und Geheule verbracht. Lass uns jetzt mal versuchen, uns einen Dreck darum zu scheren, und dann sehen wir mal, wie das läuft.‹ Wie sich herausstellte, läuft das ausgesprochen gut. Verdammt, ich hab ja sogar ein paar Pfunde verloren, als ich endlich aufhörte, mir deswegen ständig in den Hintern zu treten.«

Ich überhöre ihre lästerliche Wortwahl. »Wie großartig, Sandy. Ich freue mich, das zu hören.«

Sie erkundigt sich nach mir, und ich erzähle ihr von jedem der Kinder. Als ich fertig bin, sagt sie: »Aber du? Bist du okay?«

»Klar«, sage ich und bin mir bewusst, dass es etwas lustlos daherkommt, aber ich versuche, das nicht dadurch auszugleichen, indem ich irgendwas hinzufüge.

Es folgt ein kurzes Schweigen. »Sorry«, sagt sie. »Ich wollte nicht neugierig sein. Ich denke, wahrscheinlich standen wir uns nie wirklich nahe.«

»Nun, ich stehe eigentlich niemandem richtig nahe«, sage ich. »Ich denke, ich habe wohl immer gemeint, ich müsste immer ein wenig Distanz zu anderen Leuten halten. Ich hoffe, das klingt nicht gefühlskalt.«

»Nein. Ich weiß, was du meinst«, sagt Sandy. »Die Frau eines Predigers zu sein, ist ein Vierundzwanzig Stunden-Job.«

»Ja. Ist es. Das ist absolut richtig. Und mir gefällt's. Ich beklage mich nicht. Aber es verlangt einem viel ab. Ist wie die Frau eines Politikers zu sein. Für viele Leute scheint das kaum ein Job zu sein, aber es ist wie das, was Ginger Rogers mal über das Tanzen mit Fred Astaire gesagt hat.«

»Ich hab alles gemacht, was er machte, nur rückwärts und auf hohen Hacken.«

»Genau. Bei einem geistlichen Amt geht es um Beziehungen. Ich muss jede Beziehung managen, die Richard knüpft, aber ich muss es ohne die Imprimatur machen, die ein geweihter Geistlicher besitzt. Und ich muss immer lieb und nett und das alles sein.«

»Du musst eine Lady sein.«

»Genau.«

»Du musst es buchstäblich in hohen Hacken machen.«

Darüber müssen wir beide lachen. »Absolut.«

»Wie geht's Fred Astaire?«

»Richard? Ach, du weißt schon, er ist eben … Richard.« Und ich denke an dieses Telefonat heute Morgen. Und an seinen merkwürdigen Anfall am Frühstückstisch einige Zeit später. Zuerst befürchtete ich, es könnte ein Herzinfarkt sein. Jetzt beginne ich zu denken, dass es eher wie eine Panikattacke aussah. *Hatte es etwas mit diesem Anruf zu tun?*

Ich schüttle den Kopf.

»Er ist heute unterwegs«, sage ich. »Ich bin nicht mal sicher, wo er sich im Moment aufhält …«

»Der gute alte Bruder Richard«, sagt sie. »Ich habe ihn nie besonders gut kennengelernt.«

»Nein. Das tut niemand.«

»Ich bin überrascht, das aus deinem Mund zu hören«, sagt sie. »Ich hab immer gedacht, er sei der beliebteste Mann im Van Buren County.«

»Sicher«, sage ich, »er ist für jeden eine Vertrauensperson, vertraut sich aber selbst niemandem an.«

Himmel, halt den Mund, Penny.

»Meine Güte, hör sich einer an, was ich rede«, sage ich schnell. »Ich scheine heute Plapperkörnchen gegessen zu haben, Sandy, oder was weiß ich.«

Sandy scheint überrascht, aber sie lacht schnell und versichert mir: »Alles gut, Penny.«

»Wie auch immer …«, sage ich und versuche, fröhlich zu klingen.

Sie räuspert sich. »Also, hör zu, warum ich eigentlich anrufe, mal davon abgesehen, um zu hören, wie's dir so geht … Ich habe mich gefragt, ob du wohl etwas über Clarissa Sullivan weißt. Ich versuche, Verbindung zu ihr aufzunehmen, um mal zu hören, ob sie gern eine Rolle in einer unserer nächsten Produktionen übernehmen möchte, aber wie's aussieht, ist sie nicht mehr an der Schule. Du bist der einzige Mensch, den ich meinte, anrufen zu können.«

Während ich ihr sage, ich habe gehört, Clarissa sei nach Louisiana gezogen, um dort einen Mann zu heiraten, den sie im Internet kennengelernt hatte, verändert sich weder meine Stimme noch mein Verhalten, aber insgeheim bin ich über die Erkenntnis gekränkt, dass sie nicht angerufen hat, um mit mir zu plaudern. Warum habe ich mich gerade eben jemandem gegenüber geöffnet, der nur angerufen hat, um sich nach irgendwem zu erkundigen, den ich kaum kenne? Was ist heute los mit mir?

Als es dann so weit war aufzulegen, sagt Sandy zu mir: »War toll, mal wieder mit dir zu reden, Penny.«

»Ja«, sage ich.

»Ich muss wirklich … sagen, es war echt überraschend. Du weißt ja, ich hab dich immer bewundert und mir gewünscht, wir könnten Freundinnen sein, daher ist es nett, mit dir zu reden, und noch dazu auf so offene und ehrliche Weise.«

Sie glaubt mich jetzt zu kennen, aber sie kennt mich nicht gut genug, um zu wissen, dass sie mich gekränkt und beschämt hat. »Es war schön, von dir zu hören, Sandy.« Sie muss es auch nicht wissen. »Ich werde allen erzählen, dass du angerufen hast. Bruder Weatherford wird sich freuen, das zu erfahren.«

»Okay«, sagt sie. »Und falls du je runter nach Little Rock kommst und dir eine Show ansehen möchtest, weißt du ja, wo du ein paar Freikarten bekommen kannst.«

»Ich komme nicht runter nach Little Rock«, sage ich.

•••

Sind sie jetzt glücklicher? Zum Zeitpunkt ihrer Scheidung habe ich mich wie alle in der Kirche schlecht gefühlt wegen der Auflösung der Loomisschen Ehe. *Ist es nicht traurig, dass sie es nicht doch irgendwie hingekriegt haben?*, lautete die nette Äußerung dieses Gefühls, obwohl *Ist es nicht traurig, dass Sandy nicht darauf vertrauen konnte, Gott würde alles wieder regeln?*, die strengere Art war, dieselbe Situation zu beurteilen.

Aber was, wenn Sandy jetzt tatsächlich glücklich ist? Sie sagt, sie sei es, aber die meisten Menschen sagen, sie wären glücklich, wo sie es in Wahrheit doch gar nicht sind. Also, wer weiß? Sicher weiß ich, dass sie unglücklich war, als sie noch hier lebte. Ich fand schon immer, dass dies offensichtlich war. Und als sie Gene verließ und wegzog, auch wenn ich mich der vorherrschenden Meinung anschloss, dass es nicht richtig von ihr war, ihn zu verlassen, erinnere ich mich, mich gefragt zu haben, ob es so nicht doch das Beste wäre. Jetzt schien es sich allem Anschein nach zu einem guten Ende entwickelt zu haben.

Es ist schon komisch. Für einen Geistlichen ist es nicht das Schwerste, bei Kummer und Leid zu helfen. Ich habe schon mehr als genug schlimme Dinge guten Menschen widerfahren sehen, um zu wissen, warum es in einem so großen Teil der Bibel um das Leiden geht. Wir hoffen auf eine bessere Welt, weil diese hier so voller Schmerz ist. Das verstehe ich. Es ergibt einen Sinn. Was mich jedoch immer wieder verwirrt, sind all die Momente, wenn die Welt eben nicht den Glaubensgrundsätzen entsprechend funktioniert. Als Sandy ihren Mann verließ, versuchte Gene, sie aufzuhalten, weil er ihre Ehe nicht beenden wollte. Er hat sogar Richard um Hilfe gebeten, und Richard ist rübergegangen und hat versucht, ihr auszureden zu gehen. Er hat ihr gesagt, es sei eine Sünde, wenn sie sich scheiden ließen, was es natürlich auch war.

Andererseits hat alles ein gutes Ende gefunden. Gene ist von seinem Kirchenamt zurückgetreten, nach Missouri gezogen, ist Musiklehrer an einer Highschool geworden und hat wieder geheiratet. Er hat heute drei Kinder, einen Jungen und zwei kleine Mädchen, Zwillinge. Zumindest nach dem, was er auf Facebook postet, führt er ein gutes Leben. Ich vermute, ich habe immer unterstellt, Sandy lebe völlig niedergeschlagen irgendwo in Missouri, aber jetzt erfahre ich, dass sie fett und glücklich ist und in Little Rock Kulissen für schwule Theaterproduktionen entwirft.

Hat sie nur angerufen, um mir das zu sagen? Wollte sie, dass ich es erfahre? Sie sagte, sie hätte sich nach Clarissa erkundigen wollen, aber hat sie in Wahrheit angerufen, um mir zu sagen, dass sie nicht nur ohne Gene glücklich ist, sondern auch ohne alle anderen von uns?

An dem Tag, als Richard rübergegangen ist, um mit ihr zu reden, hat er ihr gesagt, sie würde außerhalb der Kirche niemals glücklich sein. Und doch, soweit ich das beurteilen kann, ist sie es. Genau genommen, soweit ich das sagen kann, sind sie und Gene heute beide glücklicher.

Was zum Teufel bedeutet das?

•••

Richard müsste eigentlich längst zu Hause sein.

Ich bleibe am Kopfende der Treppe stehen und lausche den sich unterhaltenden, lachenden und sich streitenden Kids. Johnny hat Matthew und Mary in eine alberne Diskussion über Superhelden verwickelt. Das macht er wahnsinnig gern, die Autorität seiner älteren Geschwister angreifen. Wenn ich diese spezielle Debatte richtig verstehe, behaupten Johnny und Matthew, dass Batman Wonder Woman im Kampf besiegen könnte, weil er einfach besser ausgebildet ist. Mary entgegnet, Wonder Woman sei eine Amazone und trainiere von daher bereits seit Tausenden von Jahren. Als sie hinzufügt, Wonder Woman sei stark genug, Batman das Herz herauszureißen, müssen alle lachen.

Mark sitzt allein in seinem Zimmer und hört zu, wie Elvis singt: »Where No One Stands Alone.«

Ich gehe nach unten, um Matthews und Marys nasse Kleider in den Trockner zu packen. Als ich aus der Waschküche komme, ruft Johnny aus der Küche und bittet um meine Meinung in der Superhelden-Debatte.

Ich gehe zu ihnen in die Küche. Matthew ist gerade dabei, die Eiscreme aus dem Kühlschrank zu holen. »Ich habe keine Meinung zu Superhelden«, sage ich. »Aber ich habe eine Idee. Warum geht ihr nicht alle zusammen zu Sonic und holt uns Eiscreme?«

»Hm, keine schlechte Idee«, meint Matthew. »Hier ist derzeit nicht viel zu holen.«

Mary nickt. »Das ist eine phänomenale Idee. Ich gehe mal fragen, ob Mark mitkommen möchte.«

Sie läuft nach oben, und einen Moment später kommen sie und Mark herunter.

»Kommst du mit, Mama?«, fragt er.

»Nein, ich denke, ich bleibe hier. Ich möchte mit eurem Vater sprechen.«

Die Jungs stecken diese Information lässig weg, während Mary die Stirn runzelt. Sie fragt nicht, ob alles in Ordnung ist, aber sie ist feinfühliger als ihre Brüder, was meine Stimmungen betrifft. »Sollen wir dir irgendwas von Sonic mitbringen?«, fragte sie stattdessen.

»Nein, vielen Dank.«

Als die Kids fort sind, gehe ich durch das stille Haus und lausche auf das leise Tapsen meiner Füße.

Ich gehe nach oben. Ich sehe auf die Uhr.

Ich setze mich aufs Bett, um auf meinen Mann zu warten.

8
Gary Doane

Mom und Dad sind nicht zu Hause, als ich hereinkomme, also gehe ich auf einen Sprung in die Küche und suche im Kühlschrank nach Resten. Lasagne. Ich wärme sie nicht mal auf. Kalt ist sie auch gut. Viel werde ich nicht vermissen, wenn ich aus dieser Stadt verschwinde, aber die Lasagne von meinem Dad werde ich vermissen.

Ich schnappe mir eine Coke Zero, nehme sie den Flur hinunter mit in mein Zimmer und schließe hinter mir die Tür.

Ich öffne die Coke und trinke einen Schluck. Dann stelle ich sie auf meinen Nachttisch, lehne mich gegen die Wand und schaue mich um. Das Zimmer sieht noch genauso aus wie zu meiner Highschoolzeit. Poster von *My Chemical Romance*. Poster von *The Shining*. Ein paar Bilder, die ich gemalt habe, als ich meinte, Künstler werden zu wollen.

Mein Zimmer werde ich nicht vermissen.

Ich schaufle einen Happen Lasagne in meinen Mund, während ich versuche, mir wirklich vorzustellen, die Stadt zu verlassen. Ich bin schon mal weg, als ich auf die U of A ging, aber das war nicht wie für immer zu gehen. Ich wusste, dass ich im Sommer und an den Feiertagen zurückkommen würde. Aber wenn ich diesmal die Stadt verlasse, werde ich sehr lange nicht zurückkommen. Jahre. Scheiße, vielleicht komme ich nie mehr zurück.

Das Garagentor wird geöffnet. »Gary?«, ruft Dad. In seiner Stimme schwingt die übliche Panik mit.

Die Anti-Selbstmord-Wache ist zurück.

»In meinem Zimmer«, rufe ich zurück. Ich trinke einen Schluck meiner Coke und warte.

Tatsächlich kommen dann auch beide den Flur herunter. »Dürfen wir reinkommen?«, fragt Mom.

»Klar.«

Die Tür geht auf, und da sind sie, meine Eltern, ein bisschen besorgt, ein bisschen erleichtert. Ich hasse es, wie sie mich ansehen. Besonders mein armer Vater.

»Hey, Kumpel«, sagt er und kommt herein. »Wie läuft's?«

»Gut.«

Er tritt ans Fußende des Betts. Mom bleibt noch eine Sekunde in der Tür stehen, dann stellt sie sich hinter ihn. »Wo bist du gewesen?«, fragt Dad so beiläufig er kann.

»Unterwegs.«

»Oh. Du hast uns nicht gesagt, wohin du gehst.«

»Ich habe euch gestern gesagt, dass ich heute Morgen wahrscheinlich ein bisschen durch die Gegend ziehe.«

Mom versucht zu lächeln, aber es kommt lediglich rüber als gequälter Versuch, nicht verärgert zu sein.

»Wir haben versucht, dich anzurufen und dir SMS geschickt.«

»Ja, tut mir leid. Mein Telefon hat den Geist aufgegeben. Ich glaube, da ist irgendwas kaputt. Der Akku hält quasi gar nicht mehr.«

»Oh«, sagt sie. »Wir … wir haben uns nur ein wenig Sorgen gemacht.«

»Dafür gibt's keinen Grund, Mom.«

Ich komme mir albern vor, als ich das sage. Ich sitze auf einem Bett, das sie gekauft haben, in einem Haus, das ihnen gehört, esse Essen, das sie gemacht haben. Schwer, sich unter diesen Umständen zu behaupten.

Dad trägt eine Chinohose, dazu ein marineblaues Poloshirt. Als er sich neben mich aufs Bett setzt, sieht er aus wie ein verständnisvoller Vater in einer Fernsehsendung. »Wir wissen, dass es keinen Grund zur Besorgnis gibt«, sagt er und stößt meinen Fuß an. »Wir wollen dich wirklich nicht schikanieren, Sohn, aber sieh's doch mal von unserer Warte aus. Wir stehen auf, du bist weg. Dann kriegen wir dich nicht ans Telefon.«

»Ich hab's euch doch gesagt. Es ist der Akku von meinem Handy.«

Dad nickt verständnisvoll. »Ja, stimmt.« Er dreht sich Mom zu. »Nur ein Problem mit dem Handy.«

Mom starrt mich an.

»Alles cool«, versichere ich den beiden. »Können wir jetzt vielleicht, ihr wisst schon, einfach mit unserem Tag weitermachen?«

»Jepp. Natürlich«, sagt Dad. Er sieht Mom an. »Alles bestens hier. Stimmt's?«

Mom verschränkt die Arme und nickt.

»Bist du sauer, Mom?«, frage ich.

Sie schüttelt den Kopf. »Nein. Nur froh, dass mit dir alles in Ordnung ist.«

Ich weiß, das ist nur die halbe Wahrheit. Sie ist erleichtert, dass ich mich nicht mit dem Auto von einer Klippe gestürzt habe oder so, aber es stimmt einfach nicht, dass sie nicht sauer ist. Sie ist sauer auf mich, seit ich wieder nach Hause zurückgekommen bin. Dad ist so ein Typ, der liebt einen, ohne dass er sich dabei einen abbricht. Er hat einen endlosen Vorrat an Liebe zu vergeben, und er ist immer darauf aus, einem noch mehr zu geben. Mom ist nicht so. Sie liebt einen, aber sie lässt einen spüren, dass sie das durchaus etwas kostet.

»Tut mir leid«, sage ich, »dass ihr euch meinetwegen Sorgen gemacht habt. Ich bin einfach nur unterwegs gewesen. Ein schöner Morgen.«

»Fantastisch«, sagt Dad und gibt mir einen Klaps aufs Bein. »Hey, und denk dran, dass wir gleich zu den Beckers rübergehen.«

»Genau. Macht's euch was aus, wenn ich da nicht mitkomme?«

»Aber du magst die Beckers doch«, sagt Mom.

»Ja, schon. Sie sind super. Aber, das sind eure Freunde. Ich möchte da nicht das fünfte Rad am Wagen sein. Dumm rumstehen.«

»Ach, so solltest du das nicht sehen«, sagt Dad.

»Wir nehmen dich liebend gern mit, und Janet und Dale …«

»Schon okay«, sagt Mom.

Dad sieht sie an.

»Wenn er nicht mit den Alten rumhängen will«, sagt sie zu Dad, »kannst du ihm das nicht vorwerfen.« Und zu mir: »Hast du was anderes vor?«

»Weiß nicht. Ich häng vielleicht nur 'n bisschen ab.«

Sie klopft Dad auf die Schulter. »Lass ihn abhängen. Wird ihm guttun.«

»Okay«, sagt Dad. »Aber gib Bescheid, falls du es dir noch anders überlegen solltest. Ich glaube, Dale wird wieder seine Rippchen machen.«

»Okay«, sage ich.

Sie stehen auf, um zu gehen. Dad erspäht meine leere Schale und die schmutzige Gabel. »Gib her«, sagt er. »Ich nehm das mit.«

•••

Das sind so Momente, in denen ich locker in Selbstmitleid versinken könnte. Früher haben Mom und Dad mich nicht so behandelt. Da hatten sie nicht ständig Angst.

Es ist meine Schuld, aber ich muss mich immer wieder daran erinnern, dass ich kein schlechtes Gewissen haben muss, wenn sie sich um mich Sorgen machen. Ich sollte mich nicht schuldig fühlen wegen dem, was mit mir passiert ist.

Ich hab's mir nicht ausgesucht. Es ist *mir* zugestoßen,

in mir drin. Die Leute wollen immer wissen, warum. Hey, ich auch.

Aber es ist schwer, kein schlechtes Gewissen zu haben. Meine Eltern waren nicht vorbereitet. Auf der Highschool war ich immer gut, und ich war schon immer bereit, aus dieser blöden Stadt zu verschwinden, daher ging jeder davon aus, dass ich super zurechtkommen würde, als ich das Stipendium der U of A erhielt. Und zunächst war's ja auch so. Meine Noten waren okay, ich hatte ein gutes Studentenwohnheim, und ich hab ein paar Freunde gefunden. Zum ersten Mal in meinem Leben hatte ich auch Dates. Ich ging mit zwei Mädchen aus, von denen ich Mom und Dad erzählte, und mit einem Typen, von dem ich nichts sagte. Mit keinem von denen passierte irgendwas Magisches, aber es war alles ziemlich nett. Alles in meinem Leben lief einfach nur gut.

Warum dann in meinem dritten Jahr alles in die Binsen ging, weiß ich bis heute nicht. Ich denke ständig darüber nach. Ich weiß nur, dass ich es bei Semesterbeginn nicht fertigbrachte, in ein Seminar zu gehen. Ich stand auf und zog mich an und ging zum Unigebäude hinüber, aber dann bin ich einfach weitergegangen. Ich ging zum Beispiel in die Bibliothek und hab dort geschlafen. Ich bin ins Studierendenzentrum und hab ferngesehen. Ich ging zurück in mein Wohnheimzimmer und hab den ganzen Tag im Bett gelegen. Ich hab mich nicht mehr mit Leuten getroffen. Ich hab nicht mal mehr getrunken oder Gras geraucht. Ich hab nur noch ferngesehen und geschlafen.

Nachdem ich notenmäßig völlig im Keller war, begannen strenge E-Mails von der Uni einzutrudeln. Ich drohte vom College zu fliegen, also schleppte ich mich ins Büro der Studienberatung. Der Mann sagte mir, ich müsse hart arbeiten, wenn ich wieder reinkommen wolle, dass ich mindestens mit einem zusätzlichen Jahr rechnen müsse, vielleicht auch zweien, um meinen Abschluss hinzubekommen. Ich hab dann in seinen Mülleimer gekotzt.

Danach hab ich mich einfach in meinem Bett eingeigelt und zwei Tage lang nicht mehr gerührt. Mein Mitbewohner hat dann Hilfe geholt, und am Ende hat die Uni meine Eltern kommen lassen.

Und so bin ich jetzt wieder zu Hause. Und Dad macht sich Sorgen. Und Mom ist stocksauer. Und ich sage mir immer wieder, ich sollte mich nicht selbst fertigmachen, weil ich in eine Depression verfallen bin, denn es ist nicht meine Schuld.

Eine Zeit lang habe ich mit einer Therapeutin gearbeitet. Ich hab ihr gesagt, es sei einfach alles zu viel für mich geworden. Das Leben. Zu leben. Herumzurennen als Mensch mit einem Namen und einer Identität. An einem gewissen Punkt ist mir das alles dann nur noch absurd vorgekommen. Warum habe ich einen Namen? Eine Ansammlung kleiner Buchstaben, die auf Papiere und in Formulare gesetzt wird? Wieso definiert mich das? Unter all dieser Scheiße ist man doch nur ein Tier, das atmet und frisst und scheißt und fickt und stirbt.

Natürlich bin ich jetzt wieder hier, in der Wiege meiner Identität. Dieses Haus. Dieses Zimmer. Diese Menschen. Sie haben mir einen Namen gegeben, eine Religion, meine gesamte Identität. *Gary Doane.* Zwei kleine Worte, die ein Symbol darstellen, eine Kurzform, und die Leute meinen zu wissen, was es bedeutet. Mom und Dad meinen zu wissen, was es bedeutet.

Der Unterschied ist nur, jetzt machen sie sich Sorgen. Und das ist der Teil, den ich bedaure. Ich fühle mich, als wäre ich lange Zeit für sie dieses große Kind gewesen, bis ich eines Tages einfach kaputtging. Sie wissen nicht, was passiert ist. Sie versuchen immer noch, schlau daraus zu werden. Sie werfen es der Uni vor, sie sagen, nun ja, vielleicht waren es Drogen oder zu liberale Professoren oder schlechte Zimmergenossen oder irgendein Mädchen. Aber es war nichts davon. Wie ich schon der Therapeutin gesagt habe, es war einfach das Leben. Das ist der Teil, den sie nicht sehen wollen, weil es nämlich einfach zu verstörend ist. Es war das Leben, das mich kaputt gemacht hat.

•••

Relativ kurz nachdem Mom und Dad aus der Einfahrt gefahren sind, schickt Sarabeth mir eine SMS. *Deine Eltern weg?*

Ja, texte ich zurück.

Bin gleich da.

Ich lege das Handy aus der Hand und schließe die Augen. Ich behalte sie geschlossen, bis sie hier eintrifft.

Sie wird einfach reinkommen, und ich werde die Augen erst öffnen, wenn sie vor mir steht. Sie ist alles, was ich sehen will.

9
Sarabeth Simmons

Er ist nicht der einzige Typ, mit dem ich je zusammen gewesen bin – ganz und gar nicht –, aber ich war sein erstes »Was-auch-immer«. Es ist schräg, weil er älter ist als ich, so fast vier Jahre, und er war 'ne Weile auf dem College. Er ist auch nicht hässlich oder so. Ich kann mich noch schwach an ihn erinnern, als ich in der Neun war und er in der Zwölf. Er war klug und irgendwie schüchtern. Ich hab ihn immer für schwul gehalten. Selbst jetzt bin ich nicht so ganz sicher, was er ist. Er will nie mit mir darüber reden. In vielerlei Hinsicht ist er noch genau wie damals auf der Highschool. Zu ruhig, zu klug, als gut für ihn ist, zu einfühlsam. Aber er ist süß. Und er ist gut.

Er hat diese schräge Angewohnheit, dass er die Augen nicht aufmachen will, bis ich ausgezogen bin. Ich ziehe mich ganz aus, und dann ziehe ich ihn aus. Er giggelt. Was mir ein Lächeln auf die Lippen zaubert.

Ich gleite seinen Körper hinauf, lasse meine Titten über seine Haut streichen. Er stöhnt leise. Ich höre nicht auf, um ihm einen zu blasen, denn er mag eigentlich keine Blowjobs. Er ist der einzige Typ, den ich je kennengelernt habe – genau genommen ist er sogar der Einzige, von dem ich je gehört habe –, der nicht auf Blowjobs steht. Aber ich beschwere mich nicht. Die meisten Typen sehen zu viel Pornos. Und sie können's kaum erwarten, einem ihren Schwanz unter die Nase zu reiben.

Gary ist nicht so. Er will ständig Sex, aber mit ihm ist es eigentlich nie eklig. Er will viel küssen. Er will mir in die Augen sehen, wenn wir's tun.

Macht er jetzt auch. Ich setze mich auf ihn und nehme ihn in mir auf, und er starrt mir in die Augen. Er betrachtet mich gern, und ich mag's, dass er mich ansieht. Bei anderen Typen hab ich mich schon geil gefühlt, bei manchen auch schmutzig. Und meistens hat's mir gefallen. Jeder will manchmal schmutzig sein, schätze ich mal so. Aber bei Gary ist das anders. Er ist der einzige Kerl, den ich je kennengelernt hab, bei dem ich mich tatsächlich sexy fühle. Es überspült mich, dieses Gefühl, sexy zu sein, hübsch genug zu sein, dass man mich betrachten möchte. Er steht total auf mich, aber er scheint nichts von mir zu wollen. Er hat es nie zu eilig zu kommen, und er bettelt mich auch nicht an, ihm einen zu blasen oder zu erlauben, ihn mir in den Arsch zu stecken. Er steht einfach auf mich. Es ist schräg, aber ich fühle mich bei ihm jünger, als ich bin.

»Ich liebe dich«, sage ich.

Er macht langsamer, lächelt, zieht meinen Kopf zu sich herunter und küsst mich. »Ich liebe dich auch.«

•••

Wir starren an seine leere, weiße Zimmerdecke.

»Ich muss dir was sagen«, sage ich.

Die Art und Weise, wie ich das sage, lässt ihn aufschauen. »Was?«

»Ich werd langsam nervös«, sage ich.

»Weswegen?«

»Seinetwegen. Wegen Heilige Scheiße.«

»Was ist mit ihm?«

»Ich weiß nicht. Wegen dem, was er tun könnte. Verzweifelte Menschen machen verzweifelten Scheiß.«

»Ja, und die verzweifelte Sache, die er machen wird, ist, uns dreißig Riesen zu geben«, sagt Gary. »Du kriegst doch keine kalten Füße, oder? Dafür ist es jetzt zu spät.«

»Nein. Es ist nur, wo wir jetzt in dieser Sache drinstecken, bin ich einfach nervös.«

»Das verstehe ich«, sagt er, »aber diese Sache ist jetzt illegal. Ist ein bisschen spät, um nervös zu werden. Das ist dir schon klar, oder? Das hier ist jetzt nicht mehr nur irgendein Scheiß zwischen ihm und mir oder auch nur zwischen ihm und seiner Kirche. Es geht auch nicht einfach nur um einen Skandal. Ich meine, Leute wandern in den Knast für das, was ich heute Morgen gemacht hab. Du musst das ganz realistisch sehen, was wir hier tun.«

Ich muss einen Moment darüber nachdenken. Ich schätze, es stimmt schon. Ich hab mir nie wirklich klargemacht, in wie viel Scheiße wir stecken würden, wenn die Leute wüssten, dass wir versuchen, den Prediger zu erpressen. Ich hab jetzt fast ein schlechtes Gewissen, dass ich nie darüber nachgedacht habe. Die ganze Sache war ja meine Idee. Ich hätte daran denken müssen.

»Du hast gesagt, ihm ging heute Morgen der Arsch auf Grundeis?«

»Ja. Er weiß, in welcher Klemme er steckt.«

»Genau«, sage ich. »Er hat bekommen, was er von dir haben wollte, und jetzt will er einfach, dass du verschwindest, richtig? Er hat eine Frau und siebenundzwanzigtausend Kids. Er hat zu viel zu verlieren, Mann. Die Kirche, jeder hält ihn doch für den Größten. Er wird dir das Geld geben. Er wird den Spendenteller plündern, das Sparbuch, was weiß ich, und dann wird er einfach nur froh und glücklich sein, dass er dich los ist.«

Gary schließt die Augen und nickt. »Ja.« Er lächelt. »Siebenundzwanzigtausend Kids … Du bist witzig.«

»Wie viele Weatherford-Bälger gibt's denn in echt? Hab's vergessen.«

»Fünf.«

»Himmel.«

»Ich weiß.«

»Ich hab Matthew schon immer für einen Arsch gehalten.«

»Ja, ich auch«, sagt Gary. »Manchmal bin ich ihm auf dem Unigelände begegnet, als wir beide auf der U of A waren. Er hat mehr oder weniger so getan, als würde er mich nicht kennen. Er ist dort unglaublich hochnäsig geworden.«

»Krass.«

»Ja. Und Mark war immer … eben Mark. Du weißt schon. Mit Mary hatte ich auf der Schule eigentlich nichts zu tun. Die muss doch so in deiner Jahrgangsstufe gewesen sein, oder?«

»Ja, aber ich kannte sie nicht wirklich. Sie war beliebt, hat Basketball gespielt und alles. Ich meine, ich schätze mal, sie war schon okay, aber ich hatte nie viel mit ihr zu tun.«

Er nickt nur.

»Himmel«, sage ich, »und dann haben sie noch zwei Kinder bekommen?«

»Ja. Nach den ersten drei hatten Richard und Penny erst mal keinen Sex mehr. Ich meine, so ungefähr zehn Jahre lang, hat er mir so erzählt. Und dann kamen Johnny und Ruth.«

Ich schüttle den Kopf. »Meinst du, die haben immer noch Sex?«

»Ich glaube, die hatten einfach genug Sex, um die Kinder zu bekommen. Wenn man fünf Kinder hat, sieht's doch für Außenstehende aus, als würde man nur vögeln, aber das ist alles nur Show.«

»Weil er nämlich schwul ist?«

»Ehrlich, ich weiß das nicht mal. Ich meine, er hat ganz klar Leichen im Keller, aber ich glaube, eigentlich hasst er Sex. Ich glaube, er hasst Körper. Die widern ihn an. Für ihn ging's nur um Selbstbefriedigung. Er will zusehen, wie ich mir einen runterhole, und er will, dass ich ihm dabei zusehe. Ein beschissener Freak.«

Ich drehe mich um, lege mich auf die Seite und sehe ihn an. Er hat ein schmales Gesicht mit einer kleinen Nase und schmalen Lippen. Als ich jünger war, hab ich ihn nie süß gefunden. Ich hab eigentlich nie darüber nachgedacht. Er war einfach nur ein älterer Typ auf meiner Schule.

Aber als er nach seinem Zusammenbruch wieder in die Stadt zurückkam, ist er oft in den Laden gekommen. Er hat nie viel gekauft. Ich glaube, er wollte einfach nur zu Hause raus, weg von seinen Eltern.

Ich bin ihnen ein paarmal begegnet. Aber Gary wird nervös, wenn sie in der Nähe sind, also treffen wir uns nur, wenn sie weg sind. Sein Dad ist ein schräger Vogel. Einer von diesen Typen, die zu nett sind, als gut für sie wäre – daher hat Gary es, vermute ich. Seine Mom ist eine echte Zicke. Beide Male, die ich mit ihr geredet habe, hat sie dauernd nur meine Klamotten angestarrt. Ich war nicht nuttig angezogen oder so. Einfach nur ein Shirt und eine Jeans, aber sie hat mich dauernd von oben bis unten gemustert, als könnte sie es nicht fassen, was für ein billiges Stück Scheiße ihr Sohn mit nach Hause gebracht hatte.

Gary sagt, sie guckt eben so, aber ich hab schon gemerkt, dass sie mich nicht leiden kann. Sie hält Gary einfach für diesen Schulabbrecher, der wieder nach Hause gezogen ist und sich jetzt mit dem Mädel rumtreibt, das im Pickett's an der Kasse steht. Wenn sie erst mal herausfindet, dass ich gefeuert wurde, wird sie mich natürlich noch viel mehr lieben.

»Jedenfalls«, sagt Gary, »haben wir schon bald nichts mehr mit ihm zu schaffen. Er wird uns die Kohle geben, und dann ist alles erste Sahne.«

Ich nicke. »Und wir können verschwinden.«

»Jepp, und dann können wir machen, was immer wir wollen.«

»Wohin willst du als Erstes?«

»Ich dachte, wir fahren runter nach Austin und besuchen den Typen, den ich vom College kenne. Wally.«

»Wally, genau. Der lebt jetzt dort unten, richtig?«

»Jepp, ursprünglich kommt er von da.«

»Warum willst du ihn besuchen?«, frage ich.

Gary zuckt mit den Achseln. »Ach, ich weiß nicht. Gibt keinen besonderen Grund. Ist eben einfach einer, den ich kenne.«

»Du und er … Ihr Jungs wart aber einfach nur befreundet, oder …?«

Er starrt mich einen Moment lang an. »Weißt du, es ist nicht so, dass ich mit jedem geschlafen hab, dem ich je begegnet bin.«

»Weiß ich doch.«

»Er ist ein Freund. Das ist alles. Ein Typ, den ich kenne.«

»Okay, okay.«

»Wohin willst du denn?«, fragt er.

»Wir können gern nach Austin, ist mir recht.«

»Aber wenn's nur nach dir ginge, wohin würdest du wollen?«

»Tja, ich wollte schon immer mal New Orleans

sehen. Meine Mom war einmal da, als sie Mitte zwanzig war, und sie war begeistert. Sie hat immer gesagt, wir fahren mal zusammen hin, aber natürlich ist es nie dazu gekommen. Also, scheiß drauf. Geh ich eben allein hin. Und genau darum geht's doch eigentlich, oder? Wir können überallhin, wohin wir wollen. Wir können alles sein, was wir sein wollen.«

Er lächelt. »Genau!«

»Scheiße, ja. Deshalb will ich weg. Hier bestimmen die Leute, wer man ihrer Meinung nach ist, und wenn du dann versuchst, etwas anderes zu machen, tun sie gerade so, als wärst du hier das große Arschloch. Daher weißt du ja auch, dass der Prediger die Kohle rüberschieben wird. Denn wer hoch steigt, fällt auch tief. Ich meine, seine Geheimnisse würden doch sein Leben ruinieren.«

Etwas kommt Gary in den Sinn, und er runzelt die Stirn. »Weißt du, wenn die Wahrheit herauskäme, ich glaube, das Einzige, worüber ich mir Sorgen machen würde, wären meine Eltern. Es würde sie vor den Augen aller, die sie kennen, in große Verlegenheit bringen.«

»Hey, scheiß auf sie.«

Er starrt mich an. »Sag so was nicht, Sarabeth. Du solltest ein bisschen rücksichtsvoller sein.«

»Wie meinst du das?«

»Ich meine, die ganze Sache war doch deine Idee. Du solltest dir mehr Gedanken über die Konsequenzen machen.«

»Es war nicht *ausschließlich* meine Idee. Wir haben darüber geredet. Du bist derjenige, der gesagt hat, du hättest das Gefühl, er würde dich anbaggern, wann immer er dich sieht.«

»Und du bist diejenige, die gesagt hat, wenn ich mit ihm rummachen würde, bekäme er ein schlechtes Gewissen und würde mir Geld geben, damit ich verschwinde.«

»Und du bist derjenige, der's getan hat.«

Gary setzt sich auf und lehnt den Rücken an die Wand. »Schaust du jetzt auf mich herab, weil ich das getan habe?«

»Nein, natürlich nicht. Du weißt, dass es mir scheißegal ist.«

»Das sage ich doch. Es ist dir scheißegal.«

»Gary …«

»Warum ist es dir egal? Du solltest mich doch ganz für dich allein haben wollen. Du solltest mich nicht mit irgendwem teilen wollen.«

Ich setze mich ebenfalls auf. Aber ich fühle mich irgendwie blöd, wie ich hier mit nackten Titten rumsitze, also schnapp ich mir meinen BH vom Boden. »Das ist doch Schwachsinn«, sage ich. »Ich hab dich nicht gezwungen, irgendwas mit dem Prediger zu machen.«

»Wir reden hier nicht darüber, ob mich irgendwer zu irgendwas gezwungen hat. Wir reden darüber, dass es dich einen Scheißdreck interessiert, ob ich mir vor einem alten Perverso einen runterholen muss, nur damit wir ein bisschen Kohle bekommen.«

Ich schnappe mir meinen Slip vom Fußende des Betts. »Du darfst das nicht tun, Gary. Du darfst nicht irgendwas tun und mir dann die Schuld geben, weil du es getan hast.«

Er verschränkt die Arme und starrt an die Decke. »Ich hab doch nur …«

»Du hast doch nur was?«

»Es ist dir wirklich egal, oder? Geht's hier für dich nur um das Geld?«

Ich bin es so gottverdammt leid, dass Leute mich dauernd anscheißen. Ich steh auf und fange an, mich anzuziehen.

»Was machst du da?«, fragt er.

»Wonach sieht's denn aus? Ich gehe.«

»Warum?«

»Weil du ein Arschloch bist.«

»Nein, bin ich nicht.«

Ich ziehe meine Jeans an.

»Sarabeth …«

»Nein. Weißt du was? Mach doch, was du willst.« Ich fange an, meine Schuhe anzuziehen. »Wenn er dich bezahlt, schön für dich. Nimm das Geld und verschwinde und leb allein vergnügt bis ans Ende deiner Tage.«

»Hör auf damit. Setz dich. Komm schon …«

Ich stampfe aus dem Zimmer und gehe hinaus zu meinem Wagen. Als ich aus der Einfahrt zurücksetze, sehe ich ihn in der Tür stehen, das Bettlaken um die Hüften geschlungen, mit einem Gesichtsausdruck wie ein Kind, das sich im Einkaufszentrum verlaufen hat.

Ich überlege kurz anzuhalten, fahre dann aber doch weiter.

Scheiß auf ihn. Scheiß auf alle.

10
Richard Weatherford

Ich bin in meiner Einfahrt. Ich bin nach Hause gefahren wie ein Betrunkener nach einer Party, und ich weiß nicht so recht, wie ich es hierhergeschafft habe. Die letzten paar Minuten meines Lebens sind völlig verschwommen.

Es ist ein Gefühl, das ich schon mal hatte – bei Gary. Als wir zum ersten Mal zusammen waren, in diesem Minivan, wir haben zwei Counties weiter auf einem schmalen Weg im Dunkeln geparkt. Ich habe meiner Versuchung nachgegeben, habe mich von ihm zur Sünde führen lassen *oder habe ich ihn geführt?*, und als wir fertig waren, bin ich völlig benommen nach Hause gefahren. An die Fahrt selbst konnte ich mich nicht erinnern, an die Stopps und die Wege, die ich fahren musste, um wieder in die Stadt zu kommen, zurück in mein Viertel, zurück nach Hause. Aber da war ich, ein Mann hinter dem Lenkrad, der auf seine eigenen Hände starrt.

Und hier bin ich, wieder nicht sicher, wer ich eigentlich bin.

Ich bin Richard Howard Weatherford. Ich bin der Ehemann von Penelope. Der Vater von Matthew, Mark, Mary, Johnny und Ruth. Ich bin der Pfarrer der First Baptist Church von Stock, Arkansas. Ich bin Christ. Ich bin ein Mann Gottes.

Was ich nicht bin, ist ein Homosexueller. So etwas wie einen Homosexuellen gibt es nicht. Das Konzept der schwulen Identität ist eine der Lügen des Teufels, die auf dem Trugschluss gründet, dass Homosexualität ein Seinszustand ist. Falls es Homosexuelle gibt, muss Gott Homosexuelle erschaffen haben; also nein, es kann keine Homosexuellen geben. Es gibt homosexuelle Handlungen, und man kann wählen, ob man diese Handlungen durchführt oder nicht. Ich kann mich von meiner Sünde abwenden.

Aber vorher muss ich dies tun: Ich muss meine Familie beschützen, meine Freunde, meine Kirche.

Ich schaue durch die Windschutzscheibe meines Minivans auf mein besonntes, zweigeschossiges Haus. Ich denke an all die Menschen, die jeden Tag an diesem Haus vorbeifahren und sagen: »Da wohnt der Prediger.« Irgendetwas am Gewicht all dieser Besitztümer bewirkt, dass ich mich angebunden fühle. Ein Auto, ein Haus, ein kleines Stück Land. Eine Familie. Ein Leben.

Und doch kommt mir heute alles so schrecklich zerbrechlich vor.

Ich weiß nicht, was Harten tun wird, wie er das Geld auftreiben will. Er wirkt auf mich wie ein verzweifelter Mann, als könnte er jeden Augenblick ein Fenster einschlagen, um Essen zu stehlen. In seiner Gesellschaft fühle ich mich nervös; ich bin nach Hause gefahren mit dem benommenen Gefühl, als wäre ich gerade an den Rand einer steilen Klippe getreten.

Bitte, Gott, bete ich, *hilf ihm, das Geld zu bekommen.* Es ist natürlich eine Absurdität und Ketzerei, bei etwas so Ordinärem und Schäbigem die Hilfe des Herrn zu erbitten, aber ich kann nicht anders. Es ist ein profanes Gebet von einem profanen Menschen.

•••

Ich gehe hinein, und das Haus ist merkwürdig still. Erst jetzt wird mir bewusst, dass ich in der Einfahrt gar nicht Matthews Auto gesehen habe.

»Hallo«, rufe ich.

Meine Stimme klingt blechern in dem leeren Haus.

»Jemand zu Hause?«

»Hey«, sagt Penny von oben.

Ich gehe ans Fußende der Treppe. »Wo sind denn alle?«

»Komm hoch, falls du reden willst.«

»Ich sagte: ›Wo sind denn alle?‹«

»Und ich sagte, du sollst hochkommen, falls du reden willst.«

Ich steige die Treppe hinauf und finde sie auf unserem Bett sitzend vor, den Rücken gegen die Wand gelehnt, die Beine an den Knöcheln übereinandergeschlagen, die Hände gefaltet auf einem Kopfkissen. Ich bemerke, dass sie ihre Kontaktlinsen herausgenommen und die Brille aufgesetzt hat.

»Was machst du?«, frage ich.

»Sitzen. Was machst du?«

Ich öffne die Handflächen, als wollte ich ihr das

Nichts an sich zeigen. »Bin gerade nach Hause gekommen. Wo sind alle?«

»Ich hab vorgeschlagen, sie sollen auf ein Eis ins Sonic gehen.«

»Oh.«

»Ich dachte, es wäre vielleicht nett für sie, wenn alle zusammen gehen. Sie machen nie etwas als Gruppe, alle zusammen.«

»Ruth ist nicht bei ihnen.«

Sie nickt und starrt mich an. »Ich weiß.«

»Wenn du wolltest«, sage ich, »dass Ruth mit ihnen geht, hättest du ihr sagen können, sie solle zu Hause bleiben.«

»Das interessiert mich nicht.«

»Oh. Ist mit dir alles in Ordnung?«

»Warum fragst du?«

»Du verhältst dich komisch.«

»Tue ich das?«, fragt sie.

»Ja.«

»Inwiefern?«

»Zum Beispiel stellst du mir eine Reihe ziemlich blöder Fragen. Das machst du nur, wenn ich erraten soll, was dich beschäftigt.«

Sie senkt das Kinn ein wenig und fixiert mich über den Rand ihrer Brille, was sie dann macht, wenn sie mich ins Gebet nehmen will. »Und worauf würdest du tippen?«

»Ich habe nicht die geringste Ahnung.«

»Du hast nicht die geringste Ahnung.«

»Nein, hab ich nicht. Warum hörst du jetzt nicht einfach auf, drumherum zu reden, und sagst mir stattdessen, was los ist.«

Sie nimmt die Hände auseinander und schaut aus dem Fenster. Allerdings sieht sie nicht wirklich aus dem Fenster. Nicht wirklich. Sie lässt mich sie anstarren und warten. Sehr theatralisch.

»Warum setzt du dich nicht?«, sagt sie schließlich.

Übertrieben langsam gehe ich zum Bett und setze mich einige Zentimeter von ihren Füßen entfernt hin. »Ja?«, sage ich.

»Wo bist du den ganzen Tag gewesen?«

»Was?«

»Wo bist du den ganzen Tag gewesen?«

»Ich habe nicht … Ich war die ganze Zeit hier. Ich habe mich heute Morgen mit Terry Baltimore getroffen. Ich bin nach Hause gekommen, habe mit der Familie gefrühstückt, ein Nickerchen gemacht, mit Randy geredet, dann habe ich Ruth rüber zu Scarlett gefahren. Dann bin ich nach Hause gekommen. Das alles ist dir aber bekannt, also, was soll das alles? Warum solltest du mich fragen, wo ich gewesen bin?«

Sie verschränkt die Arme fest vor ihrer Brust und starrt auf die Bettdecke.

»Genau«, sagt sie. »Das alles weiß ich.«

»Was ist dann los?«

»Du bist woanders gewesen.«

»Wie meinst du das?«

»Du bist nicht hier bei uns gewesen.«

»Du meinst … Ach, du meinst, ich wäre mit meinen Gedanken woanders gewesen?«

Sie versucht, eine Falte aus der Bettdecke zu streichen, während sie spricht. »Sicher.«

»Nun, mir geht vieles durch den Kopf. Ich habe über vieles nachgedacht, weißt du. Die bevorstehende Abstimmung wegen des Spirituosenladens. Darüber habe ich sehr viel nachgedacht. Habe sehr gründlich darüber nachgedacht. Und dann das Passionsspiel morgen. Ich muss heute auch noch rauf zur Kirche.«

»Ja. Natürlich.«

Ich strecke eine Hand aus und tätschle ihr Bein. »Es tut mir leid, wenn ich abwesend war. Ich hab's nicht absichtlich gemacht.«

Sie schaut zu mir auf, und da sind Tränen in ihren Augen. Ich beuge mich zu ihr hin, aber sie hebt abwehrend eine Hand. »Du bleibst … bleibst hübsch da, wo du bist.«

»Penny, was in aller Welt ist los mit dir? Ist das jetzt so ein Frauending?«

Ihre Gesichtsfarbe verändert sich. Sie schwingt die Beine auf den Boden, das Kopfkissen fällt von ihrem Schoß, sie gibt mir eine Ohrfeige.

Ich packe sie an den Armen und stoße sie zurück aufs Bett.

»Was soll das?«, herrsche ich sie an, baue mich über ihr auf. »Hast du den Verstand verloren?«

»Vielleicht habe ich ihn gerade gefunden.«

»Was soll das heißen?« Ich durchquere den Raum

und schließe unsere Schlafzimmertür. »Was soll das heißen? Antworte mir!«

Ihr Gesicht ist gerötet, in ihren Augen wütende Tränen. So zornig habe ich sie seit Jahren nicht erlebt. Vielleicht habe ich sie überhaupt noch nie so wütend gesehen. Wir sind noch nie handgreiflich geworden, nicht mal in unseren schlimmsten Zeiten.

Sie schüttelt den Kopf, legt die Hände auf die Ohren.

»Ich glaube …«, setzt sie an, »ich glaube, ich liebe dich nicht.«

Mir klingeln die Ohren. Und es rührt nicht von dem Schlag. Ich bekomme nur ein einziges Wort heraus. »Was?«

Während sie mich anstarrt, bekommt sie ganz große Augen, so als ob sie gierig wäre, mehr Licht aufzunehmen. Sie lässt die Hände auf den Schoß sinken. »Ich tu's nicht. Ich liebe dich nicht. Vielleicht hab ich dich nie geliebt.«

»Das ist doch lächerlich. Wenn …«

»Halt einfach deinen Mund, Richard, und hör mir zu. Als wir uns kennengelernt haben, hast du eine fromme Christin als Ehefrau gesucht, und ich habe einen frommen Christen als Ehemann gesucht. Deshalb haben wir geheiratet. Das war die Anziehungskraft zwischen uns, von Anfang an. Weißt du eigentlich, dass ich nie von dir geträumt habe?« Sie liest etwas auf meinem Gesicht und reagiert darauf. »Romantischer Unsinn, richtig? Etwas, worüber du dich von der Kanzel herab lustig machst. Du glaubst nicht an so etwas. Du glaubst nur an den Willen Gottes. *Sagst* du. Du *sagst*, du glaubst nur an den Willen Gottes, aber ist dir schon mal aufgefallen, dass Gottes Wille und dein Wille immer übereinzustimmen scheinen?«

»Wir sollten uns am Willen Gottes ausrichten, Penny.«

»Und Gott sagt dir, was sein Wille ist, und dann sagst du es uns anderen.«

»Das ist ein wenig vereinfachend ausgedrückt, Penny, aber ja, ganz allgemein gesagt weist der Herr mich an, und ich weise dann andere an. So ist es schon immer gewesen. Ich dachte, so hätte es dir auch gefallen. Du tust ja gerade so, als sei ich ein selbstsüchtiger Blödmann, aber verzeih mir bitte, wenn ich dich darauf aufmerksam mache, dass du immer die Rolle der Frau in herausragender Kirchenposition genossen hast. Einschließlich deines Frauenkreises und eurer kleinen Zusammenkünfte.«

»Meine kleinen Zusammenkünfte«, sagt sie.

»Du weißt schon, was ich meine.«

»Oh«, sagt sie, »ich weiß besser als du, was du meinst.«

»Natürlich weißt du das.«

»Nun, so ist es.«

»Dann erkläre es mir doch bitte. Das machst *du* doch gerade. Die Feministinnen beschuldigen doch die Männer, immer alles zu ›herrklären‹, aber wie ist es andersherum? Wenn nämlich eine Frau einem Mann verklickert, was er *wirklich* meint.«

»Wie niedlich, Richard. Ich wette, daran hast du jetzt schon eine ganze Weile gearbeitet.«

Die Wahrheit ist: Ja, hab ich. Ich wollte es als Witz in eine Predigt einbauen. Sie mit Feministinnen auf eine Stufe zu stellen ist ziemlich unfair. Ich mache es, um sie zu verletzen, sie in Wut zu versetzen. Aber ich bin nicht ganz sicher, warum. Eigentlich sollte ich doch versuchen, diesen Streit abzukühlen, statt ihn anzuheizen. Vielleicht liegt es daran, dass sie mich geschlagen hat und mein Gesicht immer noch brennt. Wenn ich schon nicht zurückschlagen kann, kann ich sie doch wenigstens zur Weißglut treiben.

»Du weißt«, sagt sie, »dass ich keine Feministin bin, du Idiot.«

»Beschimpfungen. Ausgezeichnet. Zuerst schlägst du mich. Dann sagst du, du liebst mich nicht. Dann beginnst du, mich zu beschimpfen.«

Sie verschränkt die Arme und schüttelt den Kopf, ist zu angewidert, um mich anzusehen.

»Was genau, bitte sehr, ist denn das Problem? Woran fehlt es mir? Erkläre mir das bitte.«

»Du kennst keine Barmherzigkeit, Richard. Du glaubst nicht wirklich daran. Du denkst, das würde dich irgendwie schwächen.«

»Was redest du da? Ich arbeite hart für die Menschen. Ich besuche die Kranken und Alten. Ich helfe den Menschen in Krisenzeiten. Ich denke, all diese

Menschen wären schockiert zu hören, dass ich nicht an die Barmherzigkeit glaube.«

»Nein, du glaubst an Pflicht. Du hilfst den Menschen, weil du meinst, du solltest es tun. So wie ein Müllmann den Müll abholt. Du bist ein Mann, der seinen Job erledigt. Du kennst keine echte Barmherzigkeit, kein Mitgefühl.«

»Wow. Ich scheine ja eine wirklich schreckliche Person zu sein, Penny. Vielen Dank für die Aufklärung.«

Sie atmet scharf durch die Nase aus. Sie schließt die Augen. »Du hast mich nicht gern. Ich bedeute dir nichts.«

»Und jetzt bedeutest du mir nichts.«

»Das ist nichts Neues. Es ist etwas Altes. Wie ich schon sagte, wir haben geheiratet, weil wir dachten, das wäre vernünftig.«

»Und? Geht es darum? Du stellst jetzt unsere Ehe infrage?«

Sie reibt sich die Nase. »Ich habe unsere Ehe schon viele Male überdacht und infrage gestellt.« Sie schaut zu mir auf. Ihr Gesicht hat wieder seine normale Farbe. Ihre Augen sind immer noch leicht gerötet, aber jetzt sind keine Tränen mehr da. »Als ich jung war, hab ich versucht, die Frau zu sein, die ich für dich sein sollte. Als das nicht funktionierte, habe ich versucht, dich zu dem Mann zu machen, der du für mich sein solltest. Auch das hat nicht funktioniert. Am Ende, denke ich, habe ich mich damit begnügt, die Kinder so großzuziehen, wie ich meinte, dass sie großgezogen werden sollten, in einem guten Heim, in einer guten Kirche.«

»Wir haben sie richtig großgezogen.«

»Wir? Ja. Du bist ihr Vater, und sie lieben dich.«

»Oh, schön, vielen Dank, dass du mir wenigstens das zugestehst. Ich bin erleichtert zu hören, dass meine Kinder mich lieben.«

»Manchmal wünschte ich mir, sie täten es nicht.«

»Penny …«

»Du lässt sie zu dir kommen. Du lässt sie dich lieben. Du lässt sie um deine Aufmerksamkeit konkurrieren. Und es funktioniert. Sie lieben dich alle, und alle möchten, dass du sie liebst, ihnen die zahlreichen Sünden vergibst, die du in ihnen siehst.«

Das lässt mich innehalten. »Jetzt bist du nur noch gemein«, sage ich. »Jetzt bist du nur noch grausam.«

»Ich bin ehrlich«, sagt sie. »Manchmal ist das dasselbe, wie grausam zu sein.«

Mir wird schlecht bei der Art und Weise, wie sie das sagt. Diese Selbstbeweihräucherung, dieses Überlegenheitsbewusstsein. »Danke für deine Ehrlichkeit«, sage ich. »Was möchtest du jetzt, die Scheidung?«

Dieses Wort soll wie ein harter Schlag kommen, aber in einem schrecklichen Augenblick bin ich mir bewusst, dass ein Teil von mir hofft, sie antwortet mit einem Ja.

»Natürlich nicht«, sagt sie, und als sie das sagt, erfüllt mich eine noch schrecklichere Erleichterung. »Zu viele Menschen glauben an uns. Es ist nicht wie bei Sandy und Gene. Niemand hat seinen Glauben verloren, weil die Loomises sich scheiden ließen. Aber es gibt zu viele Menschen, für die wir Bruder und Schwester Weatherford bleiben müssen. Wir müssen nicht nur an unsere Kinder denken; wir haben unsere Kirche, in mancher Hinsicht die ganze Stadt … Das ist der wirklich schreckliche Teil der Geschichte.« Sie unterbricht sich und schüttelt den Kopf. »Wir sind zu groß, um zu scheitern.«

»Was willst du dann?«, frage ich.

Sie seufzt. »Dass du ehrlich bist.«

»Ich bin ehrlich.«

»Bist du? Wir sind schon lange zusammen, Richard. Ich habe dir ein Haus voller Kinder geschenkt, damit du dich wie ein Mann fühlen konntest. Ich habe zugelassen, dass du dich in Predigten über mich lustig gemacht hast, damit du wie ein richtiger Kerl dastehen konntest. Ich habe mich immer der Kirchenlinie untergeordnet. Und ich gehe nicht weg. Ich werde dich beerdigen, oder du wirst mich beerdigen. So oder so. Aber steh nicht da und sag mir, du hättest dich heute Morgen mit Terry Baltimore getroffen.«

Ich starre sie an.

Unten geht die Haustür auf und die Kinder kommen herein, lachend und laut. Johnny sucht uns bereits.

»Die Kids sind zu Hause«, sage ich.

Sie schüttelt den Kopf. »Das ist alles? ›Die Kids sind zu Hause.‹ Willst du dich hinter den Kindern verstecken?«

»Ich muss in die Kirche. Es ist fast zwei, weißt du.

Ich muss mit dem Chor und den Schauspielern für Ostern proben.«

Sie reibt sich mit beiden Händen das Gesicht, sucht nach Tränen. »Zwei. Genau. Du musst los.«

»Und du, du hast doch heute Nachmittag auch in der Kirche zu tun, oder?«

»Ja, eine meiner kleinen Zusammenkünfte.«

»Penny … was ich damit sagen will: Wir können später darüber reden.«

Sie steht auf und durchquert das Zimmer. »Natürlich.«

Fast hätte ich die Hand nach ihr ausgestreckt, aber ich weiß, das ist nicht, was sie will. Stattdessen gebe ich die Tür frei. »Ich liebe dich, Penelope.«

Die Hand auf dem Türknauf, schließt sie die Augen. »Weißt du, dass du mir das seit Jahren nicht gesagt hast?«

»Es stimmt aber. Ich liebe dich.«

Sie sieht mich mit ausdruckslosen Augen an und nickt, aber ich bin nicht ganz sicher, wozu sie nickt.

Dann öffnet sie die Tür und geht nach unten zu unseren Kindern.

Teil 2

Samstagabend

11
Brian Harten

Ich sitze in Roxies Auto ein Stück die Straße rauf, als der Geldabholer auf dem Weg zu Tommy's Bar an mir vorbeikommt. Er heißt Frankie James. Er hat einen Bruder namens Jesse. Klar. Seine Eltern sind verfluchte Idioten. Frankie allerdings ist nicht wirklich ein Idiot. Er ist ein ziemlich ausgeschlafener Bursche. Das muss ich im Kopf behalten, wenn ich versuche, das hier ungestraft durchzuziehen.

Es ist ungefähr fünf, also kommt er wahrscheinlich gerade an. Das ist so ungefähr die Zeit, in der ich normalerweise zu arbeiten anfing. Tommy wird Frankie ein paar Sachen verklickern, und anschließend wird er ihm den Marschbefehl für den Abend geben. Dann wird Tommy eine Weile nach Hause fahren und Frankie wird aufbrechen, um auf seiner täglichen Runde die Einnahmen einzusammeln. Ich weiß nicht, welche Strecke er nehmen wird, aber er wird dabei mindestens drei Punkte in der Stadt anfahren müssen: Tommy's Other Bar, Tommy's Car Wash und Tommy's Slices. Außerdem besitzt Tommy einen Anteil an Arkansas Integrity Lumber, wobei ich allerdings nicht weiß, ob Frankie dort auch Geld abholt oder nicht. Als ich für das Einsammeln zuständig war, habe ich nur ganz selten beim Holzlager Geld abgeholt. Meistens handelt Tommy seinen Anteil drüben mit Hank Dobson aus, und Hank überweist es ihm dann.

Alles andere jedoch – die beiden Bars, der Pizza-Laden und die Waschanlage – sind reine Bargeldgeschäfte. Frankie sammelt also die Einnahmen ein und kommt dann damit wieder hierher. Später wird Tommy reinkommen und seine Bilanzkosmetik erledigen.

Ich könnte Frankie folgen, könnte ihn vielleicht nach seiner letzten Station auf dem Rückweg zum Auto überfallen und ihm eins auf die Nuss geben, aber das wäre zu riskant. Wir sind hier nicht im Kino. Ich bin ziemlich sicher, wenn man einem Typen einen Scheitel zieht, verletzt man dabei lediglich seinen Kopf. Eine Maske überzuziehen würde auch nicht viel bringen, denn Frankie kennt mich. Nee, ich muss für eine Ablenkung vor der Bude sorgen, es hinbekommen, dass alle rauskommen, und dann schleiche ich mich hinten rein und schnappe mir die Kohle.

Samstagabend gegen sechs oder sieben Uhr befindet sich das meiste Geld im Kassenraum. Tommy rechnet die Freitagseinnahmen immer samstags ab. Also müssten die Freitagseinnahmen von beiden Bars plus die heutigen Einnahmen aus dem Pizzaladen und der Autowaschanlage im Kassenraum liegen. Das alles zusammen müsste genug sein, um den Prediger zu bezahlen.

Vielleicht.

Der Parkplatz füllt sich langsam.

Mein Handy summt. Roxie. Ich lasse den Anruf auf Voicemail durchschalten.

Ich lasse Roxies Wagen an und fahre los.

•••

Zuerst fahre ich rüber zum Walmart, um einen Benzinkanister zu kaufen. Einer der ersten Jobs, die ich überhaupt hatte, war, hier zu arbeiten. Ich hab's gehasst. Hab Einkaufswagen geschoben. Ein ausgesprochen beschissener Job. Klar, heute haben sie so eine kleine Maschine, die die Wagen schiebt. Man schickt einen Typen mit der Maschine los, und der kann dann in zehn Minuten den kompletten Scheißparkplatz freiräumen, ohne dabei eine Schweißperle auf der Stirn zu bekommen. Zu meiner Zeit jedoch mussten wir schuften wie die Maultiere. Zwei von uns mussten die ganze Acht-Stunden-Schicht da draußen auf dem Asphalt brutzeln. Im Winter war's sogar noch schlimmer, da hast du dir das Kreuz gebrochen, wenn du im Schnee mit zehn oder fünfzehn Einkaufswagen kämpfen musstest, hast dir die Eier abgefroren, während der Manager mit verschränkten Armen in der Tür stand und zusah. Vorarbeiten ging auch nicht. In der Zeit, die du brauchtest, um zehn Wagen auf dem Parkplatz – so groß wie ein Footballfeld – einzusammeln, waren schon wieder zwanzig Leute aus dem Eingang gekommen.

Die Geschichte meines verdammten Lebens.

Ich gehe rein, und der Laden brummt wie immer. Ich winke dem Mädchen an der Kundendienstheke zu. Ich hab ihren Namen vergessen, aber sie kommt oft in Tommys Bar. Ich sollte mir ihren Scheißnamen merken, aber es geht einfach nicht. Wir haben nie wirklich miteinander geredet.

»Hey, Brian«, sagt sie.

Ich gehe weiter, bleibe aber nach ein paar Schritten stehen.

Sie kennt meinen Namen. Natürlich kennt sie den. Jeder Dritte hier kennt mich. Jeder wird sich erinnern, mich gesehen zu haben.

Scheiße.

Ich drehe mich um und gehe schnell wieder richtig Ausgang. »Na, das hat ja nicht lange gedauert«, meint das Mädchen hinter der Theke.

»Hab meine Brieftasche vergessen«, sage ich und gehe weiter.

•••

Roxie ruft wieder an. Ich schalte das Telefon aus.

Ich gehe auf einen Sprung zu Citgo und kaufe statt des Kanisters eine Zwei-Liter-Flasche Mountain Dew. Dann verlasse ich Morrilton und fahre eine Weile, einfach nur, um Abstand zwischen die Stadt und mich zu bringen. Will mit niemandem reden, den ich kenne. Nachdem ich weit genug draußen bin, wo es nichts anderes mehr gibt als Asphalt und Bäume, fahre ich rechts ran und entleere die Flasche Limonade ins Gras.

Dann fahre ich raus bis nach Birdtown, praktisch ans Ende der Welt, zu einer Tankstelle mit nur einer

Zapfsäule. Die Tanke selbst ist nur ein Bretterverschlag, geführt von einer alten Dame, die seit der Entdeckung des Erdöls hinter der Kasse sitzt.

Ich gehe rein, um zu bezahlen. Die alte Lady hat ein Pferdegesicht, und sie schenkt mir ein schiefes Lächeln mit einem Durcheinander an viel zu langen, schmalen Zähnen.

»Hallöchen.«

»Hallöchen.« Ich reiche ihr einen Fünfer. »Fünf.«

»Junge«, sagt sie, »für fünf Dollar kriegst du heutzutage nicht mehr besonders viel.«

»Nee.«

»Die erste Gallone Benzin, die ich je verkauft hab, die hat achtundfünfzig Cent gekostet. Muss man sich mal vorstellen!«

»Kaum möglich, oder?«

»Allerdings.«

»Alles klar, dann, ich wünsch Ihnen noch einen guten.«

»Dir auch.«

Ich gehe zur Zapfsäule raus, behalte aber die alte Dame durch die Scheibe im Auge. Sie beachtet mich nicht weiter. Sie starrt wieder die Zigaretten und Süßigkeiten an.

Ich nehme den Zapfhahn aus seiner Halterung und hole die Plastikflasche, muss dann aber feststellen, dass die Scheißöffnung der Flasche zu klein ist. Der Sprit landet uberall, nur nicht da, wohin er soll.

Ich packe mein Taschenmesser aus und schneide

den Hals der Flasche auf. Dann schiebe ich den Hahn in das neue Loch, betätige den Auslöser und das Benzin spritzt rein, füllt den Behälter in Nullkommanichts. Das Zeug fließt über meine Hand.

Gott-ver-damm-te-Scheiße.

Ich stecke den Zapfhahn in den Tankstutzen des Autos und fülle den Rest meiner fünf Dollar ab. Roxie wird mir mächtig die Hölle heißmachen, weil ich ihr Auto so lange behalten habe. Ich kann froh sein, wenn sie mir nicht die Bullen auf den Hals hetzt. Und das wäre doch mal echt Scheiße, oder? Sie ruft die Cops, und die winken mich dann rechts ran, während ich mit einem halben Molotowcocktail auf dem Vordersitz durch die Gegend kutschiere.

Ich steig ein, balanciere den Behälter zwischen den Knien, aber das Scheißding schwappt über und saut mich gründlich ein, bevor ich die richtige Stellung gefunden habe.

Ich fahre los. Langsam. In meinem Schritt riecht's nach Benzin. Himmel.

Ein Stück die Straße runter fahre ich rechts ran, öffne die Tür und kippe den halben Sprit weg. Ich brauche nicht die ganze Scheißflasche. Nur gerade genug.

•••

Wieder bei Tommy's Bar sehe ich weder Frankies Auto noch Tommys Truck, also fahre ich vorbei und verlasse die Straße, um hinter einer verrotteten Scheune zu warten.

Keine Ahnung, warum diese alten Scheunen nicht einfach abgerissen werden. Überall in diesem Bundesstaat vergammeln solche Scheunen am Straßenrand. Verzogene graue Bretter und verrostete Blechdächer. Deprimierend. Bei einer Scheune wie dieser muss ich immer an den Farmer denken, dem sie vor zwanzig, dreißig Jahren mal gehört hat. Scheiße, vielleicht ist es auch noch länger her. Vielleicht stammt sie aus der Zeit der Weltwirtschaftskrise in den späten 1920ern. Jedenfalls, irgendwann war sie mal der Traum von irgendwem. War hier draußen und hat sich den Arsch aufgerissen. Und was ist dann passiert? Vielleicht ist ihm das Geld ausgegangen. Oder die Banker haben ihn aufs Kreuz gelegt. Oder vielleicht war er auch einfach nur alt geworden und ist gestorben.

Das ist jetzt aber mal ein deprimierender Gedanke. Entweder war er ein Versager und seine Scheune vergammelt am Straßenrand, oder er war ein Gewinner und seine Scheune vergammelt am Straßenrand.

Ständig biegen Autos auf Tommys Parkplatz ein. Wie spät ist es? Kurz nach sechs jetzt. Sein Geschäft läuft gut. War schon immer so.

Ich schlage aufs Armaturenbrett. Wo liegt da der tiefere Sinn, dass für ein Arschloch wie Tommy – ein Typ, der selbst an seinem besten Tag nichts Besonderes ist – immer alles gut läuft? Auf der Highschool hat der blöde Idiot nie ein Buch aufgeschlagen. Ist nicht so, als hätte er wie wild gelernt oder hart gearbeitet. Selbst beim Baseball hat er nie wirklich richtig trainiert. Ich meine, auch nicht mehr als jeder andere. Er ist einfach einer dieser Typen, die scheinbar jede grüne Ampel erwischen.

Tja, Tommy, aber nicht heute Abend.

•••

Ich sehe, wie Frankie auf den Parkplatz einbiegt. Mit einem schlaffen Rucksack über der Schulter steigt er aus dem Wagen. Der Rucksack ist praktisch leer, aber ganz unten liegt, das weiß ich, ein kleines Häufchen Geld.

Es dauert noch, bis es dunkel wird. Ich werde dort hinuntermüssen, während es noch hell ist.

Ich schnappe mir die Flasche und steige aus und bleibe neben dem Wagen stehen. Schaue mich um. Nichts als Bäume und Dreck. Ich mache mich auf den Weg durch die Bäume. Mein Herz klopft so heftig, dass es mir in den Ohren pocht. Ich hole ein paar Mal tief Luft und gehe weiter.

Keine Wahl an diesem Punkt. Keine Alternative. Genau das wird passieren.

Hinter Tommys Kneipe fällt das Gelände ab, also steige ich dort hinten in eine schmale, feuchte Rinne hinunter und behalte alles im Auge. Die Hintertür ist wie immer nur angelehnt, um die Küche zu belüften. Tommy lässt zwei Mexikaner da drinnen nichts anderes tun, als stundenlang Zwiebelringe und Kartoffelkroketten in brodelndes Fett zu schmeißen, und in der Küche wird es heißer als in der Hölle.

Ich schleiche mich die Rinne hinunter und werfe einen Blick auf den vorderen Parkplatz. Vielleicht sieben oder acht Autos, was für diese frühe Abendstunde ziemlich normal ist. Keine Raucher draußen. Niemand bei den Autos.

Ich hole tief Luft und laufe den Hügel hinauf, ein Auge immer auf die Tür gerichtet. Ich schütte das Benzin über die Beine der Statue, spritze auch ein bisschen auf Tommys unechte Bronzeeier. Dann nehme ich mein Feuerzeug und entzünde es.

Ich versenge dabei meine Hand, aber schließlich geht die Statue in Flammen auf. Einfach so, als wär das Ding der verschissene Burning Man.

Ich renne Richtung Wald, und fast hätte ich die Bäume erreicht, bis mir wieder einfällt, dass zwischen meinen Beinen alles in Benzin getränkt ist. Ich springe hinter einen Baum und sehe schnell nach. Zum Glück kein Flämmchen an meiner Hose.

Inzwischen steigt schwarzer Rauch von Tommys Statue auf, weht über die Bäume hinweg. Ich schmeiß die Flasche weg und beginne, wieder die Rinne hinaufzukriechen, als ich höre, wie der Vordereingang der Bar auffliegt. Irgendwer brüllt. Als ich nicht mehr in Sichtweite des Vordereingangs bin, laufe ich den Abhang hoch zur Seite des Gebäudes. Drinnen ist ziemlich was los, Stühle schrammen über den Boden, es wird gebrüllt und geflucht. Ich ducke mich unter den Fenstern, als ich zur Hintertür laufe und dort einen Blick hineinwerfe. Ich kann den Flur hinaufsehen, durch das Fenster der *Nur für Mitarbeiter*-Tür, durch die Bar und zur Vorderseite. Alle drängen nach draußen.

Ich haste durch die Hintertür zur Tür von Tommys Büro. Abgeschlossen, aber ich öffne sie mit meinem Zweitschlüssel. Ich dürfte natürlich keinen Zweitschlüssel haben, aber ich habe einen. Ich schätze, das macht mich dann wohl zu einem schlechten Menschen.

Das Büro ist leer. Geld auf dem Schreibtisch. Geld im geöffneten Tresor. Rucksack auf dem Stuhl.

Ich schaufle das Geld vom Schreibtisch in den Rucksack. Dann rüber zu dem Safe, hole raus, was ich erwische, und werfe alles in den Rucksack.

Dann bin ich wieder an der Tür. Ich öffne sie einen Spalt. Ein Stück den Flur hinunter kommt jemand aus der Kammer mit den Putzmitteln gerannt und verschüttet Wasser, während er mit dem Putzeimer nach vorne läuft.

Ich wieder hinten raus. Über den leeren Parkplatz hinter dem Gebäude. Die Anhöhe hinauf. Durch den Wald.

Ich renne so schnell, dass meine Lunge in Flammen zu stehen scheint. Ich kann den Rauch von hier aus riechen, kann die Schreierei hören. Ich drehe mich um, kann aber durch die Bäume nichts sehen. Was gut ist. Wenn ich sie nicht sehen kann, bedeutet das automatisch, dass sie mich nicht sehen können. Frankie James wird nicht mehr lange da draußen stehen und Tommys brennende Statue verfluchen, bevor er daran denkt, nach dem Geld zu sehen, das er im Büro zurückgelassen hat.

Ich erreiche die Straße, sehe die alte Scheune. Ich vergewissere mich, dass niemand kommt, flitze über den Asphalt und springe in den Wagen.

Aber ich rase nicht los. Ich rolle langsam davon, gemächlich die Straße hinunter, weg von der Bar, wie ein Mann, der spazieren fährt.

12
Richard Weatherford

Als wir mit dem Probelauf des Passionsspiels zum Ende kommen, spricht mich Mabel Lardner an und richtet meine Aufmerksamkeit auf das Kreuz, wo Cody Crawford gerade ein Selfie macht.

Wir führen das Passionsspiel nun bereits auf, seit ich Pastor dieser Gemeinde geworden bin, und in jeder Produktion hat Cody den Herrn gespielt, weil er der einzige Mann in unserer Kirche mit langen Haaren und einem Bart ist. Obwohl geschieden, ist Cody die naheliegende Wahl für diese Rolle, und in der Folge habe ich gelegentliches Getuschel über seine Trinkerei ignoriert. Er ist ein guter Mann und ein gläubiges Gemeindemitglied, und weil er bereit ist, sich jedes Jahr an Ostern einen Lendenschurz umzubinden und aufs Kreuz zu steigen, versuche ich, nicht zu streng mit ihm zu sein.

Aber ich kann nicht zulassen, dass er ein Selfie macht.

»Macht der Junge da oben«, fragt mich Mabel, »vielleicht gerade ein Foto von sich?« Sie ist eine gedrungene, zwiebelförmige alte Frau, die jetzt krampfhaft die Hände vor sich verschränkt, als hätte sie Angst auseinanderzubrechen.

»Ich denke, das könnte durchaus so sein«, sage ich.

»Ich glaube, das gehört sich nicht.«

»Ich werde mit ihm reden.«

»Ich bezweifle, dass sich unser Herr auf dem Golgatha besonders fotogen gefühlt hat«, bemerkt Mabel hilfreich. »Vielleicht sollten Sie Cody sagen, das doch bitte zu bedenken.«

»Ich … das werde ich, ja. Vielen Dank, Miss Mabel.«

Als ich zu Cody hinübergehe, durchquert Penny mit mehreren Damen des Frauenkreises im Schlepptau den Altarbereich. Sie erteilt letzte Anweisungen bezüglich der korrekten Reinigung der Oster-Kostüme. Sie sieht mich, sagt aber nichts.

Ich winke Cody zu. »Hey, Cody.«

»Hallo, Prediger«, sagt er. »Sind wir fertig?«

»Ja. Gute Arbeit. Vielen Dank nochmals, dass du auch in diesem Jahr wieder den Herrn spielst.«

»Verdammt, ich bin einfach froh, behilflich sein zu können.«

Falsches Blut und echten Schweiß tropfend klettert er vom Kreuz herunter. Er hat seit letztem Ostern ein paar Pfund zugelegt und hat jetzt einen kleinen Bauch. Ich werde ihn wohl nächstes Jahr darauf ansprechen, ihn vielleicht sogar bitten müssen, ein wenig zu fasten. Auf diese Unterhaltung freue ich mich nicht.

Die Damen packen ihre Handtaschen, Notizbücher und Notenblätter zusammen, und ich spreche leise, damit sie nicht mitbekommen, was ich sage.

»Cody, darf ich dich fragen, ob du gerade eben ein Selfie von dir gemacht hast?«

Er lächelt und nickt und zieht das Handy aus seinem Lendenschurz. »Ja, hab's auf Facebook gepostet.«

»Ja … die Sache ist nur, ich wünschte, das hättest du nicht getan.«

»Ach, wirklich?«

»Ja, ich halte es nicht für angebracht, wenn du gekleidet als unser Herr und Erlöser ein Selfie von dir machst. Man könnte das für ziemlich respektlos halten.«

Er starrt mich an, ist offensichtlich enttäuscht, aber auch ein wenig beleidigt. »Ich hab mir nichts dabei gedacht.«

»Natürlich nicht, natürlich nicht, aber es geht hier auch nicht um einen Vorsatz. Es gibt Dinge, die wir nicht zu tun beabsichtigen, Schmerz, den wir nicht bereiten wollen, aber wenn Leute das so auffassen, dann spielen unsere Vorsätze im Grunde keine Rolle, denn der Schaden ist ja bereits angerichtet. Verstehst du, was ich meine?«

Er schaut über meine Schulter zu Mabel Lardner, die sich noch in ihrer Kirchenbank herumdrückt und versucht, ganz locker zu wirken. Er schiebt seine Dornenkrone zurück und kratzt sich am Kopf. »Hat mich die alte Frau da in die Pfanne gehauen?«

»Sie … hat ihren Bedenken über das Selfie Ausdruck verliehen.«

Er verschränkt die Arme und schmiert dabei Theaterblut auf seine nackte Brust. »Die kennt doch nicht mal das Wort *Selfie*«, sagt er.

»Komm schon, Bruder, das ist doch keine Art. Du

verstehst doch, dass was dran ist an ihren Bedenken. Würdest du mir also bitte den persönlichen Gefallen tun und das Foto löschen?«

»Oh, Bruder Weatherford«, ruft Penny durch den Altarraum. »Wir sind hier fertig. Alles ist an Ort und Stelle, also gehe ich jetzt nach Hause.« Sie sagt das für alle anderen im Altarraum, färbt dabei das *Oh, Bruder Weatherford* mit einem Hauch verschmitztem Humor. Was Mabel und den anderen Damen ein Lächeln entlockt.

Ich antworte ebenfalls mit einem Lächeln. »Okay, Liebling«, sage ich zu Penny. »Ich komme auch bald nach Hause.« Ich winke den anderen zu. »Vielen Dank, meine Damen.«

Alle verabschieden sich. Dann drehe ich mich wieder zu Cody um. »Und, sind wir uns einig?«

Er zuckt mit den Achseln, öffnet den Fotoordner auf seinem Handy und löscht das Bild. »Okay«, sagt er. »Will ja keinen vor den Kopf stoßen.«

»Ich weiß das wirklich sehr zu schätzen«, sage ich.

»Klar. Kein Problem.«

Ich sehe zu, wie er sich in ein weißes Laken wickelt und Richtung Umkleideraum für Taufen verschwindet, um sich umzuziehen. Mabel lächelt mir zu und nimmt zufrieden ihre Handtasche und Bibel, um nach Hause zu gehen.

Ich schüttle den Kopf. *Was für ein lächerlicher Job.*

•••

Penny und die Damen sind fort, die Kirche ist still. Ich gehe durch den Korridor unten, versichere mich, dass die Türen abgeschlossen sind und alle Lampen ausgeschaltet. Meine Schuhe streifen über den Teppichboden, mein Atmen ist schwer, aber die Klassenräume sind leer und der Gemeindesaal still und dunkel. Ich gehe wieder hinauf in den Altarraum.

Ich habe es schon immer sehr genossen, allein hier zu sein. Wenn noch andere Menschen hier sind, denke ich immer an sie, denke über die Predigt nach, die ich halte, aber wenn ich allein hier bin, kann ich auf eine Art entspannen, wie ich nirgendwo sonst entspannen kann. Wir haben keine richtigen bunten Glasfenster, es ist nur Plastikfolie auf Glas, aber das blasse blaue Licht des Altarbereichs wirkt genauso beruhigend, als wären es richtige Buntglasfenster.

Zwei mit Teppichboden ausgelegte Gänge teilen die Bankreihen in drei Abschnitte. Nahezu jeden Sonntag sind diese Bänke gefüllt. Jede Woche kommen im Durchschnitt dreihundert Menschen, um zu hören, wie ich ihnen eine Botschaft Gottes überbringe. Sie sitzen auf diesen Plätzen andächtig vor mir, während ich auf der Bühne über ihnen auf und ab schreite, die Bibel in der Hand, und ihnen Gottes Wunsch mitteile, was sie aus ihrem Leben machen sollen.

Natürlich nehmen nicht alle von ihnen es an. Manche sehen mich mit verhüllter Skepsis an, mehr als nur ein paar wirken gelangweilt – wirken gelangweilt, egal, was ich sage oder wie ich es sage. Aber die meisten glauben mir. Ich sehe es auf ihren Gesichtern. Nahezu alle wollen, dass ich sie beruhige, dass ich ihnen sage, der Irrsinn der Welt wäre eingebettet in einen spirituellen Kontext, dass gleichgültig, was immer ihnen widerfährt – Krebs, Missbrauch, Depression, Verschuldung –, dass Gott einen Plan hat, dass am Ende alles einen Sinn ergeben wird.

Ja, der Job ist gelegentlich albern und lächerlich, aber ich leiste hier eine gute Arbeit.

Ich setze mich auf den Rand der Bühne und starre auf die leeren Kirchenbänke hinaus.

Ich habe diese Gemeinde aufgebaut. Natürlich ist die Kirche selbst seit über siebzig Jahren hier, aber bevor ich herkam, lag die Zahl der Kirchgänger nie über einhundertfünfzig. Ich übernahm eine Gemeinde, die mein Vorgänger lediglich wie ein Babysitter gehütet hatte, und darauf habe ich aufgebaut, Mensch um Mensch. Unter meiner Führung ist die Zahl der Kirchgänger auf fast schon dreihundert gestiegen, und es wurden immer mehr.

Vor einigen Jahren geriet es dann ins Stocken. Ich weiß nicht, warum. Wir hatten die üblichen politischen Rangeleien und kleinkarierten Machtkämpfe, Familienstreitereien, wie man sie in jeder Kirche findet, aber es gab keinen großen Skandal. Zur größten Auseinandersetzung kam es, als ich in gutem Glauben voranschritt, um für die wachsende Gemeinde einen größeren Altarraum zu bauen, und eine lautstarke Minderheit – angeführt natürlich von Bruder Amos – den

Plan ablehnte. Amos kämpfte mit allen Mitteln. Ich verstand nie wirklich, warum – außer vielleicht, dass das schlecht isolierte alte Gebäude ihm mehr bedeutete als mein Pfarramt und der Wille Gottes. Es gelang ihm, eine Mehrheit der Diakone auf seine Seite zu bringen, und gemeinsam stimmten sie meine Pläne nieder.

Vielleicht war es diese Niederlage, die meinen Schwung brach, vielleicht hatte ich aber auch einfach meinen Zenit überschritten. Vielleicht hatte der alte Amos doch recht. Ich würde niemals die Megakirche erhalten, die ich manchmal nachts in meinen Träumen sah.

Heute, mit fast dreihundert Seelen, die jede Woche in die Kirche kommen, habe ich immer noch eine der größten Gemeinden des Countys, aber es ist eine butterweiche Zahl. Wenn ich ehrlich bin, muss ich zugeben, dass ich ein Prediger der Sorte geworden bin, die ich immer verabscheut habe. Ich bin auch nur ein weiterer spiritueller Babysitter.

Es war nicht, was ich geplant hatte, dieses Leben, das ich führe. Ich wollte nie in einem Ort wie Stock auf der Stelle treten. Schon allein der Name ist so alt und klein, mit dem schwelenden Mief eines verschlafenen Nests in den Ozark Mountains. Ich wollte der nächste Rick Warren werden. Ich wollte für Gott große Dinge tun, wenn Gott mich doch nur auserwählt hätte, große Dinge zu tun.

Aber dieser Ort ist zu klein, und seine Menschen sind es ebenfalls. Sie kommen nicht her, um sich beflügeln zu lassen. Sie kommen nicht her, um motiviert zu werden und anschließend in die Welt zu ziehen, um sie für Christus zu erobern. Sie kommen her, weil sie begluckt werden wollen, um gesagt zu bekommen, dass die Welt außerhalb der Grenzen unserer kleinen Stadt verrückt geworden ist, dass sie allemal besser dran sind, wenn sie hierbleiben. Sie scharen sich in dieser Kirche zusammen wie in einem belagerten Fort, während ich ihnen ihre Vorurteile bestätige und eine wöchentliche Dosis Zusicherung gebe, dass alles gut werden wird für diejenigen unter uns, die Gott auf ihrer Seite wissen. Danach gehen wir alle nach Hause und schalten den Fernseher ein.

Ein Führer ist immer nur so gut wie seine Anhänger. Dies ist, was sie wollen, also ist dies auch, was sie bekommen.

•••

Welche Verbitterung. Vielleicht ist es das, was Penny sieht, wenn sie mich anschaut.

Ich senke den Kopf zum Gebet.

Aber was ist mit dir, oh Herr? Wir haben schon eine ganze Weile nicht mehr ausführlich miteinander gesprochen. Nicht wirklich. Ich habe meiner Familie und meiner Gemeinde zuliebe meine täglichen und wöchentlichen Routinen erfüllt. Aber wann genau habe ich das letzte Mal mit dir geredet?

O himmlischer Vater, was kann ich dir beichten, das du nicht ohnehin bereits weißt? Ich weiß, es gibt vor dir keine

Geheimnisse, nur Wahrheiten, die die Menschen voreinander verbergen. Und daher weiß ich, dass ich beichten sollte, nicht dir zuliebe, sondern mir zuliebe.

Sollte ich dir mein dunkelstes Geheimnis beichten, oh Herr? Es ist nicht meine frevelhafte Tändelei mit Gary. Noch ist es das Werben um Bestechungsgeld von Brian.

Nein, mein dunkelstes Geheimnis, dasjenige, das ich selbst vor mir verborgen gehalten habe, ist, dass ich nicht weiß, ob es dich wirklich gibt.

Habe ich je deine Gegenwart gespürt? Ich habe begonnen, daran zu zweifeln.

Lebe ich dieses Leben nur, weil ich weiß, wie ich Richard Weatherford sein kann, der Prediger dieser Kirche? Vielleicht. Ganz sicher weiß ich nicht, wie ich jemand anders sein kann. Kann die Wahrheit so entsetzlich simpel sein? Dass ich nirgendwo sonst hingehen kann und nirgendwo sonst sein kann?

Ich habe meinen Beruf stets als Berufung verstanden. Ich vermute, dass alle Geistlichen sich einbilden, von den Priestern der alten Zeit abzustammen, von jenen Propheten mit Staub an den Füßen und Blut an den Händen, die ihr Volk mit nichts als Verheißungen durch Wüsten führten. Ich habe es viele Jahre genossen, mich selbst so zu sehen.

Die Menschen nennen mich Bruder oder Reverend oder Pastor oder Prediger. Mir persönlich gefällt das Wort Prediger am besten. Ein derbes Wort, ein amerikanisches Wort, ein zweckmäßiges Wort.

Was ist denn ein Prediger? Ein Prediger spielt viele verschiedene Rollen in vielen verschiedenen Leben, je nach-

dem, was die Situation erfordert. Ein Marktschreier, ein Eheberater, ein Geschäftsmann, ein Bauernfänger, ein Philosoph, ein Medium, ein Magier. Vielleicht ist ein Prediger am Ende nur ein Darsteller, der die Rolle eines Predigers spielt. Vielleicht hast du mich für gar nichts auserwählt. Vielleicht habe ich mich selbst auserwählt, weil ich auf der Bühne stehen wollte.

Ich habe meine Rolle gut gespielt. Aber über meine Vorstellung hinaus – was ist wirklich? Ich predige Erlösung, aber die Wahrheit ist, dass ich nur wenig sehe, was zu retten wert wäre. Ich verkünde Wunder, aber ich sehe nur Biologie, Physik und Zufall fehlinterpretiert durch die Linse von Unwissenheit und Aberglauben. Ich predige Liebe, aber manchmal erscheint mir nur eines noch haarsträubender als deine Existenz – die Vorstellung, dass du uns liebst.

Könnte das alles am Ende vielleicht gar nichts bedeuten? Wäre das besser?

•••

Nach einer Weile erhebe ich mich von der Bühne und schwanke aus dem Altarraum den Flur hinunter zu meinem Büro. Ich gehe vorbei am Gebetsraum, den Toiletten, dem Büro des Jugendgeistlichen. Ich schließe die Tür meines Büros auf und setze mich an meinen Schreibtisch.

Ich sitze da, wie wir alle, mit der Welt, wie sie ist.

Was kann ich mit diesem Desaster anfangen, das ich erschaffen habe?

Ich könnte mit ihm gehen.

Der Gedanke allein bewirkt eine Veränderung in meinem Körper. Hände und Gesicht werden feucht. Ich spüre, wie ein Schweißtropfen durch die Haare auf meiner Brust rollt.

Wenn Gary mich nehmen würde, könnte ich einfach mit ihm die Stadt verlassen.

Sich vorzustellen, all diese … diese Belanglosigkeit, diese Kleinheit zurückzulassen. Das Gezänk um nichts, die schier endlosen Aufläufe zum Abendbrot, die gezwungenen Gespräche, die ich mit Menschen führe, die noch nie ein Buch gelesen haben, die gleichen Menschen, die mir ins Gesicht lügen, was ihr Liebesleben und ihren Alkoholkonsum betrifft. Nie mehr bei einer Beerdigung predigen zu müssen, nie mehr über einem weiteren winzigen Sarg stehen zu müssen, während eine junge Mutter in ihrem Leid schluchzt. Und, oh Herr, nie wieder eine Eheschließung durchführen zu müssen …

Bei der Vorstellung, all das zurückzulassen, läuft mir ein Schauer über den Rücken, macht mir eine Gänsehaut auf Hals und Armen.

Aber genauso schnell korrigiert sich mein Körper auch wieder. Ich lehne mich auf meinem Sessel zurück, in meinem Büro, in meiner Kirche, nur wenige Meilen entfernt von dem Ort, wo meine Familie in meinem Haus auf mich wartet.

Ich habe Angst, und ich bin müde, daher erscheint es nur verständlich, wenn ich mit dem Gedanken spiele, einfach wegzulaufen. Selbst Christus hatte einen solchen Moment im Garten Getsemani.

Vielleicht liebe ich meine Frau nicht mehr so wie ich sie einst liebte. Vielleicht mache ich mir seit Jahren etwas vor. Aber wohin sonst sollte ich gehen? Wer sonst könnte ich sein?

Kein schwuler Mann. Das niemals. Meine Sünde ist lediglich das – eine Sünde, eine Schwäche. Es ist keine Identität. Lieber würde ich an diesem Schreibtisch sterben und als heiliger Mann in Erinnerung bleiben, als ein Leben zu führen, das definiert ist von einer Sünde.

Und ein Leben ohne meine Kinder kann ich mir nicht vorstellen. Penny mag glauben, dass ich sie nur unvollkommen liebe – *gilt das nicht für jeden Vater?* –, aber sie sind meine Welt, und meine Träume sind zum größten Teil Träume von ihnen. Ich stelle mir vor, wie Matthew sich um ein öffentliches Amt bemüht. Ich stelle mir vor, wie ich Mary an ihrem Hochzeitstag fortgebe. Ich stelle mir vor, wie Mark sich seinen Weg in dieser Welt erkämpft. Ich denke an die Enkel, die meine Kinder mir schon bald schenken werden. Und ich denke an Penny. Penny, die mich, in so vieler Hinsicht, besser kennt als jeder andere.

Der Name Richard Weatherford bedeutet etwas für die dreihundert Menschen dieser Gemeinde. Er bedeutet etwas für meine Kinder. Und falls es einen Gott im Himmel gibt, dann muss mein Name auch ihm etwas bedeuten.

Falls es keinen Gott im Himmel gibt, falls ich wirklich und wahrhaftig allein bin, dann ist mein Name alles, was ich habe.

Ich werde ihn nicht kampflos aufgeben.

13
Sarabeth Simmons

Ich stehe in der Tür von Tommy's Bar, ein Bier in der Hand, und schaue zu, wie sich Rauchwölkchen von dem Haufen Scheiße heben, der mal seine blöde Statue war, als Frankie James zu mir kommt. »Du solltest besser von hier verschwinden.«

»Warum?«, frage ich. »Ich will sein Gesicht sehen, wenn er das sieht.«

Frankie hat zottelige schwarze Haare und einen stoppeligen grauen Bart, und beides ist gerade verschwitzt. Er wischt sich mit einem verwaschenen alten Taschentuch das Gesicht ab und sagt: »Irgendwer hat die Cops verständigt. Wenn die herkommen und du hier als Minderjährige trinkst …«

»Scheiße.«

Ich stelle das Bier weg und mache mich auf den Weg zu meinem Wagen. Bevor ich gehe, sage ich aber noch zu einer der Kellnerinnen: »Ruf Tommy noch nicht an. Lass mich es ihm sagen.«

•••

Ich rase zurück zum Haus und bin ganz aufgeregt, weil ich Tommy sagen kann, dass seine bescheuerte Statue abgebrannt ist – ich hab schon immer gefunden, dass es *total* bescheuert ist, wenn ein Typ eine Statue von sich selbst hat –, aber ich bin noch nicht besonders weit gekommen, als ich wieder an Gary denke.

Scheiße. Ich komm einfach nicht los von ihm.

Das Ding ist ja, ich weiß, dass er recht hat. Ich schätze, ich hab ihn zu der Sache mit dem Prediger gedrängt. Vielleicht hätte ich das nicht tun sollen. Zu dem Zeitpunkt hab ich's clever gefunden. Gary sagte, er würde glauben, Weatherford wär ein verkappter Schwuler. Ich hab gedacht, *Also, scheiße, wenn er Gary anbaggert, dann sollte Gary ihn ficken oder einen runterholen oder was weiß denn ich, und anschließend zocken wir bei ihm etwas Kohle ab.* Ich meine, es war doch nicht verrückt, was Gary betraf. Es ging allein um Weatherford.

Mein Verstand. Ich bin dauernd am Denken. Ich muss ja wohl voll die Dumpfbacke sein, wenn ich tatsächlich so viel gedacht hab, wie ich gedacht hab, und dann doch an dem Ort lande, wo ich heute bin.

Was für ein gottverdammter Vollidiot.

Wenn ich ganz ehrlich bin, dann muss ich sagen, dass kein Typ mich je besser behandelt hat als Gary. Ich meine, er ist wirklich lieb zu mir. Er ist ein lieber Kerl.

Also, hab ich diesen total lieben Typen dazu gedrängt, mit dem Prediger rumzumachen?

Ich schätze, ja, hab ich. Ich meine, gezwungen hab ich ihn nicht dazu. Und ich hab ihn auch nicht zu 'ner halben Schwuchtel gemacht. Ich schätze mal, das hätte dann wohl Gott gemacht, falls man an so was glaubt. Verdammt, vielleicht sind wir ja alle halb schwul. Ich hab noch nie ein Mädchen geküsst, aber ich schätze mal, wenn ich mit einem Mädel auf einer einsamen Insel stranden würde, doch, jede Wette, am Ende würden wir ficken.

Aber Gary redet nicht gern darüber. Nicht nur über das, was er mit Weatherford gemacht hat. Ich krieg nicht mal wirklich aus ihm raus, was passiert ist, als er auf dem College war. Ich bin nicht sicher, ob es da einen anderen Jungen gab oder so. Auf eine Art sehe ich nicht, was da die große Sache sein soll. Ich meine, im Internet oder im Fernsehen können Leute doch auch schwul sein, und keine Sau interessiert's. In New York und L.A. und an so Orten, keinen interessiert's. Scheiße, ich hab gehört, es gibt Schwulenclubs in Little Rock und Eureka Springs. Wir haben das Jahr 2016. Der halben Welt ist es doch voll scheißegal.

Ich komme über einen Hügel und fahre an einer kleinen Church of Christ vorbei, mit einem dieser Schilder mit den austauschbaren Plastikbuchstaben. Die Botschaft der Woche lautet: EIN NEIN ZU JESUS IST EIN JA ZUR HÖLLE.

Genau. Wir sind hier nicht in New York oder L.A. oder Little Rock. Es ist nicht mal Eureka Springs. Das hier ist die andere Hälfte der Welt. Ich und Gary sind in Stock aufgewachsen, und in Stock gilt es immer noch als Sünde, schwul zu sein. Und es ist keine von diesen kleinen Sünden wie Fluchen oder so. Abgesehen von Kindesmissbrauch oder jemanden umbringen ist es so ziemlich das Schlimmste, was man tun kann. Das hab ich mein Leben lang gehört, und mein Heidenarsch ist nicht mal in der Kirche groß geworden.

Gary schon. Zumindest eher noch als ich.

Das ist exakt der Grund, warum ich zu Gary gesagt hab, wenn er meint, der Prediger würde ihm schöne Augen machen, dann sollten wir Kapital daraus schlagen. Falls Gary schwul ist – sofern das überhaupt das richtige Wort dafür ist …

Dann bist du also schwul, ja?, hab ich gefragt. *Weiß nicht so genau,* hat er geantwortet. *Weißt du, mir macht das nichts aus,* hab ich gesagt. *Ich frag ja nur.* Und er dann: *Schätze mal, ich bin queer oder vielleicht einfach nur neugierig, wie man so sagt. Ich weiß es wirklich nicht. Ich meine, ich finde eine Menge Männer sexuell attraktiv. Aber ich finde die meisten von denen auch persönlich … abstoßend?* Hey – ich hab gelacht –, *wenn man queer ist, wenn man Männer sexuell attraktiv und persönlich abstoßend findet, dann bin ich das wahrscheinlich auch.*

Egal wie man es nennen will, es war die Kirche, die Gary beigebracht hat, sich wegen dem zu hassen, was er ist. Also, ja, fick diesen Prediger.

Ich habe Bruder Weatherford noch nie gemocht, schon seit der Junior High nicht. Er ist erst ein paar Jahre hier gewesen, als er mit diesem Kreuzzug gegen weltliche Musik angefangen hat. Ich glaube, er hat diesen Song von Katy Perry gehört, wie sie ein Mädchen küsst. Viele dieser beschissenen Baptisten-Kids auf der Schule haben damals ihre alten CDs und Tapes weggeschmissen, manche sogar Vinyl. Ich weiß noch, wie sie alles in einem Fass hinter der Kirche verbrannt haben. Das hat mich echt angepisst. Und das Komische war, ich weiß nicht, ob irgendwer überhaupt die fragliche Katy Perry-CD besaß. Ich meine, wer zum Teufel kauft denn noch CDs? Ich hab in meinem ganzen Leben noch keine Musik gekauft. Also, das meiste, was die weggeschmissen haben, war ohnehin kacke und alt – ich glaube, an dem Tag ist eine Menge von den Spice Girls und Backstreet Boys in Flammen aufgegangen –, aber trotzdem, irgendwie war's wie ein Flashback in die Neunziger. Und dann, das ist jetzt voll der Hammer, nach einer Weile hat er es einfach vergessen. Es ist nicht so, dass sie immer noch da draußen unterwegs sind und alte Alben und Zeugs verbrennen. Der Prediger ist einfach weitergezogen. Sein neues Ding ist es zu verhindern, dass Brian Harten einen Spirituosenladen aufmacht. Es ist so blöd. Als wäre nicht die Hälfte aller Leute in Stock Alkoholiker. Die müssen doch nur zwanzig Minuten nach Center Ridge fahren, um sich ihren Stoff zu besorgen.

Also, Gary hat sich mit ihm eingelassen. Ist das meine Schuld?

Vielleicht ein bisschen.

Ich sehe mein Telefon an. Er hat mir getextet, nachdem ich ihn verlassen hab, aber dann hat er aufgehört, als ich nicht geantwortet hab. Er hat auf mich gewartet.

Ich schick ihm 'ne SMS. *Wir treffen uns bei mir.*

Nach ein paar Sekunden kommt die Antwort. *Okay.*

•••

Als ich vors Haus fahre, sehe ich, dass Momma nicht da ist, Tommy aber schon. Als ich reinkomme, sitzt er in Cargoshorts und einem rosa Polohemd auf seinem Fernsehsessel. Trump nennt irgendwen im Fernseher Arschloch. Tommy stellt den Ton ab, als ich die Haustür schließe.

Bevor ich ein Wort über die Statue sagen kann, sagt er: »Hab gehört, du bist gefeuert worden.«

»Was?«

»Stimmt das?«

»Wieso kümmerst du dich nicht um deinen eigenen Scheiß? Du *solltest dir* Sorgen um deinen eigenen Kram machen.«

Ich gehe den Flur hinunter zu meinem Zimmer und schließe die Tür. Ich höre, wie er mir hinterher gestampft kommt. Er öffnete meine Tür, als wär's seine.

»Was zum Teufel soll das, Tommy? Das hier ist mein Zimmer. Du kannst nicht einfach so hier reinplatzen.«

Er steht da, das Hemd straff über der Wampe, und mit diesem blöden Ausdruck auf dem Gesicht. »Mein Haus, meine Tür, mein Zimmer.«

»Ja, schön, du kannst es haben.«

Er verschränkt die Arme über seiner wabbligen Brust. Auf der Highschool und dem College war er mal Sportler, aber er hat mit Trainieren aufgehört und ist fett geworden. Seine Arme sind trotzdem immer noch ziemlich mächtig.

»Was soll das heißen?«, fragt er. »Ich weiß, dass du nicht ausziehst, besonders nicht jetzt, wo du keinen Job mehr hast.«

»Wart's ab, du wirst schon sehen.«

»Ja, mach ich. Was hast du damit gemeint, ich sollte mir Sorgen um meinen eigenen Kram machen?«

»Irgendwer hat deine Statue abgefackelt.«

»Ach, ja?«

»Ja. Ich war drüben in der Bar, und irgendwer hat deine bescheuerte Statue flambiert.«

»Komisch, dass mich noch keiner angerufen hat.«

»Ich hab denen gesagt, ich sag's dir.«

»Ja.«

»Wart's nur ab.«

»Jesus, da werd ich aber viel abwarten und sehen müssen. Und was machen wir in der Zwischenzeit, während ich abwarte und sehe?«

»Wie meinst du das?«

»Sag du's mir. Du bist doch diejenige, die dauernd mit mir flirtet.«

»Ich hab in meinem ganzen Leben noch nicht mit dir geflirtet.«

»Ja, richtig.«

»Ich hasse dich. Du denkst nicht, das wär nur gespielt, oder?«

Er lächelt und schüttelt den Kopf. »Weißt du, du

wärst fast sogar richtig hübsch, wenn du dich nicht dauernd wie das letzte Miststück aufführen würdest.«

Nachdem er das gesagt hat, kommt mir das Licht in meinem Zimmer viel zu hell vor, so wie er mich nun anglotzt. Meine Haut ist gleichzeitig warm und kalt.

»Das mit der Statue ist mein Ernst«, sage ich. »Du solltest sie anrufen und nachfragen.«

Er nickt, als wäre ich voller Scheiße, und blickt auf meine Kommode neben der Tür. Er fummelt an ein paar meiner Sachen rum, nimmt dann eine meiner Haarspangen. »Du hast gesagt, ich soll mich um meinen eigenen Kram kümmern. Das Komische ist nur, auf meiner Arbeit höre ich ziemlich viel über deine Arbeit.«

»Was faselst du da?«

»Egal mit wem du Geschäfte machst, es ist auch ihr Geschäft. Und wenn du mit genügend Leuten Geschäfte machst und das spricht sich rum, na dann, verdammt, machst du mit allen Geschäfte. Ziemlich schwer, ein Privatleben zu haben, wenn jeder im ganzen County mit drinsteckt. Und durch meine Bars kommen viele Leute. Glaubst du vielleicht, ich würde nichts mitbekommen?«

Einen Moment lang denke ich, er redet von Gary und dem Prediger, aber das tut er nicht. Er redet über alten Scheiß. »Ist mir egal, was du hörst«, sage ich. »Mit dir hab ich nie was gemacht, und ich würde auch nichts mit dir machen. Und leg meinen Kram hin.«

Er riecht an der Haarspange. »Oh, du hast es schon

mit Schlimmeren als mir gemacht, oder? In der Bar erzählt man sich, dass du auf der Schule keinem einen Korb gegeben hast. Du weißt, dass jeder über die Nacht hinten im BBQ Pit Bescheid weiß, oder? Du und, wer, jeder Typ, der da gearbeitet hat? Jungs reden, Sarabeth. Sie sagen, als der Letzte von ihnen endlich dran gewesen wäre, da hätte er keinen mehr hochgekriegt, weil du einfach zu übel ausgesehen hast.«

Draußen fährt ein Auto auf unser Grundstück. Momma? Nein, sie muss heute Abend arbeiten.

Die Haustür geht auf, und Tommy dreht sich um. »Du kannst nicht einfach so bei jemandem ins Haus latschen, Junge«, sagt er.

»Tut mir leid«, höre ich Gary am Ende des Flurs sagen.

»Hey, Gary, ich bin hier hinten«, rufe ich ganz laut.

Gary kommt zu meinem Zimmer, aber Tommy bewegt sich nicht aus der Tür.

Gary sieht mich an. »Ich wollte nur mit dir reden«, sagte er.

»Gut, ich will auch mit dir reden.«

»Weiß er Bescheid?«, fragt Tommy und nickt mit dem Kopf zu Gary.

»Halt's Maul, Tommy.«

»Was weiß ich?«, fragt Gary.

Er legt die Haarspange zurück. »Über deine kleine Freundin hier, Gary. Was die schon so alles gemacht hat.«

»Halt's Maul, hab ich gesagt!«

Garys Blicke wandern zwischen uns hin und her. »Wovon redet er?«, fragt er mich.

»Er ist einfach nur ein Arschloch und redet einen Haufen Scheiße. Bevor du reingekommen bist, hat er versucht, von mir einen Blowjob zu kriegen oder was weiß ich.«

Gary ist fast genauso groß wie Tommy, aber Tommy ist älter und gemeiner. Gary kann ihn nicht wirklich ansehen. Ich glaube, er hat Angst vor ihm.

Tommy grient. »Von Blowjobs war nie die Rede, aber wie ich höre, warst du nicht knauserig damit. Gary, hast du schon davon gehört, wie Sarabeth alle Kerle unten im Pit gevögelt hat?«

Gary wirft mir einen Blick zu, dann dreht er sich um und schlägt Tommy ins Gesicht. Tommy torkelt zurück, aber als er das Gleichgewicht wiedergefunden hat, springt er Gary an. Ich hechte über mein Bett, brülle und renne hinter ihnen her, als sie den Flur hinunterfliegen und dabei Bilder von der Wand schlagen. Vielleicht kann Gary anfangs ja noch ein paar Treffer landen, aber nachdem Tommy ihm mehrere Schläge verpasst hat, geht Gary wie ein kleines Kind in Deckung. Tommy schleift ihn an den Haaren und seinem Shirt über den Teppich im Wohnzimmer, und Gary versucht, wieder auf die Beine zu kommen, aber Tommy tritt die Fliegentür auf und wirft ihn hinaus.

Ich hole nach Tommy aus, er steckt den Schlag weg und packt meine Hände. Ich versuche, ihm die Augen zu zerkratzen, aber er ist zu stark und hält meine

Handgelenke fest. Als ich versuche, ihm das Knie in die Eier zu rammen, reißt er sein Bein hoch und erwischt mich am Oberschenkel.

Er stößt mich auf den Boden.

Ich überschütte ihn mit Flüchen, bis sein Handy mit einem Klingelton von Toby Keith losschmettert.

»Fick dich, du kleine Schlampe«, faucht er mich an. »Geh und sammle deinen Freund vom Rasen auf. Am besten schaffst du ihn weg von hier, bevor ich ihm noch richtig wehtue.« Dann nimmt er den Anruf an. »Hey, Frankie, was geht?«

Ich stürme hinaus, und Gary ist bereits aufgestanden. Tränen fließen aus seinen Augen, Blut und Rotz aus seiner Nase.

»Tut mir leid«, sagt er, und er schämt sich total, dass er vor meinen Augen verdroschen worden ist. »Ich geh wieder rein«, sagt er mit brechender Stimme, »und bring den Kerl um, wenn du das willst. Ich mach das. Ich hab keine Angst.«

Meine Haut wird eiskalt. Das Blut pocht in meinen Ohren.

»Du liebst mich wirklich, oder?«, frage ich. »Du würdest ihn wirklich für mich umbringen, oder?«

»Ja.«

Ich schüttle den Kopf und greife nach ihm, zieh ihn eng an mich. »Ich liebe dich auch, Gary«, sage ich. Und gottverdammt, ich mein's echt so.

14
Gary Doane

Ich spucke immer noch Blut und Rotz, als Tommy nach draußen rennt und dabei das Handy in seine Tasche stopft. Ich versuche, mich vor Sarabeth zu stellen, weil ich Angst habe, dass er wieder auf sie losgeht, aber plötzlich interessiert er sich überhaupt nicht mehr für uns. Er springt in seinen Truck und rast los, seine Reifen schleudern Kies auf.

Sie fragt, ob ich wieder rein will. Aber ich will nicht hier sein, wenn Tommy zurückkommt.

Wo können wir noch hin? Nicht zu mir nach Hause, nicht zu ihr. Wir steigen in den Wagen meiner Mom, und ich lasse sie fahren, damit ich mit ein paar Servietten aus dem Handschuhfach meine blutige Nase abtupfen kann.

Eine ganze Weile sagt keiner von uns ein Wort. Wir zittern beide. Ich hab keine Ahnung, was sie gerade denkt, aber ich bin zufrieden damit, sie in Ruhe darüber nachdenken zu lassen.

Ich bin nicht mehr sauer. Mein Herz klopft auch nicht mehr so schlimm. Auch die Nase fühlt sich schon etwas besser an. Ich berühre sie mit den Fingerspitzen. Sie hat aufgehört zu bluten.

»Das …«, sagt Sarabeth, »musstest du wirklich nicht für mich tun.«

Ich zucke mit den Achseln.

»Du musstest es nicht für mich tun, aber ich freue mich, dass du das getan hast. Ich muss hier weg. Ich hasse dieses Arschloch. Mein Gott, ich hasse alles hier.«

»Hat er dich angefasst? Bevor ich gekommen bin?«

»Nein.«

»Hat er jemals …«

»Lass es. Er hat mich nie angefasst. Er hat einfach nur Schwachsinn geredet.«

»Er ist so ein unglaubliches Stück Scheiße. Ich weiß wirklich nicht, warum deine Mom mit dem zusammen ist.«

»Tja, sie hatte noch nie einen besonders guten Geschmack bei Männern. Das ist mal gottverdammt sicher.«

»Anders als du.«

»Was soll das heißen?«

»Ich meine, du bist mit mir zusammen.«

»Oh.« Sie versucht zu lächeln.

»Was hast du denn gedacht?«

»Was er da vorhin gequatscht hat. Diese Geschichte über damals, als ich während der Highschool im BBQ Pit gearbeitet hab.«

»Oh. Nein, ich meinte, du hast einen guten Männergeschmack, weil du mit mir zusammen bist.«

Sie fährt raus auf den Highway. Ich hab keine Ahnung, wohin sie fährt. Ich wette, sie weiß es selbst nicht. Sarabeth ist der Typ, sie steigt einfach ein und fährt los und klamüsert später aus, wohin es geht. Das bewundere ich an ihr.

Sie sieht zu mir herüber. »Glaubst du das, was er vorhin gesagt hat? Die Geschichte über mich?«

»Lass mich dir eine Frage stellen«, sage ich. »Hab ich dich je danach gefragt?«

»Nein.«

»Du weißt, dass diese Geschichte seit Jahren in der Stadt die Runde macht. Ich meine, das weißt du. Hab ich dich je danach gefragt?«

»Nein.«

»Hab ich dich je nach *irgendwem* gefragt, mit dem du schon mal zusammen warst?«

»Nein.«

»Hast du dich mal gewundert, warum ich nie frage?«

»Ja.«

»Weil es mich nicht interessiert. Es interessiert mich nicht. Ich meine, wenn du es mir sagen willst, dann solltest du das tun. Wenn du möchtest, dass ich es erfahre, weil es für dich wichtig ist, dann will ich es wissen. Dann interessiert es mich, weil es dir etwas bedeutet. Aber eine, du weißt schon, pure Neugier diesbezüglich hab ich nicht.«

Sie holt tief Luft. »Es ist wahr«, sagt sie. »Was diese Nacht nach der Arbeit im Pit betrifft, meine ich.«

Ich nicke, sage aber nichts.

»Es waren nur drei«, sagt sie, »aber alle denken, es wäre buchstäblich jeder gewesen, der dort gearbeitet hat. Ich weiß definitiv, dass Jimmy Bell den Leuten erzählt hat, er wäre da gewesen, aber er hat an diesem Abend nicht mal gearbeitet. Für eine Weile war es aber damals schon, ungefähr eine Woche lang oder so, das große Ding zu behaupten, man wäre bei dem Sarabeth Simmons-Gangbang dabei gewesen. Die anderen Jungs dachten, es wäre total hardcore gewesen und so. Aber dann hat das den Mädchen in der Stadt nicht gefallen, die fanden das nicht gut. Kein anständiges christliches Mädchen will mit einem Typen gehen, der bei einem Gangbang die Stadtschlampe gefickt hat. Also hörten die Jungs mit ihrer Prahlerei auf, und dann hat man die Typen einfach irgendwie vergessen. Es ist, als wäre jeder und doch keiner dabei gewesen. Keiner will zugeben, dass er mich gevögelt hat, also bin ich das Flittchen, das nie irgendjemand Speziellen gefickt hat. Die Jungs kommen alle ungeschoren davon, aber mich sehen immer noch alle an, als wär ich das letzte Stück Scheiße.«

Sie holt wieder tief Luft und schaut kurz zu mir herüber.

»Tut mir leid«, sage ich.

»Was tut dir leid?«

»Dass Van Buren County für dich so ein beschissener Ort ist.«

Sie nickt. »Du hast davon gehört, hm?«

»Von der Nacht? Ja.«

»Und es ist dir wirklich egal?«

»Es ist mir nicht egal, dass man dich verletzt hat.«

Sie senkt den Kopf. »Gary …«

Ich sehe wieder auf die Straße, will, dass sie auch auf die Straße sieht. Schließlich schaut sie wieder auf, blinkt und fährt von der Straße runter. Sie schaltet den Wagen in Parkstellung, beugt sich herüber und weint in meinen Armen.

»Scheiß auf die Gegend hier«, sage ich. »Willst du wissen, warum ich einverstanden war, als du gesagt hast, ich soll mit dem Prediger flirten? Wegen scheiß auf die Gegend hier. Er ist der König aller scheinheiligen Heuchler. Er ist ihr großer Held, und sieh nur, was er wirklich ist. Er ist nichts als ein beschissener Lügner.«

Sie sieht zu mir auf und nickt. »Du hast recht. Aber was werden wir tun?«

»Ich sage dir, was wir tun werden. Wir hauen heute Abend ab.«

»Ja«, sagt sie und setzt sich auf. »Scheiße, ja.«

»Ich mein's ernst.«

»Ich auch. Lass uns gottverdammt von hier verschwinden. Heute Abend. Aber was ist mit dem Prediger?«

»Der wird uns bezahlen«, sage ich. »Er wird uns bezahlen, was er uns schuldet. Er wird uns zahlen, was all diese Ärsche uns schulden.«

15
Brian Harten

Neunzehntausend achthundert und siebenundsiebzig Dollar.

Ich starre auf das Geld auf meinem Bett, teile es in Stapel von Hundertern, Zwanzigern, Zehnern, Fünfern und Einern. Keine Fünfziger. Es benutzt kein Mensch mehr Fünfziger. Tut mir leid, Präsident Grant.

Da liegen also fast zwanzig Riesen auf meinem Bett. Das meiste sind Zwanziger. Vielleicht zehntausend Mäuse allein in Zwanzigdollarscheinen.

Ich hab's jetzt dreimal gezählt. Nachdem ich meine Klamotten weggeschmissen, mich gewaschen und mir frische Kleidung angezogen habe, hab ich als Erstes die Kohle gezählt. Dann hab ich's noch mal gezählt. Und gleich noch mal.

Neunzehntausend achthundert und siebenundsiebzig Dollar.

Ich mache eine Runde um all das viele Geld, starre es an, setze mich auf einen Stuhl vor dem Bett, als wollte ich mich mit ihm ernsthaft über unsere Zukunft unterhalten.

Ich könnte es einfach behalten. Ich meine, das kommt einem natürlich als Erstes in den Kopf. Zum Teufel mit Richard Weatherford und in welchen Scheiß auch immer er sich da manövriert hat. Ich habe heute

Abend mit Benzin für fünf Mäuse fast zwanzig Riesen verdient. Und jetzt will ich diese schöne Kohle irgend so einem Arschloch übergeben? Aber es ist nicht einfach nur *irgendein* Arschloch. Es ist *das* Arschloch, das verhindert, dass ich meinen Laden aufmache und mein Leben auf die Gewinnerspur bringen kann. Ich werde ein Verbrechen begehen und ihm dann das Geld aushändigen?

Aber, okay, was werde ich stattdessen mit fast zwanzig Riesen anfangen? Es ist eine Menge Geld, aber es ist nicht wirklich sehr viel Geld. Es wird mir nicht helfen, den Laden aufzumachen. Ich vermute mal, ich könnte einen Teil meiner Schulden begleichen.

Aber was soll ich machen? Leuten ihr Geld mit Bündeln Zwanzigdollarscheinen zurückzahlen? Als wär das nicht verdächtig.

Ich gehe rüber und werfe einen Blick durch die Jalousien. Niemand zu sehen.

Die werden wissen, dass ich es war.

Es könnte jeder gewesen sein. Aber werde ich nicht der Erste sein, an den sie denken? Tommy wird nicht vermuten, dass ich es war? Natürlich wird er. Ich werde der erste Arsch sein, an den er denkt.

Nein, ich kann die Scheiße nicht behalten. Je früher ich es loswerde, desto besser für mich. Ich werd's dem Prediger übergeben, und fertig. Wenn die Bullen kommen und mich filzen, werden sie so wenigstens null finden.

Ich fange an, alles zusammenzupacken. Nachdem

ich vom Tommy's weg bin, hab ich den Rucksack weggeschmissen und die Kohle in eine alte Walmart-Tüte gestopft, die ich unter all dem Müll im Fußraum von Roxies Karre gefunden hatte. Jetzt stopfe ich das Geld wieder in die Tüte und umwickle alles hübsch mit Packband. Ich werfe mir eine Jacke über, obwohl es dafür nicht wirklich kalt genug ist, klemme mir die Kohle unter den Arm und ziehe den Reißverschluss der Jacke hoch. Den linken Arm fest an meine Seite gepresst gehe ich nach draußen.

Ich schließe gerade die Tür ab, als Erikson mir quer über den Parkplatz zuruft. »Hey, Harten, komm mal her.«

Er steht tatsächlich mitten auf dem Parkplatz. Kann schlecht so tun, als würde ich ihn nicht sehen. Ich winke ihm zu. »Hey, Mann, muss los, hab's eilig.«

»Komm her.«

»Muss los. Keine Zeit.«

»Schwing deinen Arsch hier rüber«, sagt er. Er sagt es halb scherzhaft, so von einem Kerl zum anderen, aber gleichzeitig wirkt er ziemlich angepisst, dass ich nicht rüberkommen will. »Dauert nur 'ne Sekunde.«

Es wird komisch aussehen, wenn ich so unhöflich bin. Also gehe ich zu ihm rüber. Er steht hinter zwei Autos meines Nachbarn.

»Wieso zum Henker hast du 'ne Jacke an?«, fragt er.

»Ist'n bisschen frisch.«

»Nicht wirklich.«

»Rufst du mich deswegen rüber, Mann?«

Er schüttelt den Kopf und zeigt zwischen die Autos. Da ist eine Katze. Ein grauer Tiger, der uns anstarrt.

»Was?«, sage ich. »Hast du noch nie 'ne Katze gesehen?«

»Siehst du seine Eier?«

»Was?«

»Sieh hin! Ich meine, sag du's mir, sind das nicht die dicksten Katzeneier, die du je gesehen hast?«

»Ich kann seine Eier nicht sehen, Mann.«

»Sieh hin.«

»Ich sehe hin, aber er sitzt.«

»Hier, ich dreh ihn mal um.«

Erikson stampft mit den Füßen und klatscht in die Hände, und der Kater flitzt unter eines der Autos und quer über den Parkplatz davon. Bevor er hinter den Apartments verschwindet, erhasche ich einen kurzen Blick auf seine Eier. Die sind ziemlich dick.

»Hast du sie gesehen?«

»Ja, Mann. Die sind ziemlich dick.«

Er lächelt, als hätte er mir gerade einen Gottesbeweis geliefert.

»Wann hast du überhaupt das letzte Mal einen Kater mit Eiern gesehen?«, fragt er. »Ich meine, irgendeinen Kater? Jeder schnippelt heutzutage doch morgens, mittags und abends den Katern die Eier ab. Aber der Typ, der Typ hat echt was in der Hose. Mr. Balls, mein Bester.«

»Okay, Mann … Wenn wir uns dann jetzt genug Katzensäcke angesehen haben, kann ich ja gehen.«

Er nickt. »Wohin geht's?«

»Muss Roxies Wagen zurückbringen.«

»Ja, sie war hier und hat dich gesucht.«

»Was? Wann?«

»Keine Ahnung. Früher. Geht sie jetzt mit Jeff Tramble? Sie sind in seinem Truck gekommen, hier auf den Parkplatz, sie ist ausgestiegen und hat bei dir angeklopft. Als du nicht da warst, sind sie wieder gefahren.«

»Sie sucht ihre Karre. Ich musste sie mir heute Morgen ausleihen, und ich hätte sie ihr schon längst zurückbringen müssen. Wahrscheinlich ist sie voll angepisst.«

»Hast du deine eigene Karre nicht auslösen können?«

Ich tue das mit einem Achselzucken ab, so als wollte ich nicht darüber reden, was ich auch nicht will. »Wir sehen uns«, sage ich.

»Ist irgendwas mit deinem Arm?«

»Nein.«

»Du hältst ihn irgendwie komisch.«

»Ich weiß nicht, vielleicht liegt's an meinem Rücken. Ich glaube, ich hab mir heute Morgen was verrenkt, als dieser Typ mir in den Arsch getreten hat.« Ich werfe einen Blick auf mein Handy, als wollte ich nach der Zeit sehen. »Hey, ich muss los.«

Er nickt kaum merklich und sagt nichts, aber er glotzt mir hinterher, als ich rüber zu Roxies Wagen gehe. Ich steige ein und lasse den Motor an und versuche, ihn nicht anzusehen, als ich zurücksetze, aber als ich den Rand des Parkplatzes erreiche, kurz bevor ich auf die Straße einbiege und wegfahre, sehe ich noch mal in den Rückspiegel. Er starrt mir immer noch nach.

•••

Ich fahre zu Exxon und benutze den Münzfernsprecher wie ein Dealer in den Siebzigern. Der Prediger geht beim zweiten Klingeln ran.

»Ja?«

»Sie wissen, wer spricht?«, frage ich.

»Mr. Harten?«

»Nennen Sie nicht meinen Namen, Mann. Lesen Sie keine Zeitung? NSA und die ganze Scheiße.«

Er atmet eine ganze Weile einfach nur laut ins Telefon. »Ich weiß nicht, was ich sagen soll«, sagt er schließlich.

»Wollen wir uns treffen? Ich hab Ihr Zeug.«

»Wo?«

»Wie beim letzten Mal.«

»Okay«, sagt er. »Wir können uns morgen treffen.«

»Nein, nein, nein, Mann. Jetzt. Gottverdammt jetzt.«

»Es ist schon nach sieben. Ich kann jetzt nicht.«

»Doch, Sie können, und Sie werden. Sofort. Ich kann nicht warten. Ich kann nicht mit dem Zeug bei mir in der Gegend herumfahren.«

»Was? Warum?«

»Alter, stellen Sie mir keine Fragen. Sie wollen die Antworten sowieso nicht hören. Treffen wir uns einfach. Jetzt.«

»Ich brauche eine Ausrede. Ich hab hier Leute, die …«

»Ich hab auch Leute, Mann. Wir haben alle irgendwelche Leute. Sie erzählen Ihren Leuten jetzt, was immer für einen Scheiß Sie denen erzählen müssen, und anschließend treffen wir uns. Sie wollen, was ich habe, okay, dann müssen Sie's sich holen. So einfach ist das.«

Er atmet noch einen Moment geräuschvoll. »Okay«, sagt er schließlich. »Ich komme, so schnell ich kann.«

16
Richard Weatherford

Ich lasse das Handy in meine Tasche gleiten und starre auf den Teppich. Den Flur hinunter höre ich, wie die Kinder in der Küche lachen und reden. Pennys Stimme höre ich nicht, obwohl ich weiß, dass sie bei ihnen ist. Ich weiß noch nicht, wie ich es ihr sagen soll.

Ich werde dort hineingehen und ihnen sagen müssen, dass ich noch mal kurz zur Kirche muss. Das ist nicht zu ungewöhnlich, wenn ich vor einem großen Feiertag wie Ostern noch spät arbeiten muss. Penny wird es allerdings durchschauen. Sie ist ohnehin schon sauer auf mich. Ich sollte also eher die Kinder ansprechen und nicht sie.

Als ich in den Flur hinaustrete, begegne ich Johnny.

»Wo gehst du hin?«, frage ich.

»Küche.«

Gut. Wir können zusammen hineingehen. Dadurch wird es aussehen, als wäre ich mit ihm zusammen gewesen, statt mich in meinem Büro zu verstecken.

Matthew und Mark sitzen einander gegenüber am Küchentisch vor einem Brettspiel. Das ist ihr Ritual, wenn Matthew in den Semesterferien zu Hause ist. Die Spiele haben sich über die Jahre geändert – niemals Videospiele, für die Mark zu langsam ist –, sind aber ausnahmslos Brettspiele, stets lang, immer abenteuerlich.

Risiko. Axis & Allies. Einmal haben sie eine Partie Monopoly gespielt, die über eine Woche dauerte. Ich habe nicht die geringste Ahnung, was sie jetzt gerade spielen.

Penny lehnt an der Kücheninsel, während die auf der Arbeitsfläche sitzende Mary spricht. »Vanessa ist eine tolle Mitbewohnerin, aber jetzt besteht mein ganzes Leben nur noch aus Katzenhaaren.«

Penny wirft einen Blick in meine Richtung, dreht sich aber wieder zu Mary um. »Wie heißt die Katze noch mal?«

»Jolene.«

»Nach diesem Song von Dolly Parton?«

»Ja«, antwortet Mary lächelnd. »Jedenfalls, ich dachte, es könnte cool sein, vom Campus wegzukommen. Und es ist lustig, dass Jolene da ist. Echt. Für eine Katze ist sie ziemlich süß. Aber egal wie oft ich fege und Staub wische, ständig fliegen diese kleinen, schmutzigen Haarbüschel übers Parkett. Das macht mich echt wahnsinnig. Hätte der Herr den Pharao eher bezwingen wollen, dann hätte er eine Katzenhaarplage über Ägypten loslassen müssen.«

Mein Vater besaß immer zwei Labrador Retriever. Wenn einer starb, hat er den immer sofort ersetzt, und ich bin in einem Haus voller Hundehaare aufgewachsen. Infolgedessen habe ich den Kindern nie Haustiere erlaubt, deshalb besitzt keines von ihnen die übliche Zuneigung zu Tieren.

»Vielleicht ist diese Plage ein Zeichen«, sage ich mit einem gequälten Lächeln.

Mary nickt »Zuerst Katzenhaare, dann Trump.«

»Würg. Ich weiß«, sagt Penny.

»Ich glaub's einfach nicht, dass er gewinnt …«

Matthew schaut vom Spielbrett auf. »Ich weiß nicht«, sagt er zu seiner Schwester. »Ich mag auch Cruz, aber in den Vorwahlen strömen die Leute in Scharen zu Trump. Ich denke, wir werden uns damit abfinden müssen, für ihn zu stimmen, falls er die Nominierung erhält.«

»Er ist echt widerlich«, meint Mary.

Matthew nickt, aber ich merke, dass er darüber durchaus diskutieren möchte. Er kann nicht anders. In dieser Hinsicht ist Matthew wie ich. Keiner von uns kann sich eine Bemerkung verkneifen, wenn wir wissen, dass wir recht haben. Von den Kindern ist er der Pragmatischste, der Politischste.

»Also«, setzt er an, »bedauerlicherweise erhalten die Wahlmänner die Stimmen. Und wenn wir die Dems davon abhalten wollen, einen weiteren linksliberalen Richter an den Obersten Gerichtshof zu berufen, dann werden wir uns wohl für Trump starkmachen müssen. Soweit es mich betrifft, läuft doch alles auf realpolitische Erfordernisse raus. Ich denke, er wird schon einige gute Leute um sich scharen. Außerdem finde ich, klingt es tatsächlich sogar ziemlich vernünftig, was er zu vielen Dingen zu sagen hat. Wenn man ihm mal wirklich richtig zuhört, und nicht nur dem, was Leute im Fernsehen *über* ihn sagen, wenn man mal stattdessen *ihm* genau zuhört, dann liefert er eigentlich doch ziemlich gute Argumente für seine Positionen, egal wie primitiv und ordinär er auch sein mag.«

Mary schüttelt darüber den Kopf, sagt aber nichts.

Johnny schaut zu mir auf. »Warum mögen die Leute Trump, Dad?«

Alle sehen mich an, weil sie hören wollen, was ich sagen werde, auch wenn sie bereits wissen, was ich denke. Wir machen das so in unserer Familie; wir kauen solche Dinge durch und diskutieren sie. Die Freunde meiner Kinder waren schon immer verblüfft herauszufinden, wie geschlossen wir als Familie sind, wie viel wir miteinander reden und teilen. Wir haben schon immer als Familie über alles Mögliche diskutiert – über politische, gesellschaftliche, persönliche Dinge. Es ist weniger, dass wir über diese Dinge diskutieren als vielmehr, dass wir sie untersuchen und unsere Ansichten dazu verfeinern. Ich vermute, ein außenstehender Beobachter könnte behaupten, die Kinder würden größtenteils nur nachplappern, was ich sage, aber die Heilige Schrift sagt, wir sollen ein Kind in die Richtung ausrichten, in die es gehen soll. Genau das habe ich getan. Und ich habe es gut gemacht.

»Im Wesentlichen ist es auf das Versagen der Regierung Obama zurückzuführen. An der Spitze fehlt es jetzt schon so lange an einer klaren Führung, und die Liberalen haben so viel Verbitterung geschürt, nur um an der Macht zu bleiben, dass Raum für den Aufstieg von jemandem wie Trump geschaffen wurde.«

Die Kinder nicken, mit Ausnahme von Mary. Seit

sie aufs College gegangen ist, spüre ich, dass ihre Überzeugung ein wenig ins Wanken geraten ist. Sie hat kaum etwas gesagt, aber ich mache mir manchmal Gedanken über sie. Ich meine zu spüren, dass sie etwas zurückhält.

Penny verschränkt die Arme vor der Brust. »Nun, mich persönlich beunruhigt das«, sagt sie.

»Warum?«, fragt Matthew.

»Ich mag ihn einfach nicht. Ich denke, er benutzt uns. Ein Spielkasinobetreiber mit bereits der dritten Ehefrau ist nicht direkt das, was ich mir unter einem grundsoliden Christen vorstelle, und ich glaube, wir brauchen einen wahren Christen im Weißen Haus. Heute mehr denn je. Deshalb mag ich Cruz.«

»Nun, klar, zugegeben«, sagt Matthew, »aber wenn es am Ende Trump oder Hillary heißt?«

Penny zuckt mit den Achseln. »Dann halte ich mir die Nase zu und wähle Trump.«

»Wirklich?«, fragt Mary. »Du hast doch gerade noch gesagt, er würde uns benutzen.«

Penny seufzt. »Man bekommt nicht immer die Chance auf eine klare Wahl, Liebes.«

»Ich muss los«, sage ich. Es kommt ungehobelter raus, als mir lieb gewesen wäre. Ich versuche, etwas lässiger zu klingen, als ich nachschiebe: »Ich muss noch mal kurz in die Kirche und an verschiedenen Dingen arbeiten. Meine Predigt morgen muss ich auch noch schreiben.«

Kaum jemand registriert diese Mitteilung, was ich

auch so will. Alle nicken und machen weiter mit dem, was sie gerade getan haben. Matthew und Mark widmen sich wieder ihrem Spiel. Penny sagt wegen des Osteressens irgendwas zu Mary. Nur Mary lächelt mich an und sagt: »Okay, Dad.«

Einen so kurzen Moment lang, dass ich es kaum mitbekomme, bin ich enttäuscht. *Möchte ich lügen, möchte ich betrügen?* – ich nicke und tätschele Johnny, der immer noch neben mir steht, den Kopf. »Also schön. Ich bin bald wieder zurück.«

Niemand beachtet mich weiter, aber Johnny folgt mir. Ich nehme meine Jacke von der Garderobe neben der Haustür.

Er steht da, das warme Licht aus der Küche hinter ihm. »Kann ich mitkommen, Dad?«

»Ich denke nicht, Sohn.«

»Bitte.«

»Warum willst du mitkommen?«

»Ich hab neulich eine Grille im Taufbecken gesehen. Ich möchte nachsehen, ob sie immer noch da ist.«

Ich lächle. Ich weiß natürlich, dass er eigentlich nur eine Weile mit mir zusammen sein will. In einer Familie mit fünf Kindern ist persönliche Zeit mit dem alten Herrn was ganz Kostbares. »Wahrscheinlich nicht«, sage ich. »Ich habe das Becken selbst abgelassen. Keine Grille.«

»Kann ich trotzdem mit?«

»Es wird spät, mein Sohn. Ich weiß nicht, wie lange es dauern wird. Ich bin oben in der Kirche.«

Hinter ihm tritt Penny in die Tür. »Johnny, du musst dich fürs Zubettgehen fertig machen.«

Er sieht sie an. »Wie spät ist es?«

Sie funkelt ihn an. »Spät genug, dass du darauf hörst, was ich dir sage, so spät ist es.«

Er lässt den Kopf hängen. »Ja, Ma'am.«

»Mach dich fertig«, sagt sie.

»Ja, Ma'am.«

Als er sich in Bewegung setzt, sage ich: »Ich werd für dich noch mal nach dieser Grille sehen, Johnny.«

Er nickt theatralisch und übertrieben mürrisch, dann lässt er uns allein. Ich bemerke aber, dass er zu seinen älteren Geschwistern in die Küche geht statt nach oben, um sich fürs Bett fertig zu machen.

»Ich muss los«, sage ich zu Penny.

Sie nickt.

Ich öffne die Haustür und trete hinaus. Jenseits der Bäume hat sich das Licht der untergehenden Sonne dunkelblau verfärbt, und die Luft ist kühler geworden.

Penny folgt mir zum Auto, die Arme fest vor der Brust verschränkt und die Schultern hochgezogen. Bei allen Temperaturen unterhalb drückender Hitze ist es meiner Frau zu kalt.

»Kommst du zurück?«, fragt sie.

Ich schaue mich um. Alle unsere Nachbarn sind im Haus, aber ich fühle mich wie auf dem Präsentierteller.

»Niemand hört uns zu«, sagt Penny.

Ich antworte ihr mit leiser Stimme. »Natürlich

komme ich zurück. Hör auf, albern zu sein. Du klingst vollkommen lächerlich.«

»Tue ich das?«

»Ja. Du bist hier diejenige, die davon gesprochen hat zu gehen.«

»Ich habe nie gesagt, ich würde gehen.«

Ich seufze und gestikuliere in den leeren Raum zwischen unserem Haus und dem unserer Nachbarn. »Ist das wirklich die beste Zeit und der beste Ort, um darüber zu diskutieren?«

Sie verzieht den Mund, kaut auf der Innenseite ihrer Wange. Es ist ein Tick, den sie schon seit ihrer Kindheit hat, obwohl es über die Jahre mal mehr, mal weniger gewesen ist. »Ich komme mit«, sagt sie.

»Was?«

»Ich hole schnell meine Jacke, und dann komme ich mit zur Kirche.«

»Warum willst du mit zur Kirche?«

»Ich dachte, das hier wäre nicht die beste Zeit und der beste Ort, um darüber zu diskutieren? Also schön, fahren wir rüber zur Kirche, da ist ja jetzt niemand, lass uns zusammensetzen und darüber reden.«

Mein Mund ist völlig trocken, als ich ihr antworte. »Lass uns morgen darüber reden.«

Sie starrt mich an. Sie hört auf, auf ihrer Wange zu kauen. »Das hab ich mir gedacht«, sagt sie, dreht sich um und geht zurück ins Haus.

•••

Auf dem Weg zur Waschanlage begegne ich zwei Leuten, die ich kenne. Der eine ist ein Mann namens Fred Stiverson. Er ist eine Weile in unsere Kirche gekommen. Fred war bereits achtmal verheiratet, und Ehefrau Nummer sechs war Mitglied unserer Gemeinde. Nach ihrer Trennung – als Fred sie wegen der Frau verließ, die Ehefrau Nummer sieben werden sollte – hörte er auf, zum Gottesdienst zu kommen. Die zweite Person, der ich begegne, ist ein Teenager namens Darcy Pruitt. Sie ist in diesem Jahr in der Zwölf und spielt in der Basketballmannschaft. Als Mary noch auf der Schule war, hat sie im selben Team gespielt, und sie und Darcy waren befreundet. Darcys Familie sind Methodisten.

Fred fährt den Wagen seiner aktuellen Frau, der ziemlich neu aussieht. Darcy sitzt im Truck ihres Vaters, eine alte Schrottkiste, aus deren Auspuff schwarze Wolken aufsteigen.

Zwei Menschen. Zwei Menschen in den fünf Minuten, die ich brauche, um von meinem Haus zur Autowaschanlage zu gelangen. Zwei Menschen, die mich kennen.

Was in mir die Frage weckt, ob sonst noch jemand von meiner Beziehung zu Gary weiß. Leute sehen Dinge. Leute reden. Falls Gary es nur einer Person erzählt hat, würde das schon genügen. Mich schützt die Tatsache, dass er eigentlich keine Freunde mehr in der Stadt hat. Trotzdem, Leute sehen Dinge. Was, wenn noch jemand davon weiß? Ich könnte niemals jedem Geld geben, der es vielleicht weiß. Aber über so etwas kann ich im Moment nicht nachdenken, kann nicht darüber nachdenken, wer noch etwas wissen und wer es noch herausfinden könnte. Ich muss Gary von hier fortbekommen; danach wird alles gut.

Und was Penny betrifft …

Ich weiß nicht. *Habe ich dein Leben vergeudet, habe ich dich dein Leben für einen Mann vergeuden lassen, der dich nie lieben konnte?* – Ich werde mich morgen um sie kümmern. Ich werde unseren Bund erneuern. Ich kann der Ehemann sein, den sie haben will, der Ehemann, den sie verdient. Ich bin dieser Mann schon einmal gewesen. Ich kann es wieder sein. Sobald das hier erledigt ist.

•••

Harten wartet auf mich unter der einsamen Straßenlaterne vor der Waschanlage oben auf dem Berg. Ich halte an und lasse die Scheinwerfer an, als ich aus dem Wagen steige. Er ist anders gekleidet als heute Morgen, aber irgendwie sieht er ungepflegter aus, so als hätte er schmutzige Kleidung aus- und noch schmutzigere angezogen.

Er hält mir einen unschönen Block aus Klebeband und Plastik und, vermute ich mal so, Geld hin.

»Ich hab's«, sagt er.

Mein Herz klopft wie verrückt, und hinter meinem rechten Auge bahnt sich ein Kopfschmerz an. »Gut«, sage ich. Ich hebe die Hand, um das Geld zu nehmen, aber er zieht das Päckchen zurück.

»Ein paar Dinge noch vorher«, sagt er. »Erstens, ich habe nur neunzehntausend bekommen.«

Es ist, als hätte ich eine Geschwulst hinter dem Auge. Ich reibe daran, aber das macht den Schmerz nur noch schlimmer.

»Ich brauche dreißig.«

»Tja, Sie bekommen neunzehn.«

»Das ist nicht, was wir besprochen haben.«

Er zuckt mit den Achseln. »Pech gehabt, Mann. Ich habe hier neunzehn Riesen in der Hand. Die können Sie haben, oder Sie fahren wieder und haben gar nichts. Ich kann mir keine weiteren elftausend aus dem Hintern ziehen.«

Ich nicke. Ich krieg's hin, dass neunzehntausend genügen. Ich kann Gary im Grunde das gleiche Ultimatum stellen, das Brian Harten mir gestellt hat.

»Okay«, sage ich.

»Gut. Zweitens, ich habe dieses Geld auf illegalem Weg erhalten.«

»Brian, ich möchte nicht ...«

»Schon klar, aber ich möchte, dass Sie das wissen, Mann. Ich habe dieses Geld Tommy Weller gestohlen. Okay? Und die Cops werden kommen und mit mir darüber reden wollen. Das kann ich Ihnen hun-dert-pro garantieren. Und wenn sie das tun, dann werde ich sagen, dass ich einen Scheißdreck darüber weiß. Und ich werde sagen, ich war bei Ihnen.«

»Moment, Brian ...«

»Nein, das ist der Deal, Mann. Sie haben mich dazu

gebracht, also werden Sie auch mein Alibi sein. Wir beide waren in Ihrer Kirche und haben über die anstehende Abstimmung gesprochen.«

»Meinen Sie nicht auch, es wäre eine schlechte Idee, die Aufmerksamkeit auf uns beide zu lenken?«

»Nein, nein, das halte ich nicht für eine schlechte Idee. Wenn ich denken würde, es wäre eine schlechte Idee, hätte ich's gottverdammt nicht vorgeschlagen, oder? Es ist, wie Sie gesagt haben: Sie sind seriös und angesehen und ich bin ein drittklassiges Stück Scheiße. Tja, ich werde mir ein bisschen was von Ihrer Ehrbarkeit borgen.«

»Falls die Polizei sowieso schon vermutet, dass Sie das Geld gestohlen haben, Brian, und Sie ihnen dann sagen, dass wir beide zusammen waren, dann wird das den letzten Teil, den Teil, den *Sie* wollen – den Teil, in dem ich die Abstimmung zu Ihren Gunsten beeinflusse –, dann wird es diesen Teil nahezu unmöglich machen.«

Brian nickt, aber nicht, als würde er mir zustimmen; er nickt, als hätte er eine Bestätigung für irgendwas erhalten. »Ja, schön«, sagt er, »die Sache ist jetzt die: Irgendwann heute Abend oder morgen werden die Cops vor meiner Tür stehen und mich fragen, wo ich war, als Tommys Geld gestohlen wurde. Und ich werde denen sagen, dass ich bei Ihnen war. Wenn sie dann zu Ihnen kommen und fragen, ob Sie mit mir zusammen waren und Sie dann ›Nein‹ sagen, dann werden sie zu mir *zurückkommen.* Und wenn das passiert, mein Freund, werde ich anfangen, die Wahrheit zu erzählen, die ganze Wahrheit und nichts als die Wahrheit.«

»Ich verstehe.«

»Ja, Sie verstehen.«

»Werden sie es glauben?«

»Keine Ahnung. Und es ist mir ehrlich gesagt auch egal. Ich werde einfach die Wahrheit sagen und sehen, was dann passiert. An dem Punkt hab ich absolut nichts mehr zu verlieren, wenn ich die Wahrheit sage.«

Was soll ich sagen? Ich weiß, dass er recht hat. Ich nicke zustimmend.

»Das hab ich mir gedacht«, sagt er. Er hält mir das Geld hin. »Sie und ich, wir waren heute Abend von sechs bis um sieben zusammen. Haben eine Weile gemeinsam abgehangen und über die Abstimmung geredet.«

Ich reibe mein Gesicht. Meine Haut ist schweißgebadet, aber mein Fleisch fühlt sich kalt an.

»Okay«, sage ich und greife nach dem Geld.

17
Penny Weatherford

Meine Mutter war keine Schönheit. Kleider, Haare und Make-up konnten an dieser Tatsache auch nichts ändern. Sie war nicht hässlich, einfach nur unscheinbar, und ich glaube, das hat ihr am meisten wehgetan. Das Schicksal der Mittelmäßigkeit. Um alles noch schlimmer zu machen, schien sie Schönheit für eine moralische Errungenschaft zu halten. Das machte sie zu einer strengen Richterin unattraktiver Frauen, und es machte sie gnadenlos gegenüber Frauen, die ihre Schönheit verloren. Ich erinnere mich, Elizabeth Taylor im Fernsehen gesehen zu haben, als der verblasste Star älter und übergewichtig war, und wie meine Mutter sagte: »Igitt, schalt um. Sie war mal die schönste Frau der Welt, und sieh sie dir jetzt nur mal an!« Meine Mutter glaubte an Oberflächen. Sie brachte mir bei, wie man einen Haushalt führt und dabei in Form bleibt. Sie brachte mir bei, dass eine Ehefrau und Mutter stets wie eine Ehefrau und Mutter auszusehen habe. Sie brachte mir bei, dass es auf den äußeren Schein ankommt.

Richard mochte sie nie. Natürlich stritten sie sich nicht. Sie blieben höflich. Aber sie hielt ihn für unbedeutend, einer der wenigen Menschen, die ihn so einschätzten. Mutter war als Primitive Baptist aufgewachsen, und obwohl sie mit der Heirat meines Vaters ein Southern Baptist wurde, hielt sie tief in ihrem Inneren doch an manchen streng konservativen Überzeugungen fest. Primitive Baptists glauben an die Doktrin der unaufhaltsamen Gnade, an die Überzeugung, dass Gott vorherbestimmt, wen er erlösen wird, und sie glauben, dass man die Erlösten an der klaren Rechtschaffenheit ihrer Taten erkennt. Primitive Baptists glauben außerdem an Äußerlichkeiten, nehme ich an.

Warum also mochte sie Richard nicht? Er kann sich besser vor anderen Menschen darstellen als nahezu jeder, dem ich je begegnet bin. Sie hätte ihn eigentlich lieben müssen. Er war attraktiv, klug und er vertrat alle angemessenen religiösen, politischen und persönlichen Ansichten. Und doch blieb sie ihm gegenüber bis zu ihrem Tod auf Distanz.

Ich habe mir immer gesagt, dass sie einfach nur eifersüchtig war, dass sie Richard verübelte, ihr die einzige Tochter weggenommen zu haben. Richard wiederum tat es einfach ab als das alte Schwiegermutter-Klischee, und nachdem wir verheiratet waren und Matthew auf der Welt war, hörte er so oder so auf, sich Gedanken zu machen, was sie von ihm hielt. In seiner Vorstellung wurde ich zu seiner Ehefrau und weniger ihre Tochter. Und zugegebenermaßen sah ich es genauso. Für mich war das Dasein einer Ehefrau genauso, wie sie mir beigebracht hatte, das Dasein einer Ehefrau zu sehen. Ich ergriff die Partei meines Mannes, und ich verbuchte ihre Abneigung gegenüber meinem Mann unter Eifersucht und Hochmut. Kein Schwiegersohn wäre je gut genug für sie gewesen, sagte ich mir.

Aber jetzt komme ich ins Grübeln.

Was würdest du sagen, wenn du jetzt hier wärest? Was hast du in ihm gesehen, das dich beunruhigt hat?

•••

Ich gehe hinauf in mein Zimmer. Bevor ich mein Bett erreicht habe, klopft Mary an die Tür. »Mom?«

»Ja?«

»Darf ich reinkommen?«

Ich werfe einen kurzen Blick in den Spiegel meiner Frisierkommode. »Ja.«

Sie öffnet die Tür und schließt sie hinter sich.

»Alles in Ordnung?«

»Wie meinst du das?«

»Du wirkst irgendwie traurig.«

»Tue ich das?«

»Ja. Du und Dad, ihr habt heute beide irgendwie bedrückt gewirkt. Ist alles in Ordnung?«

»Ich bin nicht bedrückt«, erwidere ich.

Mary nickt, lehnt sich an die Tür. Sie ist ein kluges Mädchen. Und sie hat ein gutes Herz. Ich bin stolz auf sie, dass sie einfühlsam genug ist, um intuitiv zu erfassen, dass ihr Vater und ich nicht in bester Verfassung sind. Der Rest meiner Brut unten hat, da bin ich sicher, gar nichts mitbekommen.

Aber es geht auch Mary nichts an.

»Es ist nichts, worüber du dir Sorgen machen müsstest, Liebes.«

»Also *ist* etwas nicht in Ordnung.«

»Nicht in diesem Ton, Mary.«

»Welchen Ton meinst du?«

»Diesen ›Aha, hab ich dich erwischt!‹-Ton, als hättest du mich aufs Glatteis geführt. Wenn ich ein Problem mit deinem Vater habe, dann werde ich das mit ihm klären, wenn er nach Hause kommt. Es geht dich nichts an.«

Sie runzelt die Stirn. »Okay, entschuldige, dass ich gefragt habe. Ich wollte nur helfen.«

»Sollte ich in meiner Ehe *jemals* deine Hilfe benötigen, Mary, werde ich es dich wissen lassen.«

Sie errötet so stark, als hätte ich ihr eine Ohrfeige gegeben. »Okay«, sagt sie, offenbar den Tränen nahe. »Es tut mir leid. Ich hab mir nur Sorgen gemacht, als Dad heute Morgen diesen Anfall hatte.«

Ich hole tief Luft. Ich nicke. Natürlich. Ich hatte nicht daran gedacht, wie dieser Tag in ihren Augen ausgesehen haben musste. »Hast du dir darum Sorgen gemacht?«

»Na ja, zum Teil.«

»Ihm geht's gut, Liebes. Er wird am Montag sicherheitshalber zum Arzt gehen, aber ich denke wirklich, dass mit ihm alles in Ordnung ist.«

»Okay.«

Ich gehe zu ihr und nehme sie in den Arm. Sie erwidert die Umarmung nicht. »Hey, es tut mir leid, dass ich dich so angefahren habe. Mir war nicht klar, dass du über Dads Anfall geredet hast.«

»Sonst alles in Ordnung?«

»Wie meinst du das?«

»Ich weiß nicht. Mir ist nur aufgefallen, dass du heute viel in deinem Zimmer warst.«

»Bin ich das?«

»Anscheinend.«

»Mir geht's gut. Vielleicht ein bisschen müde. Okay?«

»Okay«, antwortet sie. Sie ist immer noch ein wenig benommen von meiner schroffen Reaktion, und ich begreife, dass ich sie wahrscheinlich mit dem Blick bedacht haben muss, den meine Kinder vor langer Zeit »Vorbote des Unheils« getauft haben. Sie dreht sich zum Gehen fort. »Arbeitet Daddy heute lange?«, fragt sie.

»Ja«, antworte ich so selbstverständlich, als würde ich es immer noch für die Wahrheit halten.

•••

Habe ich mich heute den ganzen Tag in meinem Zimmer verkrochen? Vielleicht. Es stimmt, ich möchte im Moment keines meiner Kinder sehen. Seit meinem nachmittäglichen Streit mit Richard fühle ich mich, als würden wir beide die Kinder anlügen. Jedes Wort aus meinem Mund erscheint mir wie eine Lüge.

Mary hat mich durchschaut. Aber was hat sie gesehen?

Probleme zwischen ihrem Vater und mir? Das könnte alles bedeuten. Obwohl wir immer versucht haben, unsere Auseinandersetzungen aus Wohnzimmer und Küche fernzuhalten, sind den Kindern Spannungen zwischen uns durchaus nicht unbekannt. Es ist nicht das erste Mal, dass ich mich auf mein Zimmer verzogen habe, während Richard mit seinem Wagen verschwunden ist.

Wo fährt er hin?

Nein, frag dich das nicht. Das bringt dir nichts. Er fährt in der Gegend herum oder er fährt rauf zur Kirche. Er fährt zum Walmart oder er geht zu Pickett's.

Diese Stadt ist zu klein, als dass er etwas anderes tun könnte.

Oder nicht?

Seit Ruth auf die Welt gekommen ist, hatten wir zweimal Sex. Glaubst du wirklich, er hat keinen Sex? Diese Stadt ist nicht zu klein, um Geheimnisse zu bewahren. Fünf Minuten in jede Richtung und man hat nichts außer Wälder und unbefestigte Feldwege.

Außerdem weißt du, dass er seine Libido nicht komplett verloren hat. Du weißt, dass er diesbezüglich gelogen hat.

Als ich vor einigen Monaten früher als gewöhnlich von der Chorprobe nach Hause kam, habe ich ihn im Bad gehört. Stöhnen, leise, aber unverkennbar, und das leise Klatschen seines Fleischs. Zuerst reagierte ich beschämt, als wäre ich unbefugt in seine Intimsphäre eingedrungen, ich wusste, dass es demütigend für ihn gewesen wäre zu wissen, dass ich ihn dabei erwischt hatte, etwas zu tun, von dem er glaubte, es im Geheimen zu tun.

Dann war ich wütend und beschämt. Wütend, weil er mir gesagt hatte – als er aufhörte, mich zu berühren –, er habe komplett seine Libido verloren. Beschämt, weil es Jahre her war, seit ich diese Lüge infrage gestellt hatte. Ich vermute, ich wollte, dass es die Wahrheit war. Es war leichter zu denken, er habe jedes Interesse an Sex verloren, als zu denken, er habe einfach das Interesse an mir verloren.

Später an diesem Abend habe ich auf seinem Telefon und Computer nach Pornographie gesucht. Entweder schaut er sich so etwas nicht an oder aber er ist besser darin, es zu verstecken, als ich, es zu finden.

Oder vielleicht braucht er das auch gar nicht. Vielleicht gibt es jemand anderen.

Hat er eine Affäre? Bin ich ein kompletter Idiot gewesen? Warum sollte er etwas so Dummes und Leichtfertiges tun?

Ich spüre, wie mein Gesicht heiß wird. Er hat mich seit Jahren nicht mehr angerührt. Zu vermuten, dass er in diesem Augenblick mit jemand anderem zusammen sein könnte, erfüllt mich mit einer solchen Wut, dass mir schwindlig wird.

Jemand klopft an die Tür.

»Was ist?«, sage ich. »Komm rein.«

Mary wieder. Sie streckt ihren Kopf herein. »Ruth sagt, sie hätte dir schon mehrere SMS geschickt. Sie möchte jetzt nach Hause kommen.«

»Könntest du sie abholen?«

»Von Scarlett?«

»Ja.«

»Okay.«

Sie schließt die Tür.

»Mary!«, brülle ich.

Sie öffnet die Tür. »Ja?«

Ich schwinge die Beine vom Bett. »Schon gut, ich werde sie selbst abholen.«

•••

Bevor ich zu Scarletts Haus fahre, um Ruth abzuholen, fahre ich den Hügel hinunter, in die entgegengesetzte Richtung. Ich fahre über die Brücke an der Kirche vorbei.

Bruder Weatherfords Auto ist nicht da. Wie ich's mir gedacht habe. *Bruder Weatherfords Auto steht nicht vor der Kirche.* Ich biege von der Anliegerstraße ab und kehre zur Kirche zurück. Ich will mich vergewissern, dass er nicht hinten geparkt hat oder unter den Bäumen, wo ich seinen Wagen nicht sehen könnte. Ich möchte ihm einen Vertrauensvorschuss geben. Vielleicht bilde ich mir alles ja auch nur ein.

Aber, nein.

Er ist nicht in der Kirche.

»Wo bist du, Bruder Weatherford?«, frage ich mich selbst laut.

•••

Nachdem ich Ruth bei Scarlett abgeholt habe, quasselt sie an einem Stück. Sie und Johnny sind meine jüngsten Kinder, und sie sind anders als die älteren drei. Die älteren drei sind fast wie eine eigene Familie. Sie sind zusammen aufgewachsen, Matthew und Mary haben sich um Mark gekümmert. Sie sind einander näher. Johnny und Ruth sind nicht nur jünger als die anderen drei, sie verlangen auch beide heftig nach Aufmerksamkeit und Zuwendung. Im Alltag will Ruth mir jedes einzelne Detail von allem erzählen, was sie erlebt hat.

Sie trägt mir wortgetreu die Unterhaltungen vor, die sie an diesem Nachmittag mit ihrer Freundin hatte. Ich gebe vor, ihr zuzuhören, bis dann doch etwas zu mir durchdringt.

»Scarlett hat mich gefragt, ob du ein Prediger bist«, sagt Ruth.

»Was?«

»Sie hat gefragt, ob du ein Prediger bist wie Daddy.«

»Was hast du geantwortet?«

»Ich hab gesagt, nein.«

Ich antworte nichts, aber irgendetwas daran macht mich wütend.

»Du bist doch kein Prediger, stimmt's?«, fragt Ruth.

»Nein, aber als Frau deines Vaters habe ich eine gewisse Stellung in der Kirche. Ist dir das noch nicht aufgefallen?«

»Wie meinst du das?«

»Die Leute respektieren mich. Ich unterrichte eine Klasse der Sonntagsschule. Ich leite die Kinderbibelwoche. Ich bin die Vorsitzende des Frauenkreises. Das alles weißt du doch, stimmt's?«

Ruth starrt aus dem Fenster. »Ja«, sagt sie. Sie denkt über alles nach. Und dann sagt sie: »Ich hab gesagt, du hilfst Daddy, die Kirche zu führen.«

»Das hast du gesagt?«

»Ja.«

»Das stimmt. Ich helfe deinem Vater, die Kirche zu führen. Genau wie wir beide unsere Familie führen.«

»Aber Daddy hat das Sagen, oder?«

Ich werfe meiner Tochter einen kurzen Blick zu. Ihre glatte kleine Stirn kräuselt sich, während sie versucht, all diese Puzzlesteinchen zusammenzufügen, um ein Bild der Welt zu erschaffen, das sie verstehen kann.

Ich hole tief Luft.

»Ja«, sage ich.

•••

Meine Mutter respektierte ausschließlich eine Oberfläche, die für sie nicht durchsichtig war. Der einzige Sinn, der Welt sein Gesicht zu zeigen, besteht schließlich darin, die Welt zu überzeugen, dass dies das wahre Gesicht ist.

Bei der Eingewöhnung ins Eheleben ist es mir mit Abstand am schwersten gefallen, die öffentliche und die private Seite des Mannes, den ich geheiratet hatte, unter einen Hut zu bringen. Nicht, dass Richard zu Hause völlig anders gewesen wäre als in der Kirche. Er trank nicht und schlug mich auch nicht oder brüllte die

Kinder an. Von Anfang an war er ein guter Ehemann und Vater. Er war ein Familienmensch. Er brachte ein Gehalt nach Hause. Er führte ein sauberes Leben.

Und doch, wie kann ich den Mann, den jeder liebt und respektiert, mit dem Mann in Einklang bringen, der mir dieses Gefühl gibt? Wenn wir morgen früh zum Ostergottesdienst gemeinsam in die Kirche gehen, werden Richard und ich die zwei prominentesten Bürger der Stadt sein. Ich werde morgen früh umarmt und geküsst und man wird für mich beten. Ich kenne das Kleid, das ich tragen werde, violett und weiß. Und ich finde Trost in diesem Wissen. Es ist ein sicherer Boden unter meinen Füßen. Es ist mein Leben, das einzige Leben, das ich kenne, das einzige Leben, das ich will.

Aber ich liebe Richard seit Jahren nicht mehr. Ich kann vieles tun für diese Ehe. Ich kann für die Welt eine gute Miene aufsetzen, ich kann Babys gebären und Kinder großziehen. Ich kann meinen Stolz schlucken und mich ducken, wenn es das ist, was nötig ist, um das Gesicht von Schwester Penny Weatherford zu wahren. Wie meine Mutter es mir beigebracht hat, der einzige Sinn, der Welt sein Gesicht zu zeigen, besteht darin, die Welt davon zu überzeugen, dass es echt ist, denn indem man dies macht, wird es zu deinem wahren Gesicht. Aber die eine Sache, die ich nicht tun kann – die eine Sache, die ich nicht tun werde –, ist, ihn zu lieben. Ich werde bei ihm bleiben, aber mein Stolz wird nicht zulassen, dass ich einen Mann liebe, der meine Liebe nicht erwidert.

18
Brian Harten

Ich bringe Roxies Auto zurück und verschwinde, bevor sie rausgerannt kommt und mir den Arsch aufreißen kann. Ein kluger Schachzug. Ich will nicht mit ihr reden müssen, und ich will nicht noch mehr Zeit in ihrem Auto verbringen, solange die Cops nach mir suchen. Ich bin total erschossen und will nur noch einen Drink und dann ins Bett.

Jedenfalls, als ich zu meiner Wohnung komme, nähere ich mich aus dem Wald, um erst mal einen guten Überblick zu erhalten, bevor ich in meine Bude walze. Alles ruhig und friedlich. Keine Cops. Keine gaffenden Nachbarn hinter ihren Fenstern. Rein gar nichts los.

So gern ich jetzt auch dort runtergehen möchte, bremse ich mich und checke alles gründlich aus. Ich bin so hampelig, als hätte ich mir den ganzen Tag einen Kaffee nach dem anderen reingepfiffen. Ich schüttle meine Hände einmal durch, stampfe mit den Füßen auf.

Die Sonne ist untergegangen und im Mondlicht sieht alles kalt aus. Auf dem Parkplatz ein paar Autos. Hinter manchen Fenstern brennt Licht. Aber größtenteils alles einfach nur ruhig. Erikson ist nicht draußen und starrt irgendwelchen Katern lüstern auf den Sack, das ist also schon mal ein Plus.

Ich hole tief Luft und verlasse den Wald, Kiefernnadeln knacken leise unter meinen Sohlen. Auf der anderen Seite des Parkplatzes flitze ich, so schnell ich kann, zu meiner Tür. Ich hätte das Licht anlassen sollen, als ich ging. Die Tür aufschließen und hineinschlüpfen. Das Licht anmachen. Die Tür hinter mir abschließen und warten.

»Hallo?«, sage ich.

Nichts.

Ich gehe in die Küche, um mir ein Bier zu holen. Alles gut.

Ich gehe ins Schlafzimmer, mach das Licht an und meine Eingeweide explodieren.

Ich geh zu Boden. Das Mittagessen kommt mir hoch.

»Schwanzlutscher«, sagt er. »Mieser Schwanzlutscher.« Ein Schlag in den Rücken. Fest. Holz. Ein Schläger.

Ich hebe schützend die Hände, versuche, nicht am Kopf getroffen zu werden. Aber er hat's nicht auf den Kopf abgesehen. Er will mich nicht richtig fertigmachen. Noch nicht. Er schlägt auf meine Oberschenkel.

»Tommy …«

»Halt's Maul und bleib unten.«

»Tommy, hör zu, ich …«

»Hast du Scheiße in den Ohren, oder was? Du Schwanzlutscher. Halt dein verschissenes Maul.«

Ich halte den Mund.

»Lehn dich gegen das Bett.«

Ich schiebe mich zum Bett und versuche, zu ihm

aufzuschauen, aber die Glühbirne am Deckenventilator wirkt wie das grelle Licht bei einem Verhör. Er stürzt sich auf mich, als wollte er mir ins Gesicht beißen. »Wo ist mein Geld?«

Ich schüttle den Kopf, aber bevor mir eine Lüge einfällt, weicht er zurück und schlägt mir aufs Schienbein. Ich schreie auf, und wieder kommt mir das Mittagessen hoch. Ich würge, eine Hand auf dem Mund, die andere auf dem Bein.

»Wir sind hier nicht bei der CIA«, sagt Tommy. »Ich hab nicht die ganze Nacht Zeit, um dich mit Waterboarding in die Mangel zu nehmen. Ich reiß dir nur den Arsch auf, bis du mir mein Geld gibst. Und falls das nicht funktioniert …« Er klopft auf seine Seite, und ich sehe, dass er seine Glock an den Gürtel gesteckt hat.

»Ich muss kotzen«, bringe ich erstickt raus.

»Wenn du mich ankotzt, ich schwöre dir, ich schlag dir die Zähne aus.« Er atmet schwer, seine fette Wampe hebt und senkt sich und ragt unten aus seinem rosa Polo hervor. Hält den Schläger in einer Hand, die andere liegt auf seiner teigigen Hüfte.

Ich krümme mich, umklammere mein Bein. Gut möglich, dass mein Schienbein gebrochen ist.

Er beobachtet mich. Schüttelt den Kopf. »Ich glaub's einfach nicht, dass du das gemacht hast. Bist du eigentlich voll bescheuert, Harten? Ich hab dich nie für blöd gehalten. Nicht so blöd. Hast du wirklich gedacht, du kannst mich einfach so bestehlen, und das war's dann? Keine Konsequenzen?«

»Kommen die Cops?«, bringe ich heraus.

»Ja. Die sind direkt hinter mir. Haben gemeint, ich soll schon mal vorgehen und mit einem Baseballschläger und einer Kanone in dein Haus einbrechen.«

Ich umklammere mein Schienbein, als würde es jeden Augenblick zerbröseln.

»Wo ist mein Geld?«, fragt er. »Und erzähl mir jetzt nicht, du hast es ausgegeben, um deine Karre auszulösen, denn ich hab nämlich gesehen, dass du gerade eben erst wie ein beschissener Waldschrat aus der Pampa gelatscht gekommen bist.«

»Ich hab's nicht.«

Er hebt den Schläger.

»Bitte«, sage ich. Tränen treten mir in die Augen.

»Flennst du?«, sagt er. Er hebt die Augenbrauen. »Ich würd ja über dich lachen, Harten, aber Allmächtiger, ich glaube, ich bin mehr beleidigt als sonst was.«

Ich hasse es. Ich hasse die Tränen. Schon als kleiner Junge konnte ich die Tränen nicht zurückhalten. Sie kommen einfach, wenn ich Angst hab oder völlig durch den Wind bin. Ich bin kein Angsthase. Ich kann die Tränen nur eben nicht zurückhalten.

»Ich heule nicht.«

»Von da, wo ich stehe, sieht's für mich aber schwer danach aus.«

»Ich krieg feuchte Augen. Das ist nicht dasselbe.«

»Erzähl das deinem Gynäkologen. Ich will von dir nur hören, wo du mein Scheißgeld versteckt hast.«

»Ich musste es jemandem geben.«

»Wem?«

Ich weiß nicht, warum ich den Namen des Predigers zurückhalte. Ich schulde ihm nichts. Ganz bestimmt hab ich keinen Grund, mich für ihn zusammenschlagen zu lassen. Er ist der Grund, warum ich jetzt in der Scheiße stecke. Er ist der Grund für das Ganze, für all meinen Ärger.

Aber ich zögere einen Moment. Vielleicht hab ich ja einfach nur Angst. Ich weiß nicht, was passieren wird, wenn ich erst mal seinen Namen gesagt habe.

Aber Tommy hebt den Schläger …

»Weatherford! Richard Weatherford!«

Er macht ein Gesicht, als hätte ich gefurzt. »Was? Affenscheiße.«

»Ich schwör's bei Gott, Mann.«

»Der Prediger?«

»Ja.«

»Bist du auch ganz sicher, dass du's nicht zu Billy Graham geschickt hast?«

»Ich schwör's bei Gott. Warum sollte ich mir so was ausdenken? Warum sollte ich sagen, ich hab's ihm gegeben, wenn's gar nicht die Wahrheit ist?«

»Und was soll die Scheiße jetzt heißen?«

»Ich meine, wenn ich lügen wollte, dann würde ich doch nicht sagen, das Geld wär für Richard Weatherford gewesen. Ich würde sagen, es wär für die Kredithaie oder solche Typen.«

»Er hat dir gesagt, du sollst mich bestehlen?«

»Nein. Ich musste nur für ihn Geld besorgen.«

»Warum?«

Ich packe die Bettkante, um mich hochzuziehen. Mein Bauch fühlt sich an wie ein Fischglas. »Ich brauche nur einen Moment, Mann. Eine Sekunde, ja? Du hast mir ein Scheißpfund in den Bauch verpasst. Wahrscheinlich hab ich innere Blutungen oder so was.«

Tommy sagt nichts, senkt aber den Schläger. »Du hast also Richard Weatherford das Geld gegeben«, sagt er und denkt darüber nach. »Dann hast du mir also das Geld gestohlen, um was genau damit zu tun? Um ihn zu bestechen? Geht's hier um die Abstimmung?«

»Es war nicht meine Idee. Er hat mich heute angerufen. Wollte sich mit mir treffen, um über die Abstimmung zu reden. Ich dachte, hey, scheiße, was soll's, also treff ich mich mit ihm. Na ja, und dann hat er mir erzählt, dass er was Cash braucht, Schwarzgeld. Keine Ahnung, warum, und er hat's mir auch nicht verraten. Aber er braucht jedenfalls Cash.«

Tommy lehnt sich an die Wand. »Und er hat dir gesagt, wenn du ihm das Geld besorgst, das er braucht …«

»Dann sorgt er dafür, dass die Abstimmung zu meinen Gunsten verläuft.«

»Und das hast du ihm geglaubt?«

»Ja …«

»Das hast du davon, wenn du einem Prediger zuhörst. Die sind noch viel schlimmer als Politiker. Kein ehrlicher Mann verdient sich seine Brötchen mit permanentem Gequassel.«

»Ich weiß, aber …«

»Der Prediger der größten Baptistenkirche des Countys hat dir gesagt, er verwandelt eine Mehrheit für ein Alkoholverbot in eine dagegen. Und du hast echt geglaubt, das kriegt er hin?«

»Klar, warum denn nicht?«

»Weil die ihn kreuzigen, wenn er's versuchen würde, deswegen. Was macht er als Nächstes, verheiratet ein Schwulenpärchen? Ein Prediger wie Weatherford ist nicht irgendein Sektenführer. Er kann nicht einfach so Steine in Gold verwandeln. Er muss seinen Leuten dieselbe Scheiße erzählen, die sie ihr ganzes Leben lang von ihrer Momma gehört haben. Und weißt du, was die Baptisten ihren Kids seit beschissenen hundert Jahren erzählen? Dass Alkohol schnurstracks aus Satans Arschloch kommt.«

Ich zucke mit den Achseln. »Ich war verzweifelt, Mann.«

»Wieso braucht er das Geld?«

»Keinen Schimmer.«

»Vielleicht hat er irgendwen geschwängert und muss der Mutter jetzt das Maul stopfen. Oder vielleicht Glücksspiel? Nein, Glücksspiel kommt gar nicht infrage. Aber vielleicht hat er bei einem Geschäft seinen Arsch verzockt …«

Ich zucke wieder mit den Achseln.

Tommy klopft mit dem Schläger gegen sein Bein. »Wann hast du ihm das Geld gegeben?«

»Vorhin erst.«

»Wo?«

»Oben bei der kleinen Waschanlage an der Huddo.«

»Und es waren so ungefähr zwanzig Riesen?«

»Neunzehn und ein paar Zerquetschte.«

Er starrt mich nur an.

»Was?«, frage ich.

»Halt's Maul«, sagt er.

Er denkt nach. Das ist gut. Ich halte mich weiter umklammert. Ich kann mich nicht entscheiden, was mehr wehtut, meine Innereien oder mein Schienbein. Beides fühlt sich kaputt an.

»Ruf ihn an«, sagt Tommy.

Ich will ihm gerade sagen, dass der Prediger gesagt hat, ich soll ihn niemals anrufen, aber dann überleg ich's mir noch mal schnell und krame mein Handy aus der Hosentasche. Fast hätte ich mir an dem zersplitterten Bildschirm in die Hand geschnitten. Es leuchtet, aber der Bildschirm ist einfach nur ein Haufen gezackter weißer Linien.

»Scheiße, Mann, du hast mein Handy kaputt gemacht.«

Er starrt mich an.

Ich starre auf das kaputte Telefon. Das ist mein ganzes Geschäft. Alle Nummern und Informationen, die ich brauche. Ray hat den Laptop. Ich schmeiß mein Leben von diesem Ding aus, und jetzt ist es zu Klump geschlagen. Super.

Mein Leben ist zu Klump geschlagen.

Tommy zuckt mit den Achseln. »Pech. Du hättest mein Eigentum nicht anzünden sollen. Du hättest mich nicht bestehlen sollen wie eine verdammte Hure. Steh auf.«

»Was? Warum?«

»Steh einfach auf.«

»Alter, du musst mich nicht wieder schlagen, okay? Ich hab kapiert, dass ich Scheiße gebaut hab. Ich kooperiere, Mann. Wenn du mich weiter schlägst, bin ich absolut nutzlos für dich.«

Er nickt. »Ich weiß. Steh jetzt auf.«

Ich stütze mich am Bett ab und wuchte mich hoch. Ich komme auf die Beine, während sich mir der Magen umdreht und mein Bein sich anfühlt, als würd's jeden Moment zersplittern.

»Auf geht's«, sagt er.

»Wo gehen wir hin?«

»Was meinst du denn?«, sagt er. »Wir gehen mein Geld holen.«

19
Richard Weatherford

Der Parkplatz von Walmart ist halb voll, und ich habe bereits eine Familie aus unserer Kirche ankommen und hineingehen sehen, während ich in meinem Minivan sitze und mein Telefon anstarre. Ich starre mein Telefon an und warte.

Gary reagiert nicht auf meine Anrufe. Ich will keine Nachricht oder eine SMS hinterlassen, daher weiß ich gerade nicht, was ich tun soll.

Was ich gern tun würde, ist einfach: nach Hause fahren und ins Bett gehen. Denn ich bin mit einem Mal so erschöpft, dass ich mich kaum noch senkrecht auf dem Sitz halten kann.

Aber mein Handschuhfach ist prall gefüllt mit dem Beweis eines Verbrechens. Es ist nicht viel Geld, aber es muss auch nicht viel sein. Es reicht aus, diese paar Tausend Dollar, dieser Umschlag voller Papier, um meine Karriere, meine Ehe und mein Leben zu ruinieren.

Ich rufe Gary wieder an. Nichts. Nur das typische Piepen, als die Mailbox anspringt.

Ich hinterlasse keine Nachricht. Was kann ich sonst tun, außer weiter anzurufen oder nach Hause zu fahren und morgen zu versuchen, ihn zu finden?

Nein, nicht morgen. Der heutige Tag war schon Katastrophe genug. Außerdem würde ich am Ostersonntag nicht mal für ein paar Minuten verschwinden können. Was bedeutet, ich müsste dieses Geld mindestens weitere achtundvierzig Stunden behalten, und das ist völlig inakzeptabel. Das muss jetzt aufhören.

Was bedeutet, es gibt nur eines, was ich tun kann.

Ich lege einen Gang ein und mache mich auf den Weg zu Garys Haus.

Auf beiden Seiten der leeren Landstraße fällt Licht zwischen den Bäumen aus den Fenstern der einfachen Häuser. Ich kenne die Namen fast aller Menschen, die in diesen Häusern leben, und ich kenne viele – vielleicht sogar die meisten – dieser Menschen persönlich. Sie alle kennen meinen Namen, meinen Ruf.

Ich kannte dich bereits im Schoße deiner Mutter.

Ich schüttle den Kopf, kann nicht über die weitreichenden Auswirkungen dessen nachdenken, was ich hier mache. Dafür fehlt mir gerade schlicht und einfach die Zeit. Ich ertrinke, und Ertrinkende rufen nicht nach Gott. Sie schnappen nach Luft.

Garys Eltern werden wahrscheinlich zu Hause sein. Jill und Vaughn Doane. Ein ruhiges Paar. Sie sind Mitglieder der Kirche, obwohl sie nur sehr unregelmäßig zum Gottesdienst kommen. Ich gehe davon aus, dass sie morgen an Ostern kommen werden.

Aber was für Menschen sind sie? Worauf sollte ich mich vorbereiten?

Vaughn ist mir immer wie ein umgänglicher Mann erschienen. Er arbeitet drüben bei Bill Linn Chevrolet als Verkäufer, und ich nehme an, er ist gut in seinem

Job. Ich weiß, dass Jill auf der Highschool Englisch unterrichtet, allerdings habe ich vergessen, wo. Ich meine, sie muss in eine Stadt nördlich von hier pendeln, in eine kleinere Stadt mit einer kleineren Schule. Ich habe immer das Gefühl gehabt, dass sie nicht schrecklich glücklich damit ist zu versuchen, Klassenzimmern voller dummdreister Rednecks die Klassiker der englischen Literatur nahezubringen.

Vaughn war es, der mich gebeten hatte, mit Gary zu sprechen, nachdem er von der Uni geflogen war. Ich hatte das Gefühl, mich um Hilfe zu bitten war so ziemlich der letzte Versuch, der den Doanes einfiel, was mir wiederum eine Menge darüber sagt, wie sie mich sehen.

Ich nehme an, sie mögen mich, aber ich weiß nicht, wie sehr sie sich für die Kirche interessieren. Ich erinnere mich, dass sie an meinem achtwöchigen Bibelstudienkurs »Gottes Plan für finanziellen Erfolg« teilgenommen haben. Weil der amerikanische Beitrag zum christlichen Gedankengut die Vorstellung ist, dass es sich nicht lohnt, einem Gott zu dienen, der einem nicht auch verspricht, reich zu werden, sieht die Realität so aus, dass ein Teil meiner Gemeinde eine rein materialistische Einstellung zum Leben hat – selbst zum christlichen Leben. Die Doanes kommen mir wie Christen dieser Sorte vor.

Und das wiederum sagt mir, dass ich mich ihnen völlig zwanglos nähern muss. Solche Leute wollen einen Prediger, der kreuzbrav, nützlich und vor allem anspruchslos ist. Ich bin hier, um ihnen zu dienen, niemals etwas von ihnen zu verlangen.

Sie wohnen in einer Sackgasse mit fünf oder sechs weiteren Häusern. Ich bin einmal an ihrem Haus vorbeigefahren, weil ich sehen wollte, ob Gary dort war. Es war dumm und leichtsinnig, das zu tun. Leute müssen meinen Wagen gesehen und sich gefragt haben, was der Prediger in ihrer Straße zu suchen hatte. Um meine Spuren zu verwischen, hielt ich vor einem anderen Haus, um eine ans Bett gefesselte ältere Dame zu besuchen, die seit vielen Jahren nicht mehr in unserer Kirche gewesen war. Sie war geradezu aus dem Häuschen, mich zu sehen.

Diesmal jedoch kann ich nicht so subtil vorgehen. Ich biege in die Straße ein und fahre direkt zum Haus der Doanes. Vaughns Auto steht in der Einfahrt.

Ich schnappe mir die Bibel, die ich immer im Auto habe, steige aus und verschwende keine Zeit auf dem Weg zur Haustür. Ich drücke auf die Klingel.

Ich schneie nur höchst selten unangemeldet bei anderen ins Haus. Denn unangemeldet bei Leuten aufzukreuzen hat etwas von einem Rückfall in Zeiten, als es noch keine Handys und soziale Medien gab. Das Klingeln scheint im Haus spürbar Verwirrung ausgelöst zu haben. *War das die Klingel? Ja. Wer könnte es sein?* Während ein unangemeldeter Hausbesuch des Predigers selten wirklich willkommen ist, ist es zum Glück nicht gänzlich unbekannt. Die Doanes haben einen solchen Besuch wahrscheinlich schon seit Jahren befürchtet.

Schließlich geht die Tür auf, und Vaughn begrüßt mich lächelnd. »Bruder Richard«, ruft er aus, als freue er sich, mich zu sehen. »Nun, wie geht es Ihnen, Sir?«

Wir schütteln uns die Hand. Sein Handschlag ist energisch und kraftvoll. »Vaughn, mir geht es hervorragend«, sage ich. »Ich hoffe, ich störe nicht an Ihrem Samstagabend.«

»Oh, nein. Wir schauen gerade ein wenig Netflix.« Er tritt zurück. »Kommen Sie rein.«

Er führt mich einen langen, sauberen Flur hinunter. Das Ende des Flurs mündet in einen tiefer liegenden, großen Raum, in dem Jill auf einem Sofa vor einem Flachbildfernseher sitzt. Auf dem Bildschirm nehmen ein gut gekleideter Mann und eine elegante Frau dem Anschein nach in einer Hotelbar einige Drinks.

»Schatz«, sagt Vaughn, »schalt das aus. Wir haben Besuch.«

Die Eile, mit der bei meinem Eintreffen in einem Haus Fernseher ausgeschaltet werden, amüsiert mich immer wieder. Es wirkt so, als wäre jeder, den ich besuche, gerade damit beschäftigt, sich etwas anzusehen, von dem man nicht will, dass ich es mitbekomme.

»Bruder Richard«, sagt Jill und schaltet im Aufstehen den Fernseher aus. Dabei belässt sie es, bei meinem Namen. Sie macht keinen Schritt in meine Richtung, streckt keine Hand aus.

»Jill, wie geht es Ihnen?«

Sie nickt. »Mir geht's gut«, sagt sie nach einem Moment und sieht ihren Mann an.

Vaughn lächelt mich an. »Kann ich Ihnen ein Glas Wasser anbieten? Oder eine Coke?«

»Oh, nein, vielen Dank. Alles gut. Ich wollte nur kurz vorbeischauen und Hallo sagen. Habe schon eine ganze Weile nicht mehr nach Ihnen gesehen, und ich war gerade in der Nähe, da dachte ich mir, schau ich doch einfach mal kurz bei Ihnen vorbei.«

»Uns geht es gut«, sagt Vaughn. »Gut. In meinem Autohaus läuft es blendend.«

»Sie verkaufen viele Autos?«

»Ich versuch's«, sagt er lachend.

Ich lache ebenfalls.

Jill Doane lächelt. Kaum merklich.

»Wie geht es Ihnen, Jill?«

Sie hebt eine Augenbraue. »Ich halte die Ohren steif und schlage mich tapfer.«

»Jede Wette, ist bestimmt nicht leicht, *Grammatik in den Ozarks* zu unterrichten.«

Das entlockt ihr ein aufrichtiges Lächeln. »Grammatik in den Ozarks klingt wie der Titel von Memoiren.«

Vaughn nickt. »Ja, sie sollte dieses Buch schreiben.«

»Damit könnten Sie es in Oprah's Buchklub schaffen«, sage ich.

»Es wäre eine grauenhafte Geschichte«, sagt sie.

Während wir darüber alle höflich lachen, schaue ich mich ganz ungezwungen um. »Ist Gary da? Ich würde ihm auch gern Hallo sagen.«

»Nein, leider nicht«, sagte Vaughn. »Sie haben ihn knapp verpasst.«

»Ach, schon okay. Wie geht es ihm denn so?«

Vaughn deutet auf das Sofa, und wir setzen uns. Jill setzt sich auf das Zweiersofa, die Hände im Schoß gefaltet.

»Es geht ihm ganz gut«, erzählt Vaughn. »Aber wir machen uns natürlich trotzdem noch Sorgen um ihn.«

Vaughn beginnt, mir zu erzählen, aus welchen Gründen sie sich in jüngster Zeit wieder mehr Sorgen um Gary machen. Natürlich wissen die meisten Leute in der Stadt von Garys Problemen. Vaughn kam in mein Büro, kurz nachdem sein Sohn von der Uni geflogen war, und wir haben gemeinsam für Gary gebetet. In der Woche danach begannen die Doanes zum ersten Mal, regelmäßig zum Gottesdienst zu kommen. Das hielten sie jedoch nur ein paar Monate durch, aber es war in jener Zeit, dass mir Gary auf eine Weise auffiel, wie ich es bislang noch nie erlebt hatte. Ich bemerkte, dass er mich ansah, und das nicht so wie die meisten meiner Kirchgänger. Er schien mich zu beobachten, als wären ihm die ewigen Wahrheiten, die ich mitzuteilen hatte, völlig gleichgültig, weil er durch *mich* viel zu abgelenkt war. Er schien immer hinter das Gesicht schauen zu können, das ich der Welt präsentiere, mühelos etwas in mir zu sehen, das selbst meiner Frau und meinen Kindern verborgen ist.

Während Vaughn mir von seinen Hoffnungen für die Zukunft seines Sohnes erzählt, während Jill aufmerksam zuhört, während ich nicke und mit Besorgnis und Mitgefühl reagiere – bemerke ich mein Spiegelbild in dem Ganzkörperspiegel am Ende des Flurs. Er ist hundert Prozent Möbelhaus-Stil, aber ich erinnere mich, dass Gary mir davon erzählt hat, wie sehr seine Mutter dieses scheußliche Ding liebt.

Ich sehe, wie sich mein Mund bewegt. Ich sehe das Mitgefühl in meinen Augen, als ich anbiete, zusammen mit ihnen zu beten. Zum ersten Mal kann ich die Maske sehen, die Gary so mühelos durchschaut hat. Aber ich kann nicht hindurchsehen. Was sieht Gary dort, das ich nicht sehe?

Als ich mit den Doanes für ihren Sohn bete, schließe ich die Augen und höre die Worte *Liebster himmlischer Vater, wir kommen heute zu Dir, um Dich zu bitten,* aber ich bin gespalten zwischen dem Ich, das spricht, und dem Ich, das zuhört. Ich habe schon Tausende Gebete gesprochen, aber noch nie habe ich mich Gott ferner gefühlt.

Als ich mit *Im Namen von Jesus Christus, Amen* ende, öffnen wir die Augen, und ich sage: »Nun, ich sollte jetzt wieder gehen. Ich hoffe, ich sehe euch morgen im Gottesdienst. Der Chor hat einige sehr schöne Lieder vorbereitet. Ich weiß, es wird euch erfreuen.«

»Wir werden kommen«, sagt Vaughn. »Und wir werden auch Gary mitbringen. Selbst wenn ich ihn hinschleifen muss.«

Wie ein nachträglicher Einfall oder ein kleiner bitterer Scherz ergänzt Jill: »Vielleicht läuft er hinterher, wenn wir seine Freundin bitten, uns zu begleiten.«

»Was?«

»Seine Freundin.« Sie sieht mich fragend an. »Hat er sie Ihnen gegenüber nie erwähnt?«

»Also, ich bin nicht sicher … Wie heißt sie noch gleich?«

»Sarabeth Simmons.«

»Nein, ich glaube nicht, dass ich sie kenne.«

»Carmen Fuller ist ihre Mutter«, sagt Jill. »Ich bin nicht sicher, woher genau das ›Simmons‹ kommt. Ich denke, Carmen wird wohl mal verheiratet gewesen sein.«

»Sie war drüben in Cave City mit so einem Kerl verheiratet«, sagt Vaughn. »Das war direkt nach der Highschool.«

»Wie auch immer«, sagt Jill, und ihre Stimme wird verschwörerisch, als stünde sie im Begriff, ein schlimmes Geheimnis zu teilen, »heute lebt Carmen mit Tommy Weller zusammen.«

»Und diese Sarabeth und Gary gehen miteinander?«

»Ich denke«, sagt Vaughn. »Aber Gary spricht nicht viel darüber. Wir mussten ihm versprechen, unseren Freunden nichts davon zu erzählen. Er sagt, er möchte nicht, dass die Leute sich über ihn das Maul zerreißen. Er sagt, es wird schon genug über ihn geschwätzt, nachdem er von der Uni geflogen ist.« Er kratzt sich am Kopf. »Da man in dieser Stadt kein Geheimnis bewahren kann, nehme ich an, wusste es ohnehin bereits jeder.«

»Ich wusste es nicht«, sage ich.

»Ja. Das ist wohl so.«

»Vielleicht liefert Gary ja doch nicht so viel Stoff für Getratsche, wie er meint«, sagt Jill.

»Vermutlich nicht«, sage ich.

Ich schüttle Vaughn die Hand. Beinahe hätte ich mich vorgebeugt und Jill umarmt, doch sie bietet mir die Hand an, die ich daraufhin schüttle. Ich sage noch, dass wir uns morgen sehen.

Als ich an dem großen Spiegel vorbeigehe, flimmert mein Spiegelbild, als versuche es, meine Aufmerksamkeit zu erregen. Ich verabschiede mich von Vaughn, als er hinter mir die Tür schließt. Ich gehe zu meinem Wagen, steige ein und setze aus der Einfahrt zurück.

Ich fahre bis ans Ende der Straße und halte an der Kreuzung.

Und sitze da.

Gary hat eine Freundin?

Ich weiß nicht …

Ich fahre. Ich weiß nicht wirklich, wohin. Ich fahre auf Autopilot. Häuser, Geschäfte, Schilder – alles Fragmente meines Alltagslebens, die nichts miteinander zu tun zu haben scheinen – ziehen so schnell vorbei wie mein Spiegelbild in diesem Flurspiegel. Ich weiß, dass ich sie alle kenne, aber nichts davon scheint irgendeine Bedeutung zu besitzen.

Warum sollte er eine Freundin haben? Er ist schwul.

Warum sollte er mir nicht sagen, dass er eine Freundin hat?

Das Licht des sichelförmigen Mondes durch Kieferngruppen. Ein zweigeschossiges Haus mit einer schlaffen amerikanischen Fahne im Garten und einem auf Hohlblocksteinen aufgebockten Auto in der Einfahrt. Ein entgegenkommender Lastwagen blendet mich mit der Lichthupe, weil ich das Fernlicht anhabe.

Es gibt keinen Grund für Gary, mir eine Freundin zu verheimlichen. Und sie zu verheimlichen scheint genau das zu sein, was er macht. Ich hätte es gewusst, wenn er eine Freundin gehabt hätte. Hier passiert am helllichten Tag nichts, was nicht auch jeder weiß.

Aber das Klischee, dass in einer Kleinstadt jeder über die Angelegenheiten von jedem Bescheid weiß, ist einfach nicht wahr. Geheimnisse wachsen im Dunkeln, und zwischen diesen Bäumen gibt es jede Menge Dunkelheit.

Warum also versteckt Gary vor mir eine Freundin?

Hat er Angst, ich wäre eifersüchtig?

Du Narr, du müsstest ihm etwas bedeuten, damit er Angst hätte, du könntest eifersüchtig sein.

Ich verlasse die Straße und komme schlitternd im Matsch und Gras des Seitenstreifens zum Stehen.

Ich starre auf meine Knöchel, weiß und sommersprossig, während meine Hände das Steuer umklammern. Ein weiterer Lastwagen fährt vorbei, und sein Licht fällt in meinen Wagen. Ich sehe mich kurz im Rückspiegel. Ich schalte die Innenbeleuchtung ein, klappe die Sonnenblende herunter und öffne den Schminkspiegel, um mein Gesicht zu betrachten, versuche zu sehen, was Gary dort sehen muss. Ich sehe keinen Prediger, ein Kind Gottes, einen Ehemann, einen Vater. Ich sehe nur Haut und Haare über Fleisch und Knochen. Mein Gesicht ist faltig, und das Fleisch ist gleichzeitig zu weich und zu rau. Kleine Unebenheiten und Muttermale sind aufgetaucht, dazu merkwürdige Verfärbungen. Ich bin ein Mann mittleren Alters. Schon sehr bald werde ich ein alter Mann sein. Und dann werde ich tot sein. Und nichts davon spielt eine Rolle. Warum sollte es? Wie könnte es?

Ich habe diesem Jungen nie etwas bedeutet. Das ist mir jetzt klar, so klar wie mein alterndes Gesicht. Wenn Gary mich ansieht, sieht er nur Alter und Torheit, eine Torheit noch erschwert durch Alter. Auch das sehe ich jetzt, aber er hat es zuerst gesehen. Er hat es immer gesehen.

Also, warum hat er seine Freundin vor mir verheimlicht?

Weil sie etwas vorhaben. Jill Doane mag das Mädchen nicht, und Jill erscheint mir wie eine skeptische Menschenkennerin.

Gary hat eine heimliche Freundin, und heute Morgen hat er mich angerufen und Geld von mir verlangt, damit er die Stadt verlassen kann.

Sieh dich nur an, du alter Narr. Du warst nachlässig, kurzsichtig, dumm. Das hat er ausgenutzt. Sie haben das ausgenutzt. Gary und dieses Mädchen haben sich zusammengetan, um mich zu erpressen. So einfach und schäbig ist das. Sie haben mir eine Falle gestellt, genau wie Potifars Frau.

Er hat mich nie gewollt.

Haben sie wohl darüber gelacht? Warten sie genau in diesem Augenblick auf das Geld und lachen darüber?

Ich nehme mein Handy und rufe ihn an.

Vor dem Signalton der Mailbox hole ich einmal tief Luft.

»Hi, Gary. Hier spricht Bruder Weatherford von der First Baptist Church. Ich komme gerade von einem netten Besuch bei deinen Eltern, und da dachte ich, versuch doch mal, ihn zu erreichen und hör nach, ob wir uns vielleicht mal treffen und sehen sollten. Ich würde mich sehr über die Gelegenheit freuen, mit dir zu plaudern und zu beten. Ruf mich bitte zurück, hörst du? Gott segne dich, mein Sohn.«

Während ich warte, muss ich den Kopf schütteln. Wie konnte ich nur wissentlich ignorieren, was die ganze Zeit so deutlich vor meinen Augen lag? Als wir anfingen, uns zu treffen, beklagte sich Gary über seine Eltern, aber ich vermute, das alles war gelogen oder zumindest stark übertrieben. Jill mag ja durchaus ein wenig frostig sein, aber sie liebt ihren Sohn genauso sehr wie es ihr Mann tut. Gary hat mich getäuscht – er und seine Freundin.

Sarabeth Simmons.

Jetzt erinnere ich mich auch wieder vage an sie. Sie gehört zu dem schlecht erzogenen weißen Gesindel, das gelegentlich in die Kirche gefegt wird und in der Jugendgruppe landet, bis der nächste Windstoß es wieder wegfegt. Ich erinnere mich an nichts von Bedeutung über sie, wenn man mal von dem geschmacklosen Getuschel über eine spätabendliche Orgie absieht. Die Leute teilen mit mir nicht die Einzelheiten solcher Gerüchte, aber ich weiß, dass es dabei um sie ging. Das Mädchen, das an der Kasse von Pickett's arbeitet. Und die ganze Zeit über lacht diese kleine Hure über mich.

Ich werfe einen Blick auf mein Handy. Gary hat noch nicht zurückgerufen, was nur gut ist, weil ich weiß, dass ich noch nicht bereit bin, ihm – ihnen – gegenüberzutreten. Ich weiß nicht, was ich machen soll. Ich muss den Kopf freibekommen. Vielleicht fahre ich zurück zur Kirche, und wenn's nur ist, damit ich irgendwo sitzen und nachdenken kann. Ich wünschte, ich hätte mehr Zeit. Stunden, sogar Tage. Ich hatte keine Zeit, über das alles nachzudenken, und Gary und Sarabeth hatten … Nun, ich weiß es nicht, oder? Sie können das hier schon seit Langem geplant haben.

Sie ist die Tochter von Carmen Fuller. Ich weiß nichts über Carmen, außer dass sie stundenweise in einem Salon in der Stadt Haare schneidet.

Und sie lebt mit Tommy Weller zusammen …

Was bedeutet, es gibt eine Verbindung zwischen Sarabeth und Tommy Weller. Tommy Weller, den Brian Harten heute bestohlen hat.

Wieder bemerke ich mein Spiegelbild im Schminkspiegel. Als ich mich jedoch dieses Mal betrachte, denke ich an mein Bild auf der Website unserer Kirche. Bruder Richard Weatherford im Anzug, lächelnd und selbstbewusst, ein Mann Gottes, bereit zu helfen. Das ist es, was die Menschen sehen. Es ist alles, was jeder in dieser Stadt sehen kann, wenn man mein Gesicht ansieht, diese Maske, die über Jahre entstanden ist. Ich habe diese Menschen verheiratet und ihre Kinder getauft und ihre missratenen Sprösslinge gescholten und ihre betagten Eltern beerdigt. Das ist es, was sie sehen. Wenn sie mich ansehen, sehen sie nur den Prediger, einen Mann ohne jede offenkundige Verbindung zu all diesen schäbigen Widerwärtigkeiten.

Und was sehen sie, wenn sie die anderen Menschen im Zentrum dieses Schlamassels ansehen? Einen Kneipenbesitzer. Seinen verärgerten ehemaligen Angestellten. Einen depressiven Studienabbrecher. Und das Flittchen der Stadt.

20
Sarabeth Simmons

Ich biege in Garys Straße ein.

»Glaubst du, sie sind noch wach?«

»Vielleicht«, sagt er. »Vielleicht auch nicht. Normalerweise sind sie immer früh im Bett, und morgen gehen sie in die Kirche. Also haben wir vielleicht Glück.«

»Wenn sie dich in dem Zustand sehen, drehen sie durch.«

»Ich weiß. Ich schleiche mich leise rein. Ich weiß, wie ich reinkomme, ohne sie zu wecken. Mein Dad würde bei einem Erdbeben nicht aufwachen, und meine Mom wird nicht aufstehen, selbst wenn sie mich hört.«

Ich halte vor seinem Haus und lass den Motor laufen. Er steigt aus und lehnt die Beifahrertür nur an. Dann läuft er rauf zum Haus, schließt die Haustür auf und geht hinein.

Es ist ruhig in Garys Straße. Tommys Haus liegt viel zu weit draußen im Gemüse. Ich will in einer Stadt leben. Lieber höre ich Autos und Sirenen und sich streitende Menschen, als mir nachts das Gepiepse von Ungeziefer und knackende Äste anhören zu müssen. Man weiß nie, was da draußen im Wald ist.

Ich sehe zu den anderen Häusern hinüber. Hinter

einigen Fenstern brennt Licht. In einem Vorgarten steht ein beleuchtetes MAKE AMERICA GREAT AGAIN-Schild, das wahrscheinlich 24/7 angestrahlt wird. Das Haus daneben hat keine Gartenbeleuchtung, aber ich meine, im Dunkeln ein Hillary-Schild ausmachen zu können. Ich frage mich, ob sich die Leute in den Häusern wohl gut leiden können.

Garys Haustür geht auf und er kommt heraus. Er beeilt sich, aber er rennt nicht oder so. Nachdem er eingestiegen ist, setze ich zurück und schaff uns von dort weg, aber ich brettere nicht mit quietschenden Reifen los. Immer schön locker.

»Wie ist es gelaufen?«

»Ich glaube, meine Mom war wach. Ich habe das Licht unter ihrer Tür gesehen.«

»Hat sie was gesagt?«

»Nein.«

»Sie ist nicht aufgestanden, um nach dir zu sehen?«

»So was macht sie eher nicht.«

»Oh. Okay.«

Er hat einen Rucksack voller Zeug mitgenommen.

»Hast du Klamotten zum Pennen mitgebracht?«, frage ich.

»Ja.«

»Zahnburste?«

Er lächelt mich an. Er hat immer noch getrocknetes Blut und Dreck im Gesicht, aber er lächelt wie ein kleiner Junge. »Du bist süß, Sarabeth.«

Ich fahre auf die Landstraße und zurück zu Tommys

Bude, damit ich meinen Kram zusammenpacken und Gary sich waschen kann.

»Wirst du deine Eltern vermissen?«, frage ich.

»Klar, aber ich verschwinde ja nicht für immer. Ich werde sie morgen anrufen und ihnen sagen, dass du und ich los sind. Die werden sich Sorgen machen, vor allem mein Dad. Bisschen schlechtes Gewissen hab ich deswegen schon. Aber sie werden beide drüber wegkommen. Wenigstens werde ich nicht bei ihnen rumlungern und sie anbetteln. Ich werde ihnen sagen, dass wir ein bisschen Geld haben, und dass du ein paar Leute kennst, bei denen wir in Little Rock unterkommen können.«

»Warum erzählst du ihnen das? Ich kenne keinen in Little Rock.«

»Sie werden doch ziemlich durch den Wind sein. Dann werden sie sich gleich besser fühlen.« Er drückt den Rucksack an sich. »Außerdem müssen wir ja irgendwohin. Ich finde, wir sollten nach Little Rock oder wenigstens nach Conway. Mit der Kohle besorgen wir uns im Walmart eine Prepaid-Kreditkarte und nehmen uns ein Hotelzimmer. Und morgen geht's dann weiter runter nach Texas.«

»Dann haben wir uns also für Austin entschieden?«

»Wegen dir hat sich mir das mit Wally in den Kopf gesetzt. Ich denke, es wäre cool, wenn du ihn kennenlernst.«

»Was ist er so für ein Typ?«

»Er ist nett. Du wirst ihn mögen. Ich hab ihn in

meinem zweiten Jahr auf der U of A getroffen, in einer Arbeitsgruppe von diesem absurd schweren Literatur-Seminar. Für die Professorin, so eine alte Dame, mussten wir das Metrum von Gedichten untersuchen, und das konnte keiner in dem Seminar. Also haben wir uns als AG zusammengesetzt, um die Sache zu klären.«

»Und? Habt ihr's gerafft?«

»Nicht wirklich. Also, zumindest ich nicht. Aber Wally und ich haben uns angefreundet. Weißt du, er war der erste offen schwule Typ, dem ich je begegnet bin. Er hatte einen Freund namens Harlan, noch von zu Hause in Texas. Sie waren seit der zehnten Klasse oder so zusammen. Ich konnt's nicht glauben. Er hatte nichts von dem Scheiß, den ich habe. Ich meine, er hat das Übliche durchgemacht – Rednecks haben ihn beschimpft, fromme Familienmitglieder haben zu ihm gesagt, er käme in die Hölle – aber er … es war ihm einfach schnuppe. Er hatte einfach – und ich vermute, das hat sich nicht geändert – dieses perfekte Bild von sich selbst. Das habe ich immer an ihm bewundert. Kannst du dir vorstellen, wie hart du sein musst, wenn du an einem Ort wie Texas oder Arkansas schwul bist? Wally sieht in den Spiegel und er sieht Wally, und er weiß, was das bedeutet. Ich sehe in den Spiegel, ich sehe nur dieses Gesicht. Manchmal komme ich mir nicht mal wie eine Person vor, sondern nur wie ein Gesicht.«

»Du denkst zu viel.«

Ich sage das als kleinen Scherz, aber er zuckt mit den Achseln. »Vielleicht.«

»Wenn wir nach Austin kommen, weißt du, wie wir dann Kontakt zu ihm aufnehmen?«

»Klar. Ich kann ihm morgen eine SMS schicken. Wir haben schon eine ganze Weile nicht mehr geredet, aber ich weiß, dass er sich freuen wird, von mir zu hören.«

»Meinst du, er wird mich mögen?«

»Was? Natürlich. Warum fragst du so was?«

»Ich bin nur eine ungebildete Ozark-Tusse. Ich war nie auf einem College.«

»Machst du Witze?«

»Nein.«

»So was ist Wally scheißegal. Glaub mir. Wenn du mich magst, wird er dich mögen.«

Ich nicke. Ich bin nicht sicher, ob das so ist, aber die Vorstellung, runter nach Texas zu fahren und neue Leute kennenzulernen, ist eher spannend als beängstigend.

»Was ist mit deiner Mom?«, fragt Gary.

»Was soll mit ihr sein?«

»Wird sie nicht voll fertig sein, wenn du gehst?«

Ich zucke mit den Achseln. »Ein Problem weniger, wegen dem sie sich Sorgen machen muss. Muss sie nicht mehr mit anhören, wie ich mich mit Tommy fetze.«

Gary richtet sich auf. »Und du meinst, er ist jetzt nicht zu Hause, ja?«

»Nee. Keine Sorge. Der ist oben in der Bar. Er ist doch nicht den ganzen weiten Weg dort hinausgefahren, nur um dann gleich wieder umzukehren und nach Hause zu kommen. Er wird da bis nach Kneipenschluss nur über diese Scheißstatue quatschen.«

»Wann kommt deine Mom nach Hause?«

»Sie hat um Mitternacht Feierabend. Wird bis ein Uhr nicht zurück sein, es sei denn, sie geht in die Bar, um mit Tommy zu saufen.« Ich sehe zu ihm rüber. »Keine Angst. Wir haben's fast geschafft. Wir haben das Haus für uns. Du kannst duschen. Ich kann's selbst auch gebrauchen. Wir werden meinen Kram zusammenpacken. Und dann …«

Er nickt. »Und dann treffen wir uns mit Richard.«

21
Brian Harten

Als wir in den Truck steigen, frage ich Tommy: »Wollen wir echt zu seiner Haustür gehen?«

»Ich nicht, du.«

Ich nicke. »Hab ich kein Problem mit.«

»Verdammt richtig, dass du das nicht hast. Weißt du, wo der Prediger wohnt?«

»Ich glaube, drüben bei den Closes. Zumindest haben die da früher mal gewohnt. Rays Mom und Stiefvater haben da auch gewohnt.«

»Ich weiß nicht, wo die Closes wohnen.«

»Fahr einfach rauf auf den School Hill. Ich sag dir dann, wo du abbiegen musst.«

Beim Fahren hat sich Tommy lässig weit zurückgelehnt, eine Hand locker unten auf dem Lenkrad des Trucks, fast so, als würde er kaum an die Tatsache denken, dass er fährt. Er schüttelt den Kopf. »Jesus, du hast dich in eine ziemliche Scheiße manövriert, Harten.«

Ich nicke nur. Als wüsste ich nicht längst, dass ich voll verkacke.

Wir kommen an eine Kreuzung, und ein Streifenwagen hält direkt hinter uns.

Tommy richtet sich auf, legt beide Hände aufs

Steuer. Statt geradeaus zum School Hill zu fahren, biegt er rechts ab.

Er wirft einen Blick in den Rückspiegel. Die Bullenschleuder biegt mit uns ab.

»Scheiße.«

»Glaubst du, der folgt uns?«

»Gibt dazu keinen Grund«, sagt Tommy. Wir fahren weiter bis zur Abzweigung, und Tommy fährt auf den Highway. Der Bulle fährt in die andere Richtung.

»Wir fahren nachher zurück«, sagt er. »Nehmen einfach die längere Route. Ich will die Bullen nicht dabeihaben. Könnte außerdem keine schlechte Idee sein abzuwarten, bis es ein bisschen dunkler geworden ist.«

Ich zucke mit den Achseln, obwohl's draußen doch schon ziemlich dunkel ist. »Okay.«

Ich vermute, er denkt immer noch über die Bullen oder Weatherford nach, doch dann sagt er: »Du hättest mich fragen sollen.«

»Wegen was?«

Er sieht mich nur an, als wär ich die letzte Dumpfbacke.

»Geld?«, frage ich. »Du bezahlst ja nicht mal, was du mir schuldest.«

»Erstens, ich schulde dir einen Scheiß. Aber ich rede nicht mal von Geld. Ich rede von dem Laden. Du hättest mich fragen sollen, ob ich in dein Geschäft einsteigen will.«

Wir sind jetzt draußen auf dem Highway, ein Stück nördlich außerhalb der Stadt, und wir kommen an einem großen, leer stehenden Gebäude vorbei, von dem aus man einen schönen Blick über die Hügel hat. In dem Ding waren im Verlauf der letzten zehn Jahre vier oder fünf verschiedene Restaurants. So ungefähr alle sechs Monate beschließt irgendwer, dass er oder sie diejenigen sind, die den Laden zum Laufen bringen können, also wird die nächsten paar Monate renoviert. Dann folgt die Eröffnung. Und dann wird wieder geschlossen.

»Du sagst, du hättest mit mir einen Laden aufgemacht?«, frage ich.

»Also«, erwidert Tommy, »ich kannte dich damals nicht so gut, wie ich dich heute kenne. Nachdem ich jetzt weiß, dass du ein absoluter Volltrottel bist, würde ich nicht mal zehn Cent in eine deiner Ideen investieren. Aber solange du bei mir gearbeitet hast, bist du ein ziemlich guter Mitarbeiter gewesen. Das muss ich dir echt lassen. Wenn du zu mir gekommen wärst und mich gefragt hättest, ob ich bei dir einsteigen will, ja, wahrscheinlich hätte ich ernsthaft darüber nachgedacht. Ich meine, ich hätte dir bei der Sache echt helfen können.«

Ich lasse das mal so stehen, und er wirft mir einen schrägen Seitenblick zu.

Wir fahren eine ganze Weile weiter, aber er will es nicht auf sich beruhen lassen. »Du hattest nicht mal die Eier, mir zu sagen, dass du dich selbstständig machen willst.«

»Muss ich dir über jeden Schritt Rechenschaft ablegen, den ich mache?«

»Es geht nicht darum«, sagt er, »mir über jeden Schritt Rechenschaft abzulegen. Ich habe dich nie nach deinem Kram gefragt. Aber du versuchst, hinter meinem Rücken ein Konkurrenzunternehmen aufzumachen …«

»Konkurrenzunternehmen? Hey, ich versuch doch echt nicht, Brian's Bar aufzumachen. Ich werde einen Schnapsladen aufmachen. In einer anderen Stadt, in einem anderen Scheißcounty.«

»Und wieso hast du mir dann nicht erzählt, was du vorhast? Jetzt mal ganz ehrlich, Harten. Du kommst jeden Tag zur Arbeit und tust, als wär nichts. Ich hab dich jeden Tag gefragt, ›Hey, Mann, was geht? Wie läuft's denn so?‹ Und jeden Tag hast du mich angesehen und gelächelt und einen Scheiß gesagt. Dann muss ich erfahren, dass du hinter meinem Rücken mit meinen Lieferanten sprichst.«

»Es war doch nichts Persönliches, Mann. Ich hab nur versucht, mein eigenes Ding zu machen. Es war nur ein Geschäft.«

»Schön, aber vergiss bitte nicht, dass du derjenige bist, der's zu einer rein finanziellen Geschichte gemacht hat. Du hast hinter meinem Rücken versucht, ein Konkurrenzunternehmen aufzumachen, und heute stiehlst du dann mein Geld. Ich meine, ich hab dich immer wie einen Freund behandelt, bevor du diese ganze Scheiße angefangen hast.«

Ich weiß wirklich nicht, was ich dazu sagen soll. Ich schätze, ich hab's ihm wohl verheimlicht. Er dreht es aber so, als wär's irgendeine große Verschwörung, dabei war's doch eher so, dass ich nicht vor seinen Augen auf den Arsch fallen wollte. Außerdem vermute ich, es ist schon ein bisschen was dran an dem Gedanken, dass ich genau wusste, ich würde ihm Konkurrenz machen. Wenn ich meinen Laden hätte aufmachen können, hätten doch alle Leute aus dem Van Buren County, die rüber zu Tommy's Bar fahren, bei mir haltgemacht. Alle wären sie in meinen Laden gekommen.

Mein Gott, es hätte so super werden können.

»Hättest zu mir kommen sollen, Harten«, sagt Tommy.

»Hab's verstanden, Mann. Ist jetzt gut.«

Er setzt schon an, weiter Scheiß zu quatschen, als das Führerhaus seines Trucks in Blau explodiert.

»Leck mich«, sagt er.

»Bulle hinter uns.«

»Meinst du?«

Er bremst ab, fährt an den Straßenrand und macht den Motor aus. Wir sind einige Meilen außerhalb von Stock, da wo der Highway von den Bergen links hinter uns ins Tal rechts neben uns hinunterführt.

Der Bulle hält hinter uns, lässt das Einsatzlicht an. Dann bleibt er einfach in seiner Karre sitzen.

»Wer ist das?«, frage ich.

Tommy sieht in den Rückspiegel. »Kann ich nicht erkennen.«

Die Tür der Bullenkarre geht auf und Tommy sagt: »Scheiße. Es ist der Sheriff.«

Er kurbelt das Fenster runter und lässt die Hände auf dem Lenkrad.

»Halt einfach die Schnauze und überlass mir das Reden«, sagt er.

Ich nicke, aber dann trifft's mich wie ein Schlag. Er wirkt nervöser als ich, was schon komisch ist, denn soweit ich weiß, bin ich hier der Einzige, der gegen das Gesetz verstoßen hat.

Der Strahl einer Taschenlampe streicht über die Heckscheibe und wandert die Seite des Trucks entlang. »Tommy«, sagt der Sheriff.

»Hallöchen, Bud«, sagt Tommy.

»Wer sitzt da bei Ihnen im Wagen?«, höre ich Bud fragen.

Ich winke kurz. »Hey, Bud. Brian Harten.«

Er tritt ans Fenster und lässt das Licht im Innenraum wandern. Bud war Berufssoldat und sieht auch genau so aus. Sein Haar ist kurz geschnitten, er ist körperlich ziemlich fit geblieben, vor allem wenn man bedenkt, dass er den größten Teil des Tages auf dem Hintern sitzt.

»Was steht heute Abend an bei euch, Jungs?«

»Ach, nicht viel.«

»Nicht? Wo geht's denn hin?«

Tommy zuckt mit den Achseln. »Och, wir kutschieren einfach nur so durch die Gegend.«

»Für entspanntes Cruisen seid ihr aber ziemlich flott unterwegs. Ich sag nur: Hundertzwanzig bei einer zulässigen Höchstgeschwindigkeit von neunzig.«

»Oh Scheiße«, sagt Tommy und starrt aufs Armaturenbrett, als würde die Zahl immer noch dort zu sehen sein. »Hab wohl kurz nicht richtig aufgepasst, schätze ich. Ich hab Brian ein paar alte Baseball-Geschichten erzählt. Schätze mal, da hab ich wohl alles andere um mich herum vergessen. Erinnern Sie sich noch an den No-Hitter, den ich gegen Greenbrier geworfen habe?«

»Nein«, sagt Bud und richtet die Taschenlampe auf die Sitzbank hinter uns. »Aber ich war auch noch nie ein besonderer Fan von Baseball. Ich bin wohl eher ein Football-Mann.«

Du und so ziemlich jeder in Arkansas.

»Hab gehört, es gab heute Abend einen kleinen Tumult vor Ihrer Bar«, bemerkt Bud beiläufig.

»Ach ja, das«, antwortet Tommy und hebt die Hände vom Lenkrad. »Es hat gebrannt. Ist aber niemand verletzt worden. Nur meine Statue ist nicht mehr.«

»Das ist aber dumm. Weiß man, wie es dazu kam?«

»Nee, im Moment noch nicht. Wir haben's aber löschen können.«

»Die Feuerwehr musste nicht rauskommen?«

»Nee. War ja auch nur die Statue. Das Ding ist am Arsch, aber davon abgesehen gab's keine weiteren Sachschäden. Es war auch schon vorbei, bevor irgendwer Gelegenheit hatte, zum Telefon zu greifen.«

»Sonst keine Probleme?«

»Nee.«

»Auch keine Idee, was den Brand verursacht haben könnte?«

»Nee.«

»Klingt nach Brandstiftung.«

»Ach, das bezweifle ich. Ich vermute mal, irgendein Volltrottel hat seine brennende Kippe auf dem Ding liegen lassen. So was in der Richtung.«

»Und? Sonst keine Probleme?«

»Nee«, antwortet Tommy. »Alles cool.«

Bud richtet das Licht auf Tommys auf dem Lenkrad liegende Finger. »Was ist mit Ihren Knöcheln passiert?«

Tommy streicht über die abgeschürften Knöchel, als würde er ein Kätzchen streicheln. »Nichts. War nur 'ne kleine Auseinandersetzung.«

»Um was ging's?«

»Privatsache.«

Bud beugt sich herein und verzieht den Mund zu einem Lächeln, aus dem hundertprozentige Bosheit spricht. »Sagen Sie mir gerade, ich soll mich um meinen eigenen Scheiß kümmern, Tommy?«

Tommy versucht, es mit einem Lachen abzutun. »'Türlich nicht!« Er seufzt und hebt die Handflächen, als wär's einfach nur albern. »Sie wissen ja, dass ich mit Carmen Fuller zusammenlebe, richtig? Ihr Mädel, Sarabeth, die hat heute ihren Job verloren. Ich hab ihr deswegen die Hölle heißgemacht, und dann hat ihr Freund, dieser kleine Freak Gary Doane, versucht, mir ein Pfund reinzudrücken. War reine Selbstverteidigung, mehr nicht.«

»Mit Gary alles in Ordnung?«

»Klar. Dem geht's bestens. Musste dem Bürschchen

nur mal mit den Knöcheln einen Scheitel ziehen, um ihn etwas abzukühlen. Kein Grund, dass irgendwer ein großes Ding draus macht. Alles cool.«

Bud blickt zu dem dunklen Berg zurück; sein Gesicht changiert im blinkenden Einsatzlicht zwischen schwarz und blau. Er murmelt etwas wie, »Alles cool …«, dann nickt er. »Okay, schön, dann verrat ich Ihnen jetzt mal was, das ich definitiv weiß, Tommy. Vor ein paar Stunden bekomme ich einen Anruf von Roy Taggart, das ist der Sheriff drüben bei Ihnen. Erzählt mir von dem Brand vor Ihrem Laden. Sagt, als er dort eintraf, wären Sie bereits da gewesen und schon wieder weg. Er hat mit verschiedenen Leuten vor Ort gesprochen, und Ihr Personal hat im Grunde das Gleiche gesagt wie Sie eben. Aber die *Gäste* vor Ort hatten eher den Eindruck, dass der Brand vorsätzlich gelegt worden war, um so was wie eine Ablenkung für einen gleichzeitig stattfindenden Raub zu schaffen. Verstehen Sie, was ich sage? Das Feuer geht los, alle rennen raus, irgendwer läuft rein und düst ins Büro, wo das Bare liegt. Als das Personal dann mitbekommt, dass das Geld weg ist, drehen sie durch und rufen Sie sofort an. Sie fahren hin, und urplötzlich ist überhaupt kein Cent abhandengekommen, und Ihr Mann Frankie James hat seine Geschichte auch entsprechend modifiziert.«

»Und wer soll das alles gesagt haben? Ein paar von den Alkis, die dort den ganzen Tag abhängen? Von denen hat wahrscheinlich einer seine Kippe auf meiner Statue liegen lassen.«

»Sie behaupten also, es gab überhaupt keinen Raub?«

»Nee, Mann. Wenn ich bestohlen würde, warum sollte ich dann nicht die Bullen verständigen?«

Bud sieht mich an. Dann fällt sein Blick wieder auf Tommys abgeschürfte Knöchel. »Ich weiß nicht, Tommy. Vielleicht sind Sie ja einer dieser Typen, die das Gesetz gern selbst in die Hand nehmen. Harten arbeitet für Sie. Vielleicht liegt ja der Baseballschläger da hinten auf der Rückbank, weil ihr Jungs unterwegs seid, irgendwem ordentlich den Arsch aufzureißen. Ihr seid nicht zufällig auf der Suche nach Gary und Sarabeth, oder?«

Tommy lacht nur und schüttelt den Kopf. Wirft mir einen Hör-dir-den-an-Blick zu. Ich versuche auch zu lachen, aber es kommt nur als kleines Hüsteln raus.

»Bud, hey, Mann. Gary und Sarabeth sind zwei blöde Kids. Die sind harmlos. Und der Baseballschläger liegt da, weil ich Baseball liebe. Auf dem Boden finden Sie den dazu passenden Ball und einen Handschuh.«

»Und ihr seid nicht unterwegs, um irgendwen aufzumischen?«

»'Türlich nicht«, sagt Tommy.

»Also dann«, sagt Bud, »hier kommt noch eine Theorie, die mir gerade so durch den Kopf geht. Vielleicht haben Sie die Behorden deshalb nicht verständigt, weil Sie keine offizielle Sache draus machen möchten, damit nur ja keiner seine Nase in Ihre Finanzen steckt. Sheriff Taggart und ich haben von gewissen Aktivitäten in Ihren beiden Bars gehört.«

Tommys Lächeln verblasst und es ist Schluss mit dem freundlichen Geplänkel. »Ich habe keine Ahnung, wovon Sie reden, Bud. Ich weiß nicht, wer meine Statue abgefackelt hat oder warum. Ich bin auch nicht auf dem Weg, irgendwem den Arsch aufzureißen, und ich vertusche auch keine illegalen Handlungen.«

Er redet weiter, beteuert seine Unschuld und das alles, aber ich achte nicht weiter darauf, denn genau in dem Moment wird mir klar, dass Bud wahrscheinlich recht hat. Ich hab mich schon gefragt, warum Tommy mir nicht einfach von Anfang an die Bullen auf den Hals gehetzt hat, und jetzt weiß ich's. Er will keinen unnötigen Wirbel um die ganze Scheiße veranstalten.

»Was ist mit Ihnen, Brian?«, fragt Bud jetzt. »Haben Sie irgendwas zu sagen?«

»Nein, Bud. Tommy sagt, wie's ist.«

»Hm-hm.« Bud nickt. »Ich möchte, dass ihr zwei sehr scharf über alles nachdenkt, was ich heute Abend gesagt habe. Was immer hier abgeht, ihr seht euch besser vor.«

»Jawohl, Sir«, antworten wir unisono.

»Und immer schön aufs Tempo achten«, ermahnt er Tommy.

Tommy tippt sich grüßend an die Stirn, und Bud stolziert zurück zu seinem Streifenwagen.

Tommy lässt den Motor an, und wir setzen uns wieder in Bewegung. Bud schaltet das Blaulicht aus, hängt sich aber wieder an unsere Stoßstange und bleibt dort.

»Er folgt uns«, sage ich.

»Hat nichts zu bedeuten«, meint Tommy. »Er fährt nur zurück Richtung Stadt.«

»Was machen wir, wenn er uns weiter verfolgt?«

Das lässt Tommy sich eine Weile durch den Kopf gehen. »Wir fahren kurz zum Sonic.«

»Ich glaub, die könnten zuhaben.«

»Dann fahren wir zur Exxon und ich tanke oder was weiß ich. Halt's Maul und lass mich nachdenken.«

Ich halte den Mund, und wir fahren eine Zeit lang schweigend weiter. Ich vermute, er denkt wohl. Ich sehe zu, wie im Dunkeln die Bäume vorbeirauschen. Hinter uns biegt der Sheriff in eine Nebenstraße ab.

»Hey, wohin fährt der denn?«, frage ich.

Tommy starrt in den Rückspiegel. »Wen interessiert's? Solange er weg ist.«

Ich sinke wieder in den Sitz. »Jesus.«

Er schüttelt den Kopf, und ich bemerke, dass er schwitzt.

»Und? Was ist es? Drogen? Mädchen?«

»Was faselst du da?«

»Frankie James dealt in beiden Bars mit Gras und Crystal. Das weiß jeder. Und ich weiß, dass Sweetie und Katie anschaffen. Ich hab mir selbst schon von Sweetie einen blasen lassen.«

»Und worauf willst du hinaus, Harten?«

»Bud hatte recht. Deshalb hast du die Bullen nicht gerufen.«

Er zuckt mit den Achseln. »Mein Geschäft ist mein Geschäft. Ich kann gut drauf verzichten, dass Taggart oder Bud mir einen Haufen blöder Fragen stellen.« Er sieht mich kurz an. »Komm jetzt nicht auf die Idee, das ändert irgendwas. Einen Scheiß ändert das. Du musst mir immer noch meine Scheißkohle zurückholen.«

»Ja, weiß ich.«

»Wir sind immer noch unterwegs zum Haus des Predigers.«

Ich beuge mich vor. »Also eigentlich …«

»Was?«

Wir kommen den Highway runter, und ich zeige auf den Parkplatz der First Baptist Church, der leer ist … bis auf einen Minivan.

»… ist er noch auf der Arbeit.«

22
Richard Weatherford

Sie sehen mich nicht, als sie den Altarraum betreten. Als sie an den hinteren Türen stehen bleiben, höre ich Tommy Weller. »Kann mich nicht erinnern, wann ich das letzte Mal meinen Fuß in eine Kirche gesetzt habe. In der hier war ich noch nie. Ziemlich große Bude, was?«

»Sprechen Sie bitte nicht so in meiner Kirche«, sage ich.

Weller lacht. »Wo stecken Sie, Prediger?«

Ich habe das Gebäude bis auf den Eingang abgeschlossen, durch den sie ins Foyer gekommen sind. Die meisten Lampen sind aus, nur ein Strahler scheint von der Galerie auf den Mikrofonständer auf der Bühne, wo ich morgen das Passionsspiel begleitend kommentieren werde. Ich bin auf der anderen Seite der Chorempore im Schatten unter Cody Crawfords Kreuz.

Ich bewege mich lautlos durch die im Dunkeln liegende Kulisse: eine Steinmauer aus Plastik und ein Felsblock aus Pappmaschee vor einem Grabmal, das lediglich über das Gerüst eines Campingzeltes drapierter brauner Filz ist. Ich bewege mich behutsam, um nicht die Arbeit des Frauenkreises durcheinanderzubringen. Penny würde es morgen früh sofort merken, wenn auch nur ein Detail nicht am richtigen Platz ist.

Ich trete ins Licht.

»Hier«, sage ich.

»Was tun Sie?«, fragt er.

»Ich gehe meinen Geschäften nach.«

»Ach ja?«, sagt er und taucht mit Brian Harten im Schlepptau an den Stufen zur Bühne auf. »Ich auch.«

Brian bleibt auf Höhe der Bänke stehen.

Weller kommt die Stufen zur Bühne herauf. In der Hand hält er einen Baseballschläger. An der Hüfte bemerke ich eine Pistole.

»Warum haben Sie das?«, frage ich.

»Ich denke, das wissen Sie.«

»Sie bringen eine Schusswaffe in meine Kirche, um mich zu bedrohen?«

Er zeigt mit dem Schläger auf mich, und ich kann beinahe die Schweißflecken unter den Achseln seines schmuddeligen rosa Polohemds riechen. »Haben Sie mein Geld?«

Ich nicke, ohne den Schläger oder die implizierte Drohung zu würdigen. »Ja«, antworte ich. »Sie können es zurückhaben.«

»Wo ist es?«

Ich nehme es aus meiner Gesäßtasche und halte es ihm hin. Er nimmt es, sieht aber eher mich und nicht das Geld an.

»Wie viel ist das hier?«

»Alles, was ich bekommen habe. Ich habe es nicht angerührt.«

Über die Schulter sagt er: »Wie viel, Harten?«

»Neunzehn Riesen«, sagt Brian. »Und achthundert.«

Weller zwängt das Geldpäckchen in seine Gesäßtasche. »Also, worum geht's hier?«

Ich schüttle den Kopf. »Wie meinen Sie das?«

»Warum hat dieser Volltrottel mir Geld gestohlen und es Ihnen gebracht? Wie kommt es, dass ich mitten in der Nacht in die Baptistenkirche gehen muss, um zurückzuholen, was mir genommen wurde?«

»Ich weiß nicht, was ich Ihnen darauf antworten soll.«

»Wie wär's, wenn Sie's einfach mal versuchen?«

»Ich hab's gebraucht.«

»Warum?«

»Das geht Sie nichts an.«

Er schüttelt den Kopf. »Es geht mich sehr wohl etwas an, seit Sie diese Dumpfbacke hier in meinen Laden geschickt haben, um mein Geld zu stehlen. Harten hat außerdem meine Statue abgefackelt.« Er zeigt mit dem Schläger auf mich. »Das bedeutet, *Sie* haben meine Statue abgefackelt, und weil dieser Scheißkerl hier kein Geld hat, werde ich mich an Ihnen schadlos halten.«

»Okay«, sage ich. »Von welcher Summe sprechen wir? Wie viel schulde ich Ihnen?«

»Fünftausend Dollar.«

»Fünftausend?«

»Niemals kostet deine dämliche Statue so viel«, sagt Brian.

Weller dreht sich um und richtet den Schläger auf

Brian. Brian steht vor der ersten Bankreihe knapp außerhalb des Lichtkegels, den der Strahler auf die Bühne wirft, und sieht im Halbschatten blass und undeutlich aus. »Ihr zwei«, sagt Weller wieder zu mir, »schuldet mir fünftausend Dollar. Die will ich haben.«

Brian sieht mich verängstigt an.

Ich suche nach der passenden Antwort, als Weller plötzlich die Stufen hinuntergeht.

Neben Brian bleibt er stehen. Er schaut sich um, betrachtet den weitläufigen Altarbereich, blickt zur Decke hoch wie in einer Kathedrale und zu den Reihen der Kirchenbänke. »Wissen Sie, ich muss den Leuten ja einfach nur die Wahrheit erzählen, wenn sie fragen, was heute passiert ist. Brian Harten hat meine Statue abgefackelt und meinen Safe geplündert, weil der Prediger ihn dazu angestiftet hat. Und wissen Sie, was jeder, die Cops inbegriffen, wird wissen wollen? Sie werden wissen wollen, warum ausgerechnet Reverend Richard Weatherford so dringend zwanzig Riesen benötigt, dass er sich auf ein verbrecherisches Komplott mit Brandstiftung und Raub einlässt, um es zu bekommen.« Weller wendet sich Brian zu. »Ich vermute, der Prediger wird am Ende doch nicht die Abstimmung zu deinen Gunsten drehen können, Harten. Alles, was dir sein Gerede bringen wird, ist Knast.«

Mit diesen Worten marschiert Weller den Gang hinunter in die Dunkelheit. Seine Schuhe scharren über den Teppichboden.

Ich laufe die Stufen hinunter und an Brian vorbei,

dessen Gesicht weiß und völlig ausdruckslos geworden ist. »Mr. Weller?«, rufe ich. »Tommy, warten Sie. Lassen Sie uns darüber reden.«

Ich folge ihm ins Foyer. Die Lampen auf dem Parkplatz tauchen es in orangefarbenes Licht. Unsere Schritte klackern auf dem billigen Linoleum.

»Bitte, warten Sie, Tommy.«

Er greift nach dem Griff der Glastür.

Ich packe seinen Arm und ziehe ihn zurück. »So warten Sie doch einen Moment und hören sich an, was …«

Er reißt seinen Arm los und hebt den Schläger.

Mit erhobenen Handflächen umkreise ich ihn und versperre die Eingangstür. Mein Körper ist ganz heiß, und die Glasscheibe an meinem Rücken fühlt sich kalt an.

»Was soll das?«, fragt er. »Gehen Sie mir aus dem Weg.«

»Ich kann Ihnen die fünftausend geben.«

»Der Preis ist gerade gestiegen.«

»Wovon reden Sie da?«

»Fünftausend war der ›Vorhin‹-Preis«, sagt er. »Jetzt sind wir beim ›Ich gehe gleich durch die Tür‹-Preis.«

»Und der wäre?«

»Warum sagen Sie es mir nicht? Aber Sie müssen mich schon verblüffen, denn ich bin im Begriff, durch diese Tür zu gehen und in meinen Wagen zu steigen.«

»Hören Sie, ich habe hier keine großen Summen herumliegen. Aber jede Woche fließt eine ganze Menge Geld durch dieses Haus. Davon könnte ich etwas für Sie abzweigen. Ich rede von stetigen Einnahmen, Woche für Woche, zweiundfünfzig Wochen pro Jahr. Denken Sie mal einen Moment darüber nach.«

Er sagt nichts, also mache ich weiter, suche nach Worten, Ideen, um ihn festzuhalten.

»Und es ist ja nicht nur der Kollekteteller … Da wäre zum Beispiel der Baufonds. Sie sind doch Teilhaber von Arkansas Integritiy Lumber, richtig? Richtig? Also werde ich der Kirche sagen, wir brauchen einen Anbau und Arkansas Integrity wird unser bevorzugter Baustofflieferant. Außerdem könnte ich Ihnen diesen Deal noch versüßen, einen Teil der Gelder des Baufonds für Sie abschöpfen. Was noch? Veranstaltungen. Ihr Pizza-Laden ist ab sofort der neue Exklusiv-Lieferant aller Jugendveranstaltungen unserer Gemeinde. Das heißt, jeden Mittwoch- und Samstagabend …« Über den Pizza-Vorschlag muss er lachen, was gut ist, weil er so wenigstens mit mir redet.

»Sie bestechen mich mit Pizza-Geld?«

»Ich mach Ihnen folgenden Vorschlag: Ich sage, Sie bekommen jeden Sonntag einen Teil der Kollekte. Sie bekommen jede Woche einen Teil des Geldes für Jugendveranstaltungen. Sie bekommen einen Teil aus dem Baufonds. An dem Punkt sind Sie praktisch ein Teilhaber der Kirche. Das ist sicheres Geld. Mich verklagen? Das ist mögliches Geld. Vielleicht kriegen Sie es, vielleicht auch nicht, aber es ist auf alle Fälle weniger Geld und deutlich mehr Stress. Und meinen guten Namen in der Stadt ruinieren? Damit wandert kein einziger Dollar in Ihre Tasche. Wenn Sie aber auf meinen Vorschlag eingehen, dann bekommen Sie einen Anteil an allem, was diese Kirche Woche für Woche in den kommenden Jahren unternimmt. Wollen Sie wirklich immer noch durch diese Tür gehen und all das Geld hierlassen? Wegen einer Statue?«

Weller hebt den Schläger auf seine Schulter wie ein Baseballspieler, der vor Spielbeginn aufs Spielfeld hinausblickt.

»Wie viel nimmt die Kirche im Schnitt wöchentlich ein?«, fragt er.

»Kommt ganz auf die Jahreszeit an. Nach Ostern und Weihnachten gehen die Einnahmen immer hoch.«

Brian tritt hinter Weller.

»Du bleibst noch«, sagt Weller zu ihm. »Mit dir bin ich noch nicht fertig.«

Darauf antwortet Brian nichts. Stattdessen streckt er die Hand aus, zieht die Kanone aus Wellers Holster, richtet sie auf seinen Rücken und drückt den Abzug.

Als der Schuss losgeht, zucken wir alle zusammen. Weller lässt den Schläger fallen, und er rollt mir vor die Füße. Er sinkt auf ein Knie aufs Linoleum, der Rücken seines Hemdes schwarz getüpfelt im orangefarbenen Licht. Während er sich abmüht, wieder hochzukommen, sieht er mich an, flucht, seine Augen so rund wie Wahlkampfbuttons.

Brian hält eine Hand an ein Ohr, und ich bemerke, dass mir selbst die Ohren klingeln. Er starrt Weller an, der dort kniet, als ob er zusieht, wie ein Kind operiert wird.

»O Jesus«, keucht er. »Tommy …«

»Was zum Teufel, Brian«, spuckt Tommy mit einem Rest an pompösem Getue aus. Er tastet seine Brust ab. Da ist kein Einschussloch. Er versucht an seinen Rücken zu kommen, wo der Schmerz und das Blut sind, aber es geht nicht. »Was zum Teufel«, sagt er wieder, diesmal allerdings eher verängstigt als wütend. Er sieht mich an. »Hilf mir hoch.«

Ich starre ihn an.

Er schwankt, berührt seine Brust, als hätte er Schwierigkeiten zu atmen.

»Hilf mir gottverdammt hoch«, sagt er wieder, wobei seine raue Stimme bricht. Er versucht, vernünftig zu klingen. »Mach jetzt schon. Ich bin angeschossen worden. Wir müssen Hilfe für mich holen. Hilf mir jetzt.« Er packt meinen Arm.

Ich sehe Brian an. »Was hast du getan?«

Sein Gesicht ist kreidebleich und feucht. Er hebt eine Hand an seine Stirn. »Jesus Christus. Jesus *fucking* Christus.«

Weller macht einen gierigen Luftzug und zieht an meinem Arm. Seine dicke, schwere Hand zittert und ist nass. »Wir müssen irgendwen verständigen.« Dann begreift er, dass er das auch selbst tun kann und tastet nach dem Handy in seiner Tasche.

»Tommy, lass das«, sagt Brian. Er tritt zwischen uns und hebt den vor meinen Füßen liegenden Schläger auf.

»Brian«, sage ich.

Tommy Weller packt wieder meinen Arm, aber ich weiche von ihm bis zur Wand zurück.

Weller tastet nach seinem Telefon, aber Brian schlägt ihm den Schläger ins Gesicht. Ich presse mich fester an die Wand. Weller kippt weinend vornüber und bedeckt seinen Kopf. Brian stößt ein hässliches Jaulen aus, so als hätte er sich gerade verbrannt, und er hebt den Schläger hoch über seinen Kopf wie eine Axt, schlägt dabei ein Loch in die abgehängte Decke und lässt den Schläger dann auf Wellers Nacken krachen. Weller schreit auf, versucht, seinen Nacken zu schützen. Brian hält inne und starrt ihn an. Staub von der Decke schwebt auf uns nieder. Dann holt er tief Luft, beißt die Zähne zusammen und holt zu einem weiteren Schlag aus, und dieses Mal hinterlässt er eine Delle auf Wellers Schädeldecke.

Brian senkt den blutverschmierten Schläger und starrt den Mann einfach an. Wir beide starren ihn an.

Weller greift nach seinem Kopf – behutsam, langsam –, ist aber offensichtlich desorientiert. Stattdessen berührt er das billige, schachbrettartige Linoleum. Er streichelt es mit seinen Fingerspitzen.

23
Brian Harten

Der Prediger und ich wechseln kein verschissenes Wort. Wir hören einfach auf Tommys Atem und starren die klaffende Wunde auf seinem Schädel an. Es sieht aus, als hätte sich mit einem Mal ein blutiger Mund mitten in seinen Haaren geöffnet. Ich beuge mich vor und sehe ihm in die Augen. Nichts. Er atmet ein. Ich warte, dass er wieder ausatmet, aber das tut er nicht.

Mein Herz klopft. Mir klingeln die Ohren. »O Jesus.« Ich reiße die Augen auf, aber Tommy starrt nur ins Nichts.

Der Prediger sieht mich an, den Schläger in meiner Hand.

»Ging nicht anders«, sage ich. Dabei versagt mir die Stimme.

Der Prediger dreht sich um und blickt durch die Glastür hinaus auf den kleinen Grashang zwischen dem leeren Parkplatz und der US-65.

Da merke ich, dass ich von da, wo ich stehe, den Highway sehen kann.

Ich denke nicht. Ich denke nicht darüber nach.

»Ist keiner vorbeigefahren, stimmt's?«, sage ich.

Der Prediger starrt hinaus, ohne zu blinzeln. Dann schüttelt er den Kopf.

Ich lasse den Schläger neben Tommy fallen.

Das Gesicht des Predigers ist pisse-orange im Laternenlicht. Ich merke, dass er schwerer atmet als ich.

Ich gestikuliere zur Tür. »Kann man von draußen hier reinsehen?«

»Ich weiß nicht … ich glaube nicht, nein.« Er dreht sich um und sieht zur Tür. »O Gott.«

»Sind Sie sicher? Denken Sie nach. Falls irgendwer vorbeigefahren ist, konnten die von der Straße aus hier reinsehen?«

»Ich … ich glaub nicht. Nachts kann man außer dem grellen Licht nichts sehen.«

»Okay«, sage ich. »Okay. Schließen Sie die Türen ab.« Ich wische mir die Tränen aus dem Gesicht und beuge mich vor, um Tommys Füße zu packen.

»Was?«

»Die Türen. Schließen Sie die Türen ab.«

Er starrt sie an. Er sieht wieder mich an. Ich denke, er wird etwas sagen, doch stattdessen geht er zur Tür. »Sie ist abgeschlossen«, murmelt er tonlos.

Ich hole tief Luft. »Wir müssen ihn hier wegschaffen«, sage ich.

Der Prediger sieht Tommy an, die Wände, das Loch in der Decke, den Boden. Er schließt die Augen. Als er sie wieder öffnet, sagt er: »Lassen Sie uns von der Tür weggehen. Nur für alle Fälle.«

Ich nicke und schnappe mir Tommys Knöchel. Sie sind haarig und immer noch schweißnass. Auf der einen Seite des Foyers befindet sich eine Herrentoilette, die Damentoilette auf der anderen. Ich ziehe

Tommy zur Damentoilette, verschmiere dabei schwarzes Blut auf dem Boden. Als ich die Füße fallen lasse, gibt Tommys Lunge einen letzten Atemzug frei. Wir bleiben beide stehen und starren ihn an, bis wir sicher sind, dass der Arsch nicht wieder anfängt, sich zu bewegen.

Ich habe glitschige Hände von Tommys Schweiß, und mein Bauch fühlt sich an, als würd's da drinnen gewaltig brodeln. Ich versuche darüber nachzudenken, was wir als Nächstes tun sollten, aber mir fällt nichts anderes ein, als dass Tommys Schweiß auf meinen Handflächen zu trocknen beginnt.

»Wir brauchen irgendwas«, sagt der Prediger, »worin wir ihn wickeln können, damit er nicht alles vollblutet. Wir müssen ihn wegschaffen, aber wir müssen wenigstens Kopf und Brust irgendwie einpacken.«

»Ja …«

»Es gibt eine Kleiderkammer«, sagt er. »Spenden für Bedürftige. Da können wir uns was holen und ihn einwickeln.« Er deutet auf den großen Gemeindesaal. »Wir müssen durch den Altarraum und …«

»Gehen Sie's holen«, sage ich.

»Wollen Sie bei der Leiche bleiben?«

Ich will nicht bei Tommy bleiben. Und ich will auch nicht allein hier sein, falls jemand mit einem Schlüssel angefahren kommt.

»Wo ist das?«, frage ich.

»Sie gehen durch den Altarraum, dann weiter durch die große, zweiflügelige Tür rechts von der Bühne.

Gehen Sie den Gang hinunter, bis Sie zu einer weiteren Doppeltür kommen. Da gehen Sie durch. Der Lagerraum ist die erste Tür auf der rechten Seite. ›Samariter-Kammer‹ steht an der Tür.«

»Was?«

»›Samariter-Kammer.‹ Die erste Tür rechts.«

Ich setze mich in Bewegung, bleibe aber vor der Tür stehen. »Sie … hauen doch nicht ab und lassen mich hier mit einer Leiche allein, oder?«

»Nein. Sie?«

»Nein.«

»Gut. Sehe ich aus, als wäre ich in Panik, Brian?«

Eigentlich nicht, nein, nicht mehr. Er sieht so aus wie immer, wie der Typ, der mir die letzten Monate bei Gemeinderatssitzungen immer den Arsch aufgerissen hat.

»Nein.«

»Dann gehen Sie jetzt die Kleider holen. Ich glaube nicht, dass da auch Handtücher sind, aber Sie werden Pullover und Hemden finden, solche Sachen. Holen Sie irgendwas, das wir um seinen Kopf wickeln und über seinen Rücken ziehen können. Und jetzt beeilen Sie sich.«

Ich laufe durch den großen Gemeindesaal. Es ist unheimlich, still und dunkel, nur der eine Strahler taucht die Bühne neben einem großen Kreuz in Licht. Ich gehe im Dunkeln den Gang hinauf – *ich war acht Jahre alt, meine Mom war krank, und meine Tante ist mit mir in diese Kirche gegangen, damit wir für sie beten, und ich hab gebetet, und der alte Prediger sagte, ich soll aus dem Gang treten, wenn ich vor der Hölle bewahrt werden will, und ich bin herausgetreten und hierher gegangen und hab ihn gefragt, ob er mit mir betet, für mich und meine Mom, und er hat geantwortet, das würde er tun, aber er hat auch gesagt, willst du erlöst werden, und ich fragte ihn, muss ich denn, und er sagte, ja, aber nicht heute, heute kann ich nur für dich und deine Momma beten, und ich hab mich bedankt* – und ich erreiche die Doppeltür und gehe durch. Alles ist dunkel, aber da manche Fenster vom Highway aus zu sehen sind, will ich kein Licht anmachen. Ich nehme mein Handy heraus. Der gesplitterte Bildschirm leuchtet noch, und ich benutze das Licht, um den Korridor hinunterzuschleichen. Gekrümmte Schatten hüpfen bei jedem meiner Schritte über die Wände.

An der Bürotür auf der linken Seite steht »Richard Weatherford, Senior Pastor.« Auf der Tür rechts steht »Gebetsraum.« Dann eine Herrentoilette. Ein Wasserspender. Die Damentoilette. Weiter unten steht an einer Tür links »Gemeindesekretariat.« Ein Poster klebt an der Wand, auf dem ein Baby in einer amerikanischen Fahne schläft, die an einem Kreuz hängt. Dann steht an einer Tür »Dustin Fields, Youth Pastor.«

Ich erreiche eine zweiflügelige Tür. Aluminium mit kleinen Fenstern. Ich werfe einen Blick durch und sehe einen weiteren langen, unheimlichen Korridor. Ich öffne einen Türflügel. Auf der rechten Seite ist eine Holztür mit einem Schild, auf dem steht »Samariter-Kammer.«

Ich öffne sie. Es ist eine Kammer, in der auf Regalen große Lagerbehälter aus Plastik stehen. Auf Stücken von Malerkrepp hat man sie mit Filzstift beschriftet. *Hemden für Jungs, Hemden für Mädchen, Hosen für Jungs, Hosen für Mädchen, Klamotten für Babys.* Da ist eine ziemliche Menge Zeugs. Ich finde einen Behälter mit der Aufschrift *Oberbekleidung* und ziehe zwei ordentlich gefaltete Pullover und ein paar T-Shirts heraus. In einem anderen Behälter mit der Aufschrift *Versch.* finde ich ein schwarzes Hauskleid ohne Gürtel.

Ich nehme meinen Stapel Klamotten und beeile mich zurück durch die Doppeltür, und ich bin schon mehrere Schritte den Korridor hinunter, als sie hinter mir zuknallt. Ich jaule auf wie ein Hund und lasse das Handy fallen. Es landet auf dem Bildschirm, und ich muss mich auf den Teppichboden knien und im Dunkeln tastend danach suchen. Als ich es finde, richte ich das Licht wieder auf die Tür. Ich starre sie an, bis ich ganz sicher bin, dass sonst nichts mehr passiert.

24
Richard Weatherford

Es gab einen Moment – ich hab's in seinen Augen gesehen –, als er begriff, dass wir ihn töten würden. Tommy sah zu mir auf, und seine Augen haben mich unmissverständlich gefragt, *Willst du das wirklich zulassen?* Und ich weiß auch, dass er das *Ja* auf meinem Gesicht gesehen hat. Vor diesem Augenblick kam ihm nie in den Sinn, dass Brian und ich unseren Verhältnissen mehr Wert beimaßen als seinem Leben.

Mir selbst war es auch nicht in den Sinn gekommen.

Die Realität der Gefahr, in der ich schwebe, hat mir inzwischen aber den Kopf freigemacht. Ich bin mir absolut bewusst, was als Nächstes passieren muss, und ich bin mir ebenfalls der Gefahr bewusst, die diese Leiche für mich darstellt. Die Aussicht auf eine mögliche Entdeckung jagt mir einen Schauer über den Rücken und klärt meine Gedanken. Ich habe Angst, aber ich bin nicht panisch. Ich weiß mit schlichter Klarheit, dass dies die gefährlichsten Stunden meines Lebens sind.

Ein Schweißfilm bedeckt mich wie eine neue Hautschicht. Mein Körper ist greifbar. Mein Atmen und meine Eingeweide und mein Blut. Ich lebe. Trotz – nein, *wegen* – der Gefahr, in der ich mich befinde, habe ich die Tatsache, am Leben zu sein, noch nie so intensiv empfunden. Für mich war der Körper immer eine demütigende Falle aus Krankheit und Schmerz, aber jetzt erkenne ich endlich, schließlich, dass ich nichts bin außer einem Körper.

Meine Sinne sind geschärft. Ich werde überwältigt von den Gerüchen von Reinigungsmitteln, Blut und Schweiß. Die Stille der Kirche wird unterstrichen durch mein eigenes Atmen und das Flüstern und Knarren des Gebäudes selbst.

Bis zu diesem Moment habe ich mein Leben in der Zukunft gelebt, in Träumen, Ängsten, Hoffnungen und Sorgen. Ich habe in Vorbereitung auf morgen gelebt, und auf das nächste Jahr und auf die Ewigkeit.

Wie ich nun aber über diesem Toten stehe, erkenne ich, wie sehr ich mich geirrt habe.

Ich starre auf seine gekrümmte Hand, und dann auf meine eigene.

Wir sind Fleisch fürs Schlachthaus.

25
Brian Harten

Er steht noch genau da, wo ich ihn verlassen habe. Und er starrt wie ein verfluchter Idiot auf seine Hand.

Und da liegt Tommy tot auf dem Boden – *Tommy in der Bar, Erdnüsse knackend schiebt er mit dem kleinen Finger die Schalen von der Hand und schnipst mit dem Daumen die Nüsse in seinen Mund, Tommy lacht so sehr, dass er sich die Tränen aus dem Gesicht wischen muss* – und ich muss unglaublich dringend pissen. Die Tür zur Damentoilette steht auf, ich lasse die Kleidungsstücke fallen und gehe hinein und kriege meinen Schwanz fast nicht mehr rechtzeitig aus der Hose. Die Pisse läuft einfach aus mir raus, und mir wird ganz benommen.

Als ich spüle und aus der Toilette komme, beugt sich der Prediger über Tommy und wickelt den Morgenrock um seinen Oberkörper.

»Ich weiß nicht, Mann«, sage ich.

Er reißt an dem Stoff. »Gab's keinen Gürtel für das Ding hier?«

»Nein.«

»Blöd. Wäre nicht schlecht, um es zu fixieren.«

»Ich sagte doch schon, davon versteh ich nichts, Mann.«

»Wovon verstehst du nichts?«

»Hiervon. Scheiße, ich hab ihn umgebracht. Ich hab Tommy gottverdammt umgebracht. Ich meine ...«

Er nickt, als hätte er das alles schon einmal gehört, als würde es eben einfach dazugehören, wenn man ein Prediger ist. »Du bist für einige Minuten weggetreten«, erklärt er, »hast deinen Verstand und deine Aufmerksamkeit mit einer konkreten Aufgabe beschäftigt. Nachdem du jetzt wieder in diesen Raum zurückgekehrt bist, bist du bestürzt von der Realität der Ereignisse. Das ist nur verständlich. Aber es hat sich nichts geändert seit dem Augenblick, an dem du den Raum verlassen hast. Es ist nicht besser geworden, und es ist nicht schlimmer geworden. Nichts hat sich geändert. Wir müssen uns immer noch damit befassen.«

Er zieht ein T-Shirt von dem Stapel und wickelt es um Tommys Kopf wie eine Tüte, bindet es unten zu. Er starrt es eine Sekunde an, richtet sich auf und verschwindet auf die Toilette, öffnet das Schränkchen unter dem Waschbecken und fischt eine Schachtel mit kleinen Plastikmüllbeuteln heraus. Er kehrt zu Tommy zurück, kniet sich hin und benutzt zwei dieser Beutel als Handschuhe, beginnt einen dritten Beutel über Tommys eingepackten Kopf zu ziehen.

Wie ich seinen so eingemummelten Kopf sehe, kann ich nicht mehr atmen. Ich muss nach Luft schnappen.

Der Prediger schaut zu mir auf und nickt. Seine Stimme ist völlig ruhig. »Sieh nicht hin. Sieh die Wand an. Gut. Tief einatmen. Vielleicht fühlst du dich besser, wenn wir über unseren Plan sprechen.«

Ich atme durch und lasse die Luft langsam wieder entweichen. »Wir haben keinen Plan«, sage ich dann.

»Na schön, dann entwickeln wir eben einen.«

»Was sollen wir nur tun, Mann? Ich weiß nicht …«

»Es kommt allein darauf an, was wir als Nächstes geschehen lassen wollen. Wenn die Polizei ihn hier findet, ist unser Leben vorbei. Dein Leben, wie du es kanntest, gibt es dann nicht mehr.«

»Jesus fucking Christ!«

»Ja. Genau. *Jesus fucking Christ!*« Er nickt. »Ich habe mich immer gefragt, worin der Reiz von Blasphemie liegt. Jetzt verstehe ich es. Es ist eine Möglichkeit, den Allmächtigen auf das eigene Niveau herunterzuziehen.«

»Wovon zum Henker reden Sie da?«

Er winkt ab. »Es geht um folgendes, Brian: Sofern du nicht noch heute Nacht ins Gefängnis wandern möchtest, müssen wir uns diese Leiche vom Hals schaffen.«

»Aber wir können ihn doch nicht einfach irgendwo auf der Straße abladen.«

»Nein, das können wir nicht. Also lass uns nachdenken. Wie seid ihr zwei hergekommen? Zusammen?«

»Ja. In seinem Truck.«

Er denkt darüber nach. »Wo steht der?«

»An der Seite.«

»Unter den Bäumen?«

»Ja.«

»Gut. Das ist sehr gut. Die Stelle liegt im Hausschatten, und sie ist von der Nordseite der 65 aus nicht einsehbar. Das bedeutet, dass nur Leute, die aus Richtung Süden kommen, ihn sehen könnten, und ich glaube, dafür müssten sie allerdings fast schon danach suchen. Also ist es sehr wahrscheinlich, besonders um diese späte Uhrzeit, dass euch niemand gesehen hat.«

Ich hole Luft und sehe nach unten. Er hat das Shirt um Tommys eingeschlagenen Schädel gewickelt, um das Blut aufzusaugen, und darüber den Beutel, um das aufzufangen, was trotzdem noch durchsickert. Den Beutel bindet er an Tommys Hals zu. Und dann trifft es mich irgendwie wieder voll. Tommy ist tot. Ich hab ihn viele Jahre gekannt, und jetzt liegt er tot auf dem Boden. »Ich hab ihn umgebracht …«

»Es war Selbstverteidigung. Wie du gesagt hast, du musstest es tun. Wenn wir zugelassen hätten, dass er diese Sache gegen uns in der Hand hat, was dann?«

»Ich … hab ihn umgebracht.«

»Das haben wir beide getan. Das würden zumindest die Geschworenen sagen.«

»Himmel.« Ich reibe mir das Gesicht, und meine Hände triefen vor Schweiß. »Ich wusste, was immer sonst zwischen euch beiden passierte, ich wäre am Arsch. Ich würde meinen Laden verlieren, meine Kids, wahrscheinlich in den Knast wandern.«

Der Prediger unterbricht, was er gerade macht, und sieht mich an.

»Aber jetzt«, sage ich, »jetzt glaub ich, dass wir beide am Arsch sind.«

»Red nicht so. Wir können es immer noch deichseln.«

»Nein, Mann. Hören Sie, ich glaube …«

»Schluss damit, Brian«, sagt er. »Sprich's nicht mal aus. Wir hatten alle die Chance, das Richtige zu tun, und keiner von uns hat sie ergriffen. Ich, du und Tommy. Wir alle. Diese Gelegenheit ist jetzt vorbei, und wir müssen jetzt sehen, wie wir mit den Konsequenzen zurechtkommen. Willst du wirklich ins Gefängnis? Was wird dann aus deinen Kids?«

Ich bekomme einen heißen Kopf. »Reden Sie nicht von meinen Kids, Mann. Ihnen sind meine Kids doch scheißegal.«

»Ich bin überhaupt nicht wichtig, Brian.« Er benutzt die Tüten immer noch als Handschuhe, zieht Tommy den Gürtel ab und fixiert damit den Hausmantel um seinen blutigen Oberkörper. »Denk nicht an mich. Du bist mir egal, und ich bin dir egal. Schön. Also vergiss mich. Frag dich, was aus dir werden wird, und darauf basierend triffst du dann deine Entscheidung. So werde ich es nämlich machen.«

»Was soll das bedeuten?«

Er schaut auf und umfasst mit einem Blick irgendwie die ganze Kirche. »Es bedeutet, dass ich heute Nacht nicht mein Leben wegwerfen werde. Und du solltest das auch nicht tun. Wir können das hier immer noch hinkriegen.«

»Ich weiß nicht, was Sie da reden, Mann. Tommy ist tot. Das können wir nicht ungeschehen machen.«

»Doch, wir können. Ich kann.«

»Wie denn?«

»Wir packen seine Leiche in den Truck, und dann bringen wir ihn zur Brücke.«

»Oh Jesus.«

»Und wir schmeißen ihn rüber.«

»*Jesus fucking Christ,* Mann. Dann wandern wir in den Knast. Wird doch ein Blinder erkennen, dass er ermordet wurde.«

»Ja, aber wir können es so drehen, als hätt's jemand anders getan.«

»Wer denn?«

»Gary Doane und Sarabeth Simmons.«

»Tommys Stieftochter oder was die ist?«

»Ja, genau die. Und ihr Freund.«

»Gary Doane ist doch der Junge, der durchgedreht ist …«

»Exakt. Jeder weiß doch, dass er emotional gestört ist. Und sie ist nur ein Flittchen.«

»Aber warum sollten wir ihnen das anhängen?«

»Weil das Geld für sie ist.«

»Das Geld … ist für sie … Wieso?«

Der Prediger holt tief Luft. »Weil ich mit Sarabeth geschlafen habe. Die haben mich erpresst.«

»Oh, Mann, Jesus …«

»Du wirst mir helfen müssen, die Leiche raus zum Truck zu tragen. Es ist perfekt. Wir schaffen uns die

Leiche vom Hals, und dann bezahle ich Gary und Sarabeth, und die zwei verduften mit dem Geld aus der Stadt. Findest du nicht auch, dass sie sich damit zu Hauptverdächtigen machen?«

»Ja, würde es, aber die werden doch sagen, dass Sie ihnen das Geld gegeben haben. Sie werden sagen, Sie hätten's ihnen gegeben.«

Er zuckt mit den Achseln. Er ist jetzt so gottverdammt ruhig, er kann sogar mit den Scheißachseln zucken. »Und ich werde sagen, hab ich nicht.«

»Ich weiß nicht, Mann.«

Er schüttelt den Kopf. »Aber *ich* weiß es, Brian. Du wirst mir helfen, Tommy über die Brücke zu werfen, und dann wirst du nach Hause fahren, und dir wird nichts Schlimmes passieren. Wenn die Polizei kommt und mit mir redet, werde ich mich darum kümmern.«

»Und ich soll mich einfach auf Ihr verkacktes Wort verlassen?«

»Die andere Option wäre, zur Polizei zu gehen und ins Gefängnis einzufahren. Ich weiß, wofür ich mich entscheide.«

Ich versuche, darüber nachzudenken, aber es ist einfach zu schwer. Er tut so unglaublich cool und gelassen. Er steht auf. Man würde nie auf den Gedanken kommen, dass er über einem toten Kerl steht. Er ist ruhig, und es ist schon abgefahren, aber genau deswegen fühl ich mich gleich ein bisschen besser. Es ist so, als hätten wir uns beide verlaufen, aber er hat zumindest einen groben Plan, wohin wir gehen müssen.

Aber was ist mit Bud?

»Der Sheriff hat mich zusammen mit Tommy gesehen«, sage ich ihm.

»Wann?«

»Heute Abend. So vor einer Stunde ungefähr.«

»Habt ihr mit ihm geredet?«

»Ja.«

»Was habt ihr ihm erzählt?«

»Eigentlich nichts. Aber ich hab schon gemerkt, dass er dachte, wir wären unterwegs auf der Suche nach dem Geld.«

»Weiß er, dass ihr zu mir wolltet?«

»Nein.«

»Gut. Wenn sie dann fragen, was passiert ist, sagst du einfach, Tommy hätte dich an der Kirche abgesetzt. Und ich bestätige deine Geschichte. Du bist zur Kirche gekommen, und wir haben über die Abstimmung gesprochen, und Tommy ist los, um Gary und Sarabeth zu suchen.«

Das ergibt Sinn. Könnte ich so machen. Ich und der Prediger haben in der Kirche gequatscht, und Tommy ist los, hinter den Kids her, die ihn beklaut haben.

»Alles gut«, sagt der Prediger. »Das wird funktionieren. Du und ich haben ein Alibi. Tommy hat dich hier abgesetzt. Und ich hab gesehen, wie er weggefahren ist. Ich bin für dich das perfekte Alibi, und du bist für mich ein gutes Alibi.«

Ich weiß nicht, was ich sonst tun sollte, also nicke ich.

Der Prediger sieht mich an, als würde er verstehen,

als wäre er mein Dad, der mir in schweren Zeiten zur Seite steht. »Das hier ist bald vorbei«, sagt er.

»Ich mein ja nur …«

»Alles wird gut, Brian. Nichts kann Tommy zurückbringen. Also müssen wir darüber nachdenken, was für uns das Beste ist, und auch für unsere Familien. Wir kriegen das hin.«

»Ja …«

»Die Details klären wir später, aber jetzt, in diesem Moment, müssen wir das hier erledigen. Richtig?«

»Richtig. Ja.«

Ich beuge mich langsam vor und ziehe Tommys Socken hoch, weil ich nicht seine nackten Beine anfassen will. Massiv. Er fühlt sich komisch und massiv an. Seine Socken sind immer noch durchgeschwitzt. Der Prediger packt ihn unter den Achseln, und wir heben ihn hoch. Schwer. Wir stöhnen und ächzen. Ich muss würgen, weil Tommy nämlich Pisse und Kacke in diesen Morgenrock ablässt. Der Prediger ächzt.

»Warte mal kurz«, sagt der Prediger, und wir lassen Tommy wieder runter. Der Prediger sucht mit seinen Blicken den Highway ab und schließt die Tür auf.

»Der Truck steht neben der Kirche?«

»Ja.«

»Gut. Sobald wir bei dem Truck sind, ist es wegen der Bäume und den Schatten weniger wahrscheinlich, dass uns irgendwer von der Straße aus sieht. Also ist unser einziges kleines Problem das kurze Stück zwischen hier und dem Truck.«

Ich nicke.

Er sucht wieder den Highway ab.

»Jetzt«, sagt er. »Wir machen's schnell und zackig.«

»Okay.«

Er schließt die Tür auf und öffnet sie, und wir sind draußen. Die Luft ist kalt, und Tommy ist schwer, und ich muss wieder pissen. Meine Hände sind schwitzig, und meine Beine brennen, und ich hab Angst, dass ich ihn fallen lasse. *Was machen wir hier?* Wir tragen ihn über den Parkplatz und in die Schatten unter den Kiefern und legen ihn auf die Erde. Während der Prediger in Tommys Taschen nach seinen Schlüsseln kramt, atme ich durch. Der Prediger steckt die Schlüssel in seine Hemdtasche und lässt die Heckklappe runter. Dann wuchten wir Tommy ächzend auf die Ladefläche des Trucks.

»Der Schläger«, sagt der Prediger. Er sieht mich einen Moment scharf an. »Bin gleich zurück«, sagt er schließlich und läuft zur Kirche.

Und jetzt bin ich allein, stehe neben dem Truck in den Schatten, und Tommy ist tot, und die Heuschrecken und Grillen sind heute Abend so laut, ist fast so, als würden sie mich anbrüllen.

Jetzt ist die Gelegenheit, abzuhauen.

Kann nicht. Kann nirgends hin. Muss tun, was für mich das Beste ist. Für die Kids.

Ich sehe zur Kirche hinüber. Sie ist so groß. Wenn er so was Großes leiten kann, dann muss er ja wohl wissen, was er tut.

Er kommt mit dem Schläger wieder raus und wirft ihn hinten auf den Truck, wo er polternd gegen Tommy fällt. Er klettert auf die Ladefläche und öffnet den Morgenrock, zieht Tommys Arme aus den Ärmeln, öffnet dann den Plastikbeutel und entfernt das ganze Zeug von Tommys Kopf. Dann zieht er Tommy wieder den Gürtel an, mitsamt dem leeren Holster an der Hüfte. »Ich werde das Zeug wegschmeißen«, sagt er, deutet auf den Morgenmantel und die Tüte. »Er muss nur mit seinen eigenen Sachen bekleidet ins Wasser.«

Ich nicke.

»Steig ein«, sagt er und klettert von der Ladefläche.

Er ist so ruhig. Ich kann kaum geradeaus denken, und er ist so gottverdammt ruhig.

Ich steige auf der Beifahrerseite ein, und er rutscht auf der Fahrerseite hinters Steuer und lässt den Motor an. Wir verlassen das Grundstück und fahren im Schneckentempo die Zufahrtsstraße hinunter.

Am Ende der Straße, wo sie in den Highway einmündet, steht eine Baumgruppe, die ich bislang nie bemerkt habe. Dahin fährt er und schaltet den Motor aus. Ich schaue durch die Heckscheibe, und da liegt Tommy im Mondlicht, als wär's heller Tag.

»Jeder kann ihn sehen.«

»Wird aber niemand«, sagt der Prediger.

26
Richard Weatherford

Von der Stelle aus, wo wir zwischen den Bäumen geparkt haben, können wir den Highway sehen, wie er den Berg herunterkommt, an der Kirche vorbeiführt, die Brücke überquert und dann am Rand der Innenstadt vorbei weiter nach Norden verläuft. Ein Laster erreicht gerade den Scheitel des Berges und kommt in unsere Richtung. Gleichzeitig nähern sich in der Ferne Scheinwerfer aus der Stadt.

»Okay«, sage ich. »Wenn das Auto und der Laster vorbei sind, fahren wir los. Wir müssen es schnell machen. Wir wollen nicht länger als unbedingt nötig auf der Brücke sein. Also, sobald wir stehen und ich den Schalthebel auf P gestellt habe, springen wir raus, schnappen ihn, und ab über die Brüstung mit ihm.«

Ich sehe Brian kurz an, ob er mich versteht. Er glotzt mich an.

»Was?«, frage ich.

Er schüttelt den Kopf »Ich glaub's einfach nicht, dass Sie das sind.«

Ich richte meine Aufmerksamkeit wieder auf den Highway. Der Laster kommt den Berg heruntergerast und begegnet dem entgegenkommenden Auto auf der

Brücke. Die Rücklichter des Lasters verblassen in der Dunkelheit. Das Auto fährt den Berg hinauf.

»Ich bin im Moment nicht ich selbst«, sage ich zu ihm.

Er scheint das als Antwort zu akzeptieren, entgegnet aber: »Und wer sind Sie dann?«

Fast muss ich darüber lachen.

»Also«, sagt er, »war das alles nur Bullshit?«

»Was?«

»Ihre ganze Christen-Nummer. Die ganze Zeit. Alles, was jeder über Sie denkt. Alles nur gespielt? *Das hier* ist Ihr wahres Ich?«

»Halt dich bereit«, sage ich. Das Auto verschwindet mit einem Flüstern über den Berg, und ich drehe den Zündschlüssel und gebe Gas.

27
Brian Harten

Der Truck macht einen Satz nach vorn in die Dunkelheit. Ich will die Augen zumachen, aber es geht nicht. Ohne Scheinwerfer ist die Nacht so blau wie ein Bluterguss und es fühlt sich an, als würde ich von hinten gestoßen. Der schwarze Highway und die Bäume und die Brücke und das Wasser.

Auf der Mitte der Brücke latscht der Prediger auf die Bremse. Er fährt ganz dicht ans Geländer, so dicht, dass ich mich rauszwängen muss. Ich bin schon eine Million Mal über diese Brücke gefahren, aber ich hab noch nie auf ihr gestanden. Im Dunkeln fühlt es sich an, als wären wir eine Meile über dem tosenden Wasser. Wir rennen nach hinten, lassen die Heckklappe runter und schnappen uns jeder ein Bein. Ich sehe über meine Schulter. Kein Auto in Sicht. Wir ziehen Tommy von der Ladefläche, wuchten ihn hoch und lassen ihn gegen das Geländer fallen. Dann heben wir ihn hoch und rüber, und er fällt ins Schwarze. Ein Schuh fliegt im Dunkeln davon. Ich kann sein rosa Hemd erkennen, als er im Fluss aufschlägt.

Das Wasser nimmt seinen Körper, der sofort unter der Brücke verschwindet, und mein Hinterkopf explodiert.

Krach
Nein, versuche ich zu brüllen, halt!
Krach krach
Geländer
über
Luft
schreien geht nicht
Wasser fliegt hoch
N

28
Richard Weatherford

Ich wische den blutigen Schläger mit dem Morgenmantel ab und schmeiße ihn von der Brücke Brian hinterher. Dann werfe ich den Mantel auf die Ladefläche und laufe zur offenen Tür. Ich muss in drei Zügen wenden, um den Truck wieder Richtung Kirche zu bringen. Während ich das mache, rutschen die Waffe, das Geld und Wellers Handy vom Sitz und landen scheppernd im Fußraum. Niemand kommt mir entgegen, als ich zurück zur Zufahrtsstraße rase.

Ich bin außer Atem, als ich aus dem Truck springe und zum Luftholen kurz stehen bleibe. Ich mustere den Parkplatz. Kein Fahrzeug außer meinem eigenen.

Ich sammle das Zeug aus dem Fußraum ein, laufe in die Kirche und schließe hinter mir alle Türen ab. Ich müsste allein sein. Niemand mit einem Schlüssel hat Veranlassung, so spät noch herzukommen. Ich werfe einen Blick auf mein Handy. Keine neuen Nachrichten.

Blut im Foyer.

Ich hole flüssige Handseife aus der Toilette im Foyer und haste durch den dunklen Altarraum. Vorbei an der Orgel auf der rechten Seite der Bühne betrete ich die Umkleide des Baptisteriums und erschrecke mich vor meinem Abbild im Spiegel. Das getrocknete Blut von Tommy Weller und Brian Harten sprenkelt meine Haut wie Sommersprossen. Ich ziehe mich nackt aus, hole mir ein paar Handtücher und gehe die Stufen zum Baptisterium hinauf. Ich lasse das warme Wasser laufen und wasche mich mit der Seife. Mit den Handtüchern reinige ich dann das Baptisterium. Das Blut lässt sich leicht abwaschen.

Ich weiß natürlich, dass ich unmöglich all die mikroskopischen Spuren meiner Verbrechen beseitigen kann, und es wäre reine Zeitverschwendung, würde ich versuchen, das zu tun. Es ist besser, mich zu reinigen, den Tatort zu reinigen, und zu hoffen, dass die Tode von Weller und Harten die Polizei nicht hierherführen werden. Mein bester Schutz, erinnere ich mich selbst, ist, dass niemand einen Grund hat, mich zu verdächtigen. Niemand hat einen Grund, ausgerechnet hierherzukommen und nach Indizien des Mordes zu suchen.

Nachdem ich mich gründlich gewaschen habe, hole ich ein trockenes Handtuch und wickle es mir um die Taille. Ich eile zur Putzkammer, schnappe mir das Reinigungsmittel und einen schwarzen Müllsack und bringe alles nach vorn ins Foyer. Das Handtuch löst sich immer wieder, also lege ich es fort, während ich das Foyer gründlich reinige. Ich putze die Fenster, schrubbe im Knien die Böden, wische Wände und Türen ab. Ich nehme die angeschlagene Deckenplatte heraus und trage sie runter zum Müllcontainer. Ich zerschlage sie in vier Teile, bevor ich sie entsorge. Auf dem Rückweg schnappe ich mir eine Ersatzplatte aus dem Lagerraum im Keller. Ich bringe die Decke wieder in Ordnung und schalte dann das Licht an, damit ich alles gründlich inspizieren kann. Als ich überzeugt bin, dass alles normal aussieht, knipse ich das Licht wieder aus.

Anschließend säubere ich mich wieder, trockne mich ab, werfe alles in den Müllsack und gehe in mein Büro. Ich bewahre eine Ersatzgarnitur Kleidung dort auf, die ich unter meinem Talar trage, wenn ich neue Gläubige taufe. Es ist nur ein schlichtes graues T-Shirt, Jeans, Unterwäsche und Socken, die ich in meiner Garderobe aufbewahre. Ich ziehe mich an und bringe den Müllsack runter in die Putzkammer, wo eine Waschmaschine und ein Trockner stehen. Das waren Geschenke aus dem Nachlass der betagten Schwester Rutherford vor einigen Jahren. Es hat ihr Sorgen bereitet, dass Leute im Anschluss an ihre Taufe nasse Kleidung nach Hause schleppen mussten. Schon merkwürdig, worüber Menschen sich Gedanken machen. Die Wahrheit ist, wir haben nicht genug Taufen, um so etwas zu rechtfertigen, aber es ist angenehm, Waschmaschine und Trockner für die Handtücher und Tischwäsche hier zu haben. Während der letzten üblen Tornadosaison konnten wir so mehreren Familien helfen, die ohne Stromversorgung waren.

Wir haben eine Flasche Tide Ultra, die Penny ausdrücklich zu dem Zweck gekauft hatte, das Theaterblut aus den Osterkostümen zu waschen. Ich weiche meine Kleidung, die Handtücher und die Kleidungsstücke, mit denen ich Tommy versorgt hatte, ein.

Dann werfe ich die Waschmaschine an. Ich weiß nicht, ob die Flecken komplett rausgehen, aber so oder so werden sie später weniger deutlich sein. Als alles gewaschen und getrocknet ist, räume ich alles ordentlich gefaltet auf den Boden des Schranks im Büro, bis ich es in eine Tüte stecken und in den Müllcontainer werfen kann, kurz bevor am Montag die Müllabfuhr kommt.

Ich laufe nach oben und sehe mich noch einmal gründlich um. Ich schalte alle Lampen ein und suche nach Flecken auf dem Boden im Altarraum und den Fluren, sehe aber nichts. Trotzdem merke ich mir, direkt am Montag die Teppichreiniger anzurufen.

Ich gehe die Stufen des Baptisteriums hoch, sehe mich um und schalte das Licht in der Umkleide aus. Ich kehre in den Altarraum zurück und überprüfe die Osterbühne.

Alles in bester Ordnung.

Ich scrolle durch die Kontaktliste in Tommys Telefon und finde schließlich Sarabeth Simmons.

Ich sehe mir ihre letzten paar Nachrichten an, damit ich ein Gefühl dafür bekomme, wie er schreibt. Typisches Kennzeichen seines Stils scheint zu sein, dass er ausschließlich Großbuchstaben benutzt, nicht direkt ein Grammatikweltmeister ist und auch keine Satzzeichen kennt, sieht man von dem Missbrauch des Ausrufezeichens ab.

Ich setze mich in die vorderste Kirchenbank neben Tommys Waffe.

Ich schicke ihr eine SMS.

29
Sarabeth Simmons

Ich packe gerade meine letzte Tasche, als mein Handy sich meldet. Ich zucke zusammen. Obwohl sie meine Nummer ja gar nicht haben, fürchte ich, es könnten Garys Eltern sein. Ich nehme es heraus und lese.

»Was zur Hölle?«

»Was ist?«, fragt Gary, der sich gerade mit einem Handtuch die Haare abtrocknet.

Ich zeige ihm die SMS. »Sieh dir den Scheiß an.«

Es ist von Tommy. *WIR MÜSSEN REDEN*

Gary runzelt die Stirn. »Was will er?«

»Keine Ahnung. Vielleicht will er nicht, dass ich meiner Mom erzähle, was passiert ist? Würd mich nicht wundern, wenn er möchte, dass ich darüber den Mund halte. Gott, was für ein Stück Scheiße.«

Ich antworte ihm. *Nach allem, was du getan hast? Fick dich*

Zehn Sekunden später: *ES IST WICHTIG*!

Ich schieße zurück. *Fick dich, das ist wichtig*

Was ihn etwas bremst, aber nach ungefähr einer Minute schreibt er wieder. *ES GEHT UM DAS GELD*

»Was hat er geschrieben?«, fragt Gary.

Ich zeig's ihm.

Wir starren uns einen Moment lang an.

»Was meint er damit?«, frage ich.

Gary setzt sich auf mein Bett. Seine Haut ist nach der Dusche immer noch ganz rosa. »Er meint nicht das Geld von dem Prediger. Davon weiß er ja gar nichts.«

»Nein.«

»Frag ihn, wovon er redet.«

Welches Geld denn?, texte ich.

Ich mach mir fast ins Hemd, als er antwortet: *DU WEISST WELCHES GELD*

»Er muss das Geld meinen, das wir von dem Prediger kriegen«, meint Gary.

»Aber davon weiß er doch nichts.«

»Bist du sicher? Dir ist nichts rausgerutscht?«

»Nein, natürlich nicht. Ich bin doch nicht bescheuert. Ich hab keinem was gesagt. Und wenn ich irgendwem was gesagt hätte, dann ganz bestimmt nicht ihm. Bist du sicher, dass du niemandem was erzählt hast?«

»Nein, natürl…«

Das Telefon piept wieder.

Tommy hat keinen Bock, länger zu warten. *DU WEISST WELCHES GELD! DAS GELD VON DEM DU UND GARY GEDACHT HABT ES HEUTE ZU VERDIENEN! WIR MÜSSEN UNS TREFFEN!!*

»Scheiße«, flucht Gary. »Er weiß es.«

»Ich versteh das nicht. Wie kann er davon wissen?«

»Ist doch jetzt auch egal. Was hat er vor? Kann ihm doch eigentlich scheißegal sein, oder?«

»Also, er würde uns bestimmt nicht davon abhalten,

aber todsicher würde er versuchen, sich ein Stück vom Kuchen zu sichern.«

Gary starrt mich groß an. »Echt jetzt?«

»Was sollen wir machen, was meinst du? Er will uns treffen.«

Gary schüttelt den Kopf. »Ich will nicht.«

Ich merke, dass er Angst hat, wieder eine Tracht Prügel zu bekommen, aber ich hab mehr Angst davor, dass Tommy sauer wird und uns womöglich alles vermasselt. Wenn er anfängt, den Leuten davon zu erzählen, könnte es wirklich übel werden. »Gary, wenn er Bescheid weiß, müssen wir mit ihm reden. Wie du selbst gesagt hast, was wir hier tun, ist voll illegal. Leute wandern in den Knast für das, was wir hier tun. Er wird per SMS oder am Telefon garantiert nichts erzählen, und ich finde, wir sollten das auch nicht tun. Also treffen wir uns mit ihm und hören mal, was er weiß.«

Er nickt. »Okay.«

»Okay?«

»Ja, okay. Frag ihn, wo er sich mit uns treffen will.«

30
Gary Doane

Ich lasse den Schlüssel des Wagens meiner Mom im Zündschloss stecken, schnappe mir meine Tasche und laufe zu Sarabeth' Auto zurück. Ist eigentlich gar nicht nötig, dass ich renne. Ich weiß, dass sie noch im Bett sind. Als Sarabeth langsam die verschlafene Straße hinunterrollt, in der ich aufgewachsen bin, sehe ich zu unserem Haus zurück, dunkel und still bis auf das Außenlicht auf der Veranda, das mein Vater für mich angelassen hat. Ich nehme Sarabeth' Hand.

Wir wechseln kein Wort, während sie zurück in die Stadt fährt. Sie macht das Radio nicht an, also sitzen wir in völliger Stille da, halten Händchen, lauschen, wie der Wind über das Autodach pfeift.

Alles fühlt sich anders an. Auf eine Weise ist es, als hätten wir bis heute nur rumgespielt. Ich habe Ehrfurcht vor diesem neuen Gefühl. Ich liebe sie. Sie liebt mich. Ich habe mich noch nie jemandem näher gefühlt als ihr, jetzt in diesem Augenblick. Ich weiß, dass ich mich auf sie verlassen kann, und sie weiß, dass sie sich auf mich verlassen kann. Was für eine außergewöhnliche Sache, so simpel, aber es fühlt sich solide und echt an, wie Beton unter meinen Füßen.

Was habe ich früher gedacht, was wir tun? So viel

von unserer Beziehung basierte auf gemeinsamen Abneigungen. Wir hassten dieselben Leute. Als wir anfingen, über Richard zu reden, war ich überrascht, wie viel Wut in uns beiden hochkam. Was hatte er uns an dem Punkt denn wirklich getan? Eigentlich gar nichts. Er hatte doch nur über die Scheinheiligkeit in dieser Stadt geherrscht. Er hatte die Lügen abgesegnet, die die Leute sich hier erzählen. Er hat ihnen gesagt, sie wären gute, anständige Christenmenschen, egal wie kleinkariert und winzig ihre Leben waren. Dafür hassten wir ihn.

Wir hassten die Stadt, wir wollten weg von unseren Eltern, und wir wollten woanders aufwachen. Das alles haben wir geteilt.

Aber bis jetzt wusste ich nicht, dass ich sie liebe.

Hat sie mich benutzt? Sicher, am Anfang. Sarabeth hat eine Menge durchgemacht. Es ist hier ziemlich übel für mich gewesen, aber ich weiß, für sie war es noch viel schlimmer. Meine Eltern sind nicht perfekt, aber ich weiß, dass sie mich lieben. Was hatte Sarabeth? Eine gleichgültige Mutter, die mit einer Abfolge von Säufern und Widerlingen zusammenlebte. Sarabeth hat getan, was sie tun musste, um zu überleben. Aber jetzt haben sich die Dinge geändert. Sie liebt mich, ich liebe sie.

Das ist es jetzt also. Ich muss stark für sie sein. Sie muss stark für mich sein. Wir verlassen heute Nacht die Stadt, und das war's dann. Wir werden den Prediger anrufen. Entweder gibt er mir diese Nacht die ganze Kohle oder er gibt uns genug, dass wir uns auf den Weg machen können. Den Rest kann er uns in monatlichen Raten schicken. Das war Sarabeth' Idee. Clever.

Aber zuerst müssen wir uns ein letztes Mal mit Tommy treffen. Wir müssen herausbekommen, was er weiß. Wenn er irgendwas Krummes vorhat, kümmern wir uns darum, und wir werden uns gemeinsam darum kümmern.

Ich sehe zu ihr hinüber.

Eine ganze Weile nimmt sie keine Notiz von mir. Sie konzentriert sich auf die Straße, ist fokussiert auf unser Ziel. Als sie schließlich bemerkt, dass ich sie anglotze, sagt sie: »Was ist?«

»Ich liebe dich, Sarabeth.«

Sie lächelt, schüttelt sanft meine Hand. Sie sieht mich an. »Ja?«

»Ja.«

Sie schüttelt den Kopf. »Das verblüfft mich«, sagt sie. Sie drückt meine Hand. »Echt.«

Ich lächle sie an.

Sie legt wieder beide Hände aufs Lenkrad. Das Armaturenbrett spiegelt sich in ihren glasigen Augen. »Bring mich jetzt nicht zum Heulen«, sagt sie glucksend. »Heb dir das für später auf.«

31
Sarabeth Simmons

Als ich die Brücke erreiche, biege ich auf die schmale unbefestigte Straße ab, die zum Fluss hinunterführt, wo Tommy sich mit uns treffen will. Gary beginnt unruhig mit dem Knie zu wippen, wie er es immer tut, wenn er nervös ist. Ich lege eine Hand auf sein Bein, und er lächelt und nickt. Die Straße windet sich um die Anhöhe, löscht den Mond auf meiner Seite aus, aber durch Garys Fenster kann ich sein Licht über das Wasser tanzen sehen. Als ich die Kurve erreiche, werden wir jäh von grellem Scheinwerferlicht erfasst.

Ich weiche dem Truck aus, aber als ich das tue, verschwindet die Straße. Ich schreie. Ich kann mich nicht bewegen, kann den Fuß nicht vom Gas nehmen. Gary greift nach dem Lenkrad, aber wir rasen bereits mit der Schnauze voran den Abhang hinunter. Die Zweige junger Bäume flitschen gegen unsere Scheinwerfer, und Kiefernäste schlagen gegen die Windschutzscheibe. Wir rammen einen Baum, aber wir bleiben nicht stehen. Wir sind viel zu schnell. Der Baum biegt sich, knirscht unter dem Rad auf der Fahrerseite, und wir kippen.

Jetzt ist Bewegung und irisierendes Licht und Aufprall und Glas fliegt mir ins Gesicht und wir bleiben mit einem harten Schlag stehen.

Ich schließe die Augen, damit das Drehen aufhört. Ich schmecke feuchte Erde. Ich höre, wie der sorglose Fluss vorbeirauscht. Als ich die Augen öffne, sehe ich Gary halb aus dem Wagen, halb drinnen, und ich versuche zu schreien, aber ich kriege keine Luft.

Ein Mann nähert sich dem Auto.

Der Prediger.

Er starrt. Er sieht verängstigt aus. Ich versuche, ihn um Hilfe zu bitten, aber mein Mund ist nichts als Blut und Dreck und Glas.

Er geht zu Gary und beugt sich in den Wagen.

Ich versuche, ihn anzusprechen.

Keine Luft

Moskitoflügel kreischen in meinem Ohr

Blut sammelt sich in meinen Augen

Keine Luft

Ich höre den Fluss

Kann den Moskito nicht mehr hören

Mondschein wird rot

dann schwarz

32
Richard Weatherford

Ich schleiche leise wie ein Dieb meine Eingangsstufen hoch, aber ich zittere so heftig, dass ich stehen bleiben muss, bevor ich die Tür erreiche, und halte mich am Geländer fest. Ich weiß nicht, ob es die Nerven sind oder Erschöpfung. Ich möchte nur noch in mein Bett fallen und schlafen, aber ich bin nicht sicher, ob ich kann. In diesem Augenblick fühlt es sich nicht so an, als könnte ich jemals wieder einschlafen.

Ich schließe die Augen und warte, dass das Schwindelgefühl vorübergeht.

Als ich so weit bin, grabe ich meine Schlüssel aus der Tasche. Ich drehe den Knauf an der Haustür so vorsichtig wie das Schloss an einem Safe. Als ich die Tür behutsam zudrücke, bemerke ich, dass Penny auf der Couch im Wohnzimmer sitzt.

Sie starrt mich im schwachen Schein einer Tischleuchte an. Selbst die Treppenhausbeleuchtung, die wir nachts immer anlassen, ist ausgeschaltet worden. Von oben, wo unsere Kinder schlafen, versunken in ihren jeweiligen Träumen oder Albträumen, fällt kein Licht herunter.

Pennys Hand liegt auf ihren Oberschenkeln, ihre nackten Füße stehen auf dem Boden. Sie wartet darauf, dass ich etwas sage.

»Wieso bist du noch auf?«, frage ich sie leise.

Sie steht auf. Sie hat sich nicht fürs Bett umgezogen, sondern trägt dieselbe Jeans und den dunkelgrauen Pullover, die sie tagsüber anhatte. »Komm her, Richard«, sagt sie.

Sie geht zum Flur voran und öffnet die Tür in den Keller. Sie schaltet das Licht an und geht hinunter. »Mach die Tür zu«, sagt sie.

Was ich mache, und ich folge ihr die Holzstufen hinunter. Unten angekommen, dreht sie sich um. Sie sieht klein aus zwischen den großen, bis unter die Decke aufgestapelten Kartons. Sie verschränkt die Arme.

»Erzähl's mir.«

»Was?«

Sie schüttelt den Kopf, als wollte sie sagen, *was* ist nicht mehr gut genug. »Erzähl's mir, Richard. Erzähle es mir einfach. Sprich es nur bitte laut aus. Tu mir den Gefallen, nach all diesen Jahren, indem du es einfach laut aussprichst.«

Ich muss die Füße fest aufsetzen und mich abstützen, bevor ich etwas herausbekomme. »Okay.«

»Du hast mich betrogen.«

»Ja.«

Ihr Mund ist eine schmale, dünne Linie. Sie nickt. Schluckt.

»Das ist es aber nicht, richtig?«, fragt sie. »Das ist nur ein Teil davon.«

»Ja.«

»Erzähl mir den Rest.«

In meinem rechten Ohr höre ich ein leises Klingeln, in meinen Schläfen trommelt das Blut. Die Muskeln zwischen meinen Schulterblättern sind verkrampft. Ich schaffe es einfach nicht, sie anzulügen. Ich bin zu erschöpft, gefühlsmäßig völlig leer. Die Ereignisse des ganzen Tages holen mich ein. Und sie blinzelt nicht. Sie hat die Wahrheit verlangt, und es gibt keine Möglichkeit mehr, sie ihr länger vorzuenthalten.

Ich hole tief Luft. »Ich habe uns alle in Gefahr gebracht.«

Sie starrt mich einfach nur an, der Mund unbeweglich. Der einzige Hinweis auf eine Gefühlsregung ist ihr tiefes Einatmen, bevor sie spricht. »Was hast du getan?« Sie mustert mein Gesicht, meine Kleidung, meine Hände. »Sag's mir einfach.«

Ich nicke, aber ich weiß immer noch nicht, wie ich mich outen und ihr erzählen soll, was ich getan habe.

»Mit wem hast du dich heute Morgen getroffen?«

Ich hole tief Luft und atme langsam wieder aus.

»Gary Doane.«

Ihre Miene verändert sich nicht. Ihre Augen bewegen sich, als sie von einem meiner Augen zum anderen blickt. Dann schließt sie für einen Moment ihre Augen. Sie nickt bestätigend zu einem Gedanken, den sie nicht ausspricht.

»Erzähl mir den Rest«, sagt sie. »Erzähl mir alles. Lass es dir nicht aus der Nase ziehen.«

Ich erzähle es ihr. Ich erzähle ihr alles, so wahr mir

Gott helfe. Ich versuche nicht, die Geschichte zu schönen. Ich erzähle es ihr einfach, angefangen mit Garys Anruf heute Morgen, was dann passiert ist.

Zuerst wechselt ihre Miene zu kalter Wut. Sie fixiert mich, die Zähne zusammengebissen, die Arme verschränkt, als würde sie sich den Bauch halten. Ich bin heute Abend als ihr Ehemann durch die Tür gekommen, und im nächsten Augenblick bin ich zu einem Homosexuellen und Ehebrecher mutiert. Jetzt bin ich obendrein ein korrupter Prediger, der sich mit Brian Harten auf Hinterzimmer-Mauscheleien einlässt. Aber ich kann nicht aufhören, damit sie alles verarbeiten kann. Ich habe nicht stundenlang Zeit für ein Gespräch über Ehebruch. Das Autowrack war von der Brücke aus zu sehen. Wahrscheinlich ist die Polizei längst dort. Ich muss sie vom bloß Schmerzhaften zum wirklich Schrecklichen führen.

»Brian hat das Geld Tommy Weller gestohlen«, erzähle ich ihr. »Als Weller herausfand, dass es Brian gewesen ist, hat er uns beide zur Rede gestellt.«

Ihr Gesicht ist kreideweiß, aber ihre Stimme klingt ruhig. »Was ist passiert?«

»Brian hat Tommy getötet.«

Ihr Mund öffnet sich.

»Und dann«, sage ich, während mir Tränen in die Augen treten, »habe ich, in Notwehr, Brian getötet.« Noch während meine Stimme bei diesen Worten bricht, bin ich überrascht von diesem Gefühlsausbruch, als gäbe es einen Teil von mir, der ständig aus der Ferne meine Gefühle beobachtet wie die Bewegungen der Wolken.

Die rechte Hand hebt sich an ihren Mund. Ihr Blick fällt auf meine Kleidung.

»Sagst du auch die Wahrheit?«, fragt sie.

Ich nicke. Ich räuspere mich leise. »Ja«, sage ich. »Es tut mir leid. Es tut mir so leid, Penny.«

»Was ist mit Gary? Wo ist er jetzt?«

»Er ist auch gestorben. Er und Sarabeth. Beide. Sie … sie sind von der Straße abgekommen.«

»Richard …« Sie presst die Hand fester auf ihren Mund und starrt auf den Betonboden.

Eine Zeit lang sagt sie nichts. Ich stehe da, habe nichts mehr zu sagen, kann nur abwarten, stehe in den Ruinen unserer Ehe, unserer Familie, und frage mich, was sie tun wird.

Was werde ich sie tun lassen? Ist das nicht die eigentliche Frage? Werde ich mich noch einmal von ihr schlagen oder verfluchen oder sie an mir vorbeirennen und die Kinder wecken und aus dem Haus flüchten lassen, bevor das Dach einstürzt? Werde ich sie das wirklich tun lassen? Nach allem, was ich heute Abend getan habe, kann ich sie da wirklich die Polizei rufen lassen?

Während ich zuschaue, wie meine Frau ihre Optionen abwägt, habe ich eine furchtbare Vision. Die Vision eines Mordes, in diesem kalten, stillen Keller, in dieser dunklen Stunde, während oben meine Kinder schlafen. Noch vor wenigen Tagen wäre ich entsetzt gewesen über eine solche Vision. Ich hätte geglaubt, dass so etwas ein fach unmöglich wäre. Der heutige Tag jedoch hat mich von meinem Irrglauben befreit, dass etwas wie das Unmögliche existiert, wenn es um Menschen geht. Bis heute habe ich meine Augen verschlossen und meine Ohren verstopft gegenüber der Wahrheit, die mir mein Leben lang von der Welt entgegengebrüllt wurde. Alle Menschen, die ich gekannt habe, alle Tragödien, die großen wie die kleinen, denen ich beigewohnt habe – nichts davon ist wirklich zu mir durchgedrungen. Ich habe mich geweigert zu sehen, geweigert zu hören. Ich habe mich hinter Mauern der Heiligen Schrift und Glaubenslehre verbarrikadiert. Ich habe mich hinter der Fassade meines eigenen Rufs versteckt, habe mich sogar – und das vielleicht ganz besonders – vor mir selbst versteckt.

Die Dinge, die ich heute Abend getan habe, haben mich eine andere Wahrheit gelehrt. Ich bin nur ein Mensch, und Menschen sind zu allem fähig.

Und obwohl ich dies weiß, weiß ich auch, dass durch eine Gewalttat, begangen in diesem Haus, nichts gewonnen wäre. Ich brauche Penny. Wenn ihr etwas zustoßen sollte, wäre meine Entlarvung durch die Polizei unausweichlich.

Da ist noch etwas. Sie ist noch nicht aus dem Haus gerannt. Sie ist immer noch hier. Und als sie von mir fortschaut und zu einem leeren Punkt unter der Decke aufblickt, begreife ich, dass sie in Richtung der Kinderzimmer sieht. Ja, ich bin zu allem fähig. Andererseits, sie aber auch.

»Ich sollte die Polizei verständigen«, sagt sie.

Ich nicke. »Vielleicht solltest du das.«

»Denkst du, ich mach das nicht?«

»Ich denke, du wirst tun, was immer das Beste für die Kinder ist.«

»Natürlich werde ich tun, was das Beste für die Kinder ist.«

»Natürlich.«

»Ist das alles, was du sagen kannst? ›Natürlich‹?«

»Ich kann dir sagen, warum du die Polizei nicht verständigen solltest.«

»Warum?«

»Weil das hier fast vorbei ist. Weil alles, was heute Abend geschehen ist, den Handlungen anderer Menschen zugeschrieben werden wird. Weil jeder, der heute Abend gestorben ist, aufgrund der Entscheidungen gestorben ist, die er selbst getroffen hat. Ich bin der einzige Beteiligte, bei dem es keine offensichtliche Verbindung zu irgendwas gibt. Wenn wir nichts tun, wenn wir uns normal verhalten, sind wir sicher.«

Zum ersten Mal sieht sie jetzt aus, als könnte sie gleich weinen. »Sicher? Darum geht es nicht. Was ist mit Gary? Oder seinen Eltern?«

»Er hat sich vorgenommen, mich zu verführen, damit er und dieses Mädchen mich erpressen konnten. Es tut mir leid, was Gary zugestoßen ist, aber er war keinesfalls ein unschuldiges Opfer. Keiner von ihnen war es. Das musst du verstehen.«

»Deshalb ist es aber noch lange nicht okay.«

»Es gibt kein *Okay*. Es gibt nur das, was ist. Wenn ich ins Gefängnis gehe, macht das niemanden wieder lebendig. Es wird niemandes Leid lindern. Es wird nur unseren Kindern schaden.«

Sie starrt mich an. »Du würdest unsere Kinder benutzen, um dich selbst zu schützen …«

Ich schüttle den Kopf. »Ich benutze sie nicht. Was aus mir wird, interessiert mich nicht mehr. Als ich Brian Harten von der Brücke geworfen habe, ist ein Teil von mir mit ihm ins Wasser gestürzt. Für das, was ich heute Abend getan habe, habe ich es verdient, ins Gefängnis zu gehen. Das weiß ich. Und wenn du die Polizei rufen musst, dann verstehe ich das. Du willst das Richtige tun. Aber wenn ich ins Gefängnis gehe, dann wird das unsere Kinder für den Rest ihres Lebens traumatisieren. Sie werden alle für meine Sünden bezahlen müssen.«

Sie schließt die Augen. »Gott steh mir bei.« Sie hebt eine Hand. »Halt … einfach … den Mund.« Schließlich öffnet sie die Augen. »Woher weißt du, dass die Polizei nicht bereits auf dem Weg hierher ist?«

»Weil ich persönlich in nichts verwickelt bin«, sage ich. »Gary und Sarabeth, Brian und Tommy – die haben alle miteinander zu tun. Ich bin nur Garys Pastor. Es gibt nichts, das mich damit in Verbindung bringt.«

»Text- und Sprachnachrichten mit Gary?«

»Nur eine Handvoll. Nichts Privates, einfach nur ein Pastor, der mit einem problembeladenen Mitglied seiner Gemeinde kommuniziert.«

»Und niemand sonst weiß von dir und Gary?«

»Nein.«

»Bist du sicher?«

»Soweit ich weiß.«

»Soweit du weißt?«

»Ja. Ich habe keine Veranlassung zu denken, dass Gary und Sarabeth irgendwem sonst von ihrer kleinen Erpressung erzählt haben könnten. Und ich habe allen Grund zu der Annahme, dass sie es geheim gehalten haben.«

Langsam wandert ihr Blick zum Boden. Sie schüttelt den Kopf und streicht mit den Fingern durch ihr Haar, von der Stirn nach hinten, bis sie schließlich ihren Nacken umklammert. Ihr Gesicht ist ausdruckslos, schlaff, gedankenverloren, bis ihr etwas in den Sinn kommt und sie mich wieder ansieht.

»Was ist aus dem Geld geworden?«

Die Frage trifft mich unvorbereitet. »Das Geld? Es ist bei Gary und Sarabeth.«

Sie starrt mich an. »Du hast gesagt, sie wären von der Straße abgekommen.«

»Sie …«

»Du hast sie von der Straße gedrängt.«

Ich kaue einen Moment auf der Innenseite meiner Wange. »Ja. Es war das letzte Puzzlesteinchen. Dass sie die Verantwortung für das übernehmen, was passiert ist …«

»Sie konnten nicht da sein, um die Wahrheit zu sagen«, sagt sie.

Dazu sage ich nichts.

»Und dann hast du das Geld in den Wagen geworfen.«

»Ja.«

Sie schließt die Augen. Ich warte. Sie scheint Schmerzen zu haben, als sie schließlich spricht. »Bist du sicher, keine Fußabdrücke hinterlassen zu haben?«

Ich atme aus, war mir bis dahin nicht bewusst, die Luft angehalten zu haben. »Ja«, sage ich.

33
Penny Weatherford

Ich öffne die Augen und sehe den Mann an, der in unserem kalten, dunklen Keller vor mir steht. Wir sind umgeben von Kartons voller Geburtsurkunden, Zeichnungen aus der Sonntagsschule und Schulzeugnissen. Krankenberichte und Feiertagsschmuck. Die Geschichte unserer Familie.

»Richard, du musst mir …« Ich muss mich unterbrechen und mich fangen, bevor ich fortfahren kann. Er starrt mich einfach nur an. »Du musst mir alles erzählen, was heute passiert ist: Erzähl mir alles, was du ausgelassen hast. Welche Leute du gesehen hast, und wann und wo du sie gesehen hast, und was du zu ihnen gesagt hast.«

Ich höre, wie mir die Worte über die Lippen kommen, aber meine Stimme klingt hohl und getrennt von meinem Körper. Mein Blick fokussiert sich auf einen Punkt auf halbem Weg zwischen uns. Ich sollte die Polizei rufen. Aber wenn ich das mache, wird Richard ins Gefängnis gehen, und ich stehe da ohne Geld, ohne Haus, ohne Freunde. Nichts außer fünf angeschlagenen Kindern und all diesen Kartons. Er hat Unheil vor unsere Tür gebracht, aber ich bin diejenige, die die Tür öffnen und es hereinlassen muss. Und das kann ich nicht machen. Gott hat Abraham aufgetragen, seinen Sohn Isaak auf einem Altar zu opfern, um seine Rechtschaffenheit zu beweisen. Abraham war bereit, es zu tun. Aber ich bin es nicht. Ich habe die Grenze meiner Rechtschaffenheit erreicht. Eher würde ich meine Seele verlieren wollen, als meine Kinder zu opfern.

»Wir müssen alles genau durchgehen«, sage ich, »falls du irgendetwas übersehen hast.«

So etwas wie ein erleichtertes Lächeln huscht über Richards Gesicht. Ich schüttle den Kopf.

»Nein«, sage ich ruhig. »Lächle nicht. Bitte, lächle nicht. Wir müssen herausfinden, wie wir mit dieser Angelegenheit am besten umgehen, Richard. Wir müssen das jetzt tun, denn jeden Augenblick kann das Telefon klingeln, und es wird jemand sein, der uns die Neuigkeit erzählen wird. Und das ist dann der Punkt, an dem wir anfangen müssen, mit diesem ganzen neuen Lügengebäude zu leben, das du dir ausgedacht hast. Wenn wir für das alles sterben könnten, ohne den Kindern zu schaden, ich würde mich dafür entscheiden. Aber das können wir nicht. Du hast sie als Geiseln genommen. Also müssen wir das alles noch einmal durchgehen, und zwar jetzt, solange wir noch die Zeit dazu haben, damit wir uns darüber klar werden können, was wir tun werden. Aber lächle nicht, als würde dich irgendwas davon glücklich stimmen.«

»Nichts davon macht mich froh«, sagt er. »Ich bin nur erschöpft. Und zu wissen, dass du an meiner Seite stehst, ich denke, ich bin einfach nur … erleichtert.«

Ich muss wieder die Augen schließen. »Möge der Herr uns vergeben.«

•••

Der erste Anruf kommt, als wir nach oben ins Bett gegangen sind. Obwohl keiner von uns schlafen kann, wollen wir doch so normal wie möglich erscheinen, falls eines der Kinder aufwacht. Ich habe meine Nachtwäsche angezogen – ein altes VBS-T-Shirt und eine karierte Baumwollhose mit Tunnelzug – und er liegt da in Boxershorts und weißem T-Shirt. Keiner von uns hat die letzte Stunde ein Wort gesprochen, als sein Handy auf dem Nachttisch losgeht. Er setzt sich auf und sieht es an. »Das ist Bobby Collins«, sagt er, während das Telefon immer noch in seiner Hand vibriert.

Bobby Collins ist ein Deputy im Büro des Sheriffs. Er kommt mit seiner Frau Jonell in unsere Kirche. Jonell ist schwanger mit ihrem ersten Kind, einem Mädchen.

»Vergiss nicht, dass er dich geweckt hat«, sage ich zu Richard. »Und stell das Gespräch auf Lautsprecher.«

Richard nickt. »Hallo«, sagt er.

»Hallo, Bruder Weatherford«, sagt die Stimme aus dem Telefon, »Bobby Collins hier. Es tut mir leid, dass ich Sie so früh am Morgen stören muss.«

»Ist schon in Ordnung, Bobby. Ist alles okay?«

»Nein, Sir, ich fürchte nicht. Es hat einen schrecklichen Unfall gegeben. Sie kennen doch Gary Doane, er kommt in unsere Kirche …«

»Gary, ja, sicher.«

»Nun, ich fürchte, es geht um ihn und seine Freundin Sarabeth. Sie kennen Sarabeth Simmons?«

»Sarabeth … Ja, ich glaube schon. Allerdings bin ich nicht sicher, ob ich ihr je persönlich begegnet bin.«

»Nun, sie sind von der kleinen Nebenstraße abgekommen, die unten am Little Red River verläuft. Beide wurden getötet.«

»Oh, mein Gott«, sagt Richard.

»Nun, Sir, warum ich Sie anrufe … Garys Dad ist hier bei uns. Er ist völlig fertig. Ich habe mich gefragt, ob Sie wohl herkommen und ihn vielleicht nach Hause bringen könnten. Ich frage, weil der Sheriff den Unfallort freihaben will. Und Vaughn ist ziemlich durch den Wind. Wenn er hier zu sehr stören sollte, ich fürchte, dann wird der Sheriff uns anweisen, ihn in Gewahrsam zu nehmen. Das würde ich sehr gern vermeiden …«

»Natürlich, ich bin gleich da. Geben Sie mir ein paar Minuten.«

Ich stehe auf und beginne, mich anzuziehen, bevor Richard das Gespräch beendet.

»Es gibt keinen Grund, dass du mitkommst«, sagt er. »Ich kann …«

»Ich komme mit«, sage ich. »Beeil dich und zieh dich an.«

Als ich meine Tennisschuhe zugebunden habe, öffne ich leise die Schlafzimmertür und schleiche den Flur hinunter zu Matthews Zimmer. Er schläft noch. Ich gehe hinüber und schüttle seinen Arm. »Matt, Schatz, aufwachen. Wach auf.«

Er wischt sich mit dem Handrücken über die Augen. »Mom? Was ist los?«

»Es hat einen Unfall gegeben, in den Leute aus unserer Gemeinde verwickelt sind. Dein Dad und ich müssen hin und sehen, ob wir irgendwie helfen können.«

Sein Haar ist auf einer Seite aufgefächert, seine Stimme schlaftrunken. »Soll ich mit?«

»Nein, du bleibst hier. Ich weiß nicht, wie lang wir fort sein werden. Du musst bitte dafür sorgen, dass alle wie gewöhnlich für die Kirche fertig sind. Ich werde dich anrufen, sobald ich mehr weiß.«

Er blinzelt. »Wie spät ist es denn?«

»Fast fünf.«

»Wer ist es?«

»Was?«

»In dem Unfall, aus unserer Gemeinde, wer ist es?«

»Gary Doane.«

•••

Mein Mann und ich fahren schweigend zum Ort seines Verbrechens. Die Nacht klammert sich immer noch an den Himmel, und der vertraute Anblick unserer Nachbarschaft wirkt fremd, die Häuser ordentlich aufgereiht wie Grabsteine. Als wir uns den Berg hinunter der Brücke nähern, kann ich das unnatürlich helle Licht der blauen Einsatzleuchten der Polizeifahrzeuge den Fluss entlang flackern sehen. Dann bemerke ich, dass da auch noch das rote Licht eines Krankenwagens ist.

»Was macht der Krankenwagen da?«, frage ich. Mir wird schlecht.

»Das ist immer so«, sagt er.

»Falls da unten noch jemand am Leben ist …«

»Niemand ist da unten noch am Leben. Das kann ich dir versichern.«

Wie kann er das sagen? Das ist mein Mann. Das ist jetzt mein Leben.

Wir überqueren die Brücke und biegen auf die schmale unbefestigte Straße ein, die zum Fluss hinunterführt. Ein Streifenwagen steht mitten auf der Straße und versperrt die Weiterfahrt. Ein junger Beamter, den ich nicht kenne, lässt uns anhalten.

Als Richard seine Scheibe herunterlässt, sagt der Beamte: »Sie können hier nicht weiter, Sir. Haben hier einen schlimmen Unfall.«

»Ich bin Richard Weatherford«, sagt mein Mann. »Bobby Collins hat mich angerufen und uns gebeten, bei Vaughn Doane zu helfen. Ich bin der Prediger der First Baptist.«

»Er ist weg«, sagt der Beamte.

»Vaughn?«

»Jawohl, Sir, vor ungefähr zwei Minuten. Vielleicht ist es auch erst eine Minute her. Sie haben ihn knapp verpasst.«

»Oh.«

»Warten Sie einen Moment.« Der Beamte beugt den Kopf zu dem Mikrofon, das an sein Hemd angesteckt ist. »Wie bitte?«, fragt er. Ich höre die Person am anderen Ende nicht, aber der Beamte antwortet. »Es ist Richard Weatherford, der Prediger der Baptistengemeinde. Sagt, Bobby hätte ihn angerufen … Jawohl, Sir. Verstanden.« Er wendet sich wieder uns zu. »Könnten Sie einen Moment hier warten, Bruder Weatherford? Der Sheriff ist auf dem Weg hierher, und ich denke, er würde gern ein paar Worte mit Ihnen wechseln.«

»Sicher.«

Der Beamte kehrt zu seinem Wagen zurück. Weder Richard noch ich sagen ein Wort, aber ich höre mein eigenes Atmen. Ich höre ihn schlucken.

Der Sheriff kommt den Berg heraufgefahren. Er parkt neben dem jungen Beamten, steigt aus seinem Fahrzeug, gibt irgendwelche Anweisungen und kommt dann zu uns herübergeschlendert.

Ich habe mich noch nie mit Bud Ison unterhalten, auch wenn ich ihn schon gesehen hatte. Er ist groß und muskulös und hat eine Ausstrahlung wie ein Soldat. Ich kenne seine Frau Cynthia von der Schule. Sie sind Methodisten und haben drei Söhne.

»Bruder Weatherford«, sagt der Sheriff. Er nickt mir zu. »Ma'am. Danke, dass Sie beide um diese frühe Uhrzeit aus dem Bett gestiegen sind. Ich fürchte, Mr. Doane war sehr aufgelöst. Natürlich völlig verständlich, aber ich musste ihn bitten, nach Hause zu gehen. Ich habe ihm Bobby hinterhergeschickt, um sicherzugehen, dass er auch heil und in einem Stück dort ankommt. Es tut mir leid, dass Sie beide vergeblich hergekommen sind.«

»Kein Problem«, sagt Richard. »Es tut mir nur leid, dass ich nicht helfen konnte.«

»Was ist denn überhaupt passiert?«, frage ich.

»Nun, es geht um Gary und Sarabeth. Sarabeth Simmons. Beide sind tot.«

»O mein Gott«, sage ich. »Irgendeine Idee, wie es passiert ist?«

»Also, ich sollte wirklich nicht darüber sprechen, Ma'am. Aber ich habe ein paar Fragen. Drücken wir es so aus. Ich kenne ein paar Leute, mit denen ich gern sprechen würde.«

»Denken Sie, jemand …«

Richard greift behutsam nach meiner Hand, damit ich den Mund halte, aber der Sheriff bekommt davon nichts mit, weil jemand irgendwas über Funk brüllt. »Heilige Scheiße, Sir! Wir haben hier unten noch eine Leiche.«

»Was?«

»Jawohl, Sir. Wir haben hier eine Leiche. Diese hier liegt im Wasser, und Sie werden es nicht glauben, wer das ist.«

Das Gesicht des Sheriffs wechselt die Farbe. Er nickt uns zu und kehrt ohne ein weiteres Wort schnell zu seinem Wagen zurück. Wir sehen ihm hinterher, als er den Berg hinunterrast und eine Staubwolke hinter sich herzieht.

•••

Wir fahren schweigend zurück. Vaughn Doane ist wahrscheinlich inzwischen zu Hause. Er versucht Jill zu erzählen, was passiert ist. Versucht Jill beizubringen, dass ihr Sohn tot ist.

»Fahr mal rechts ran.«

»Was?«

»Fahr rechts ran!«

Richard fährt in einen grasbewachsenen Graben am Straßenrand, und ich falle beinahe aus dem Wagen. Ich glaube, ich muss mich übergeben, aber ich muss nicht. Vorgebeugt stehe ich da, starre auf den Tau, der auf dem dichten Unkraut und den Blumen im Graben schimmert.

Als ich weiß, dass mit mir alles okay ist, gehe ich zum Auto zurück und steige ein.

Richard sagt nichts, als wir zurück zu unserem Haus fahren.

»Sobald wir zu Hause sind, musst du Vaughn anrufen«, sage ich, »und hören, was wer weiß.«

»Findest du nicht, ich sollte erst mal abwarten, was sie herausfinden?«

»Nein. Du solltest anrufen, um ihn wissen zu lassen, dass du das mit Gary gehört hast. Du willst ja nicht, dass er später erfährt, dass du heute Morgen am Unfallort warst und nicht daran gedacht hast, ihn anzurufen. Unter normalen Umständen würdest du anrufen.« Ich wende mich ihm zu. »Du hast Angst, mit ihm zu sprechen. Du hast ein schlechtes Gewissen, weil du seinen Sohn umgebracht hast. Aber dafür ist es jetzt zu spät. Wenn dir etwas leidtun sollte, dann hätte es dir leidtun müssen, mit einem Jungen zu schlafen, der so alt ist wie Matthew.«

Ich spüre, wie er mich mit jedem Wort mehr hasst. Soll er ruhig. Sein Gesicht verhärtet sich.

»Du wirst Vaughn anrufen«, sage ich. »Irgendwann später heute oder vielleicht morgen werde ich Jill anrufen. Zum richtigen Zeitpunkt werden wir zu ihnen gehen und uns zu ihnen setzen und mit ihnen beten.« Ich schaue aus dem Fenster auf die vorüberziehenden Grabsteine, als der Himmel mit dem ersten Sonnenlicht heller zu werden beginnt. »Wir müssen uns für die Doanes unentbehrlich machen.«

Er nickt. »Ich werde Vaughn anrufen, sobald wir zu Hause sind.«

»Gut.«

Er sieht mich einen Moment lang an. »Was wirst du tun?«

Ich senke den Blick auf meine Fingernägel. »Was denkst du? Ich werde mich für den Gottesdienst fertig machen.«

•••

Ich dusche, lasse das Wasser mit kaltem Strahl über meinen Körper laufen. Ich bin so angespannt, ich könnte zerbrechen. Ich wünschte, ich hätte Alkohol oder Tabletten. Ich wünschte, ich könnte beten. Aber ich habe niemanden, an den ich mich wenden könnte. Als ich schließlich das Wasser abstelle, fühlt sich meine Haut, weiß und mit Tropfen bedeckt, so angespannt an wie mein Inneres. Ich trete aus der Dusche, wickle ein Handtuch über meine Brust

Richard klopft an die Tür.

»Komm rein«, sage ich.

Er streckt den Kopf ins Bad. »Ich wollte dir nur sagen, dass ich Vaughn angerufen habe.«

»Ich sagte, komm rein. Komm ganz rein und mach die Tür hinter dir zu.«

Er tritt herein und schließt die Tür. Unsere Reflexionen im beschlagenen Badezimmerspiegel sind verschwommen, nicht zu erkennen.

»Ich habe Vaughn angerufen«, sagt er.

»Und?«

»Er konnte nicht wirklich sprechen. Er hat geweint.«

»Er weint, weil sein Sohn tot ist.«

Richard senkt den Blick. »Ja.«

»Was hast du erwartet?«

»Erwartet? Nichts. Ich wusste, dass er aufgelöst sein würde. Ich dachte nur, ich sollte es dir sagen.«

»Nun, du hast es mir gesagt.«

»Ja. Okay. Dann geh ich jetzt und lasse dich fertig machen …«

Er greift nach dem Türknauf.

»Richard.«

Er bleibt stehen und dreht sich wieder zu mir.

Ich sehe ihn an, wie er da in seiner Jeans und seinen Turnschuhen und dem alten T-Shirt steht. Hass wärmt meine Haut.

»Auf die Knie.«

»Was redest du?«

»Sofort. Auf die Knie.«

Stattdessen runzelt er die Stirn und greift nach der Tür, dreht den Knauf und öffnet sie ein paar Zentimeter, bevor ich sie zutrete.

»Was soll das?«, sagt er.

»Runter auf die Knie, Richard!«

»Ich …«

»Du musst nichts sagen. Runter auf die Knie, Richard. Mach's jetzt. Zwing mich nicht, es noch mal zu sagen.«

Er sieht mich mit offenem Mund an, sucht nach Worten. Er versucht, sein ungläubiges Lächeln zusammenzubekommen, dieses falsche Grinsen, das er wie einen Totschläger benutzt, aber es gelingt ihm nicht ganz. Er kann auf keinen seiner alten Tricks zurückgreifen, kann einfach nicht mehr der gleiche Richard sein, der er immer gewesen ist. Er kann mich nicht einfach abweisen, nicht mehr.

Zu sehen, wie er sich schließlich auf die Knie herablässt, macht mich feucht.

»Auf die Hände.«

»Penny …«

Ich beuge mich vor und packe seinen Hals. Sein Nacken ist breiter als meine Hand, aber ich greife seine Kehle, spüre den gezackten Knorpel unter meinen Fingern. »Runter auf die Hände.«

Er senkt sich auf die Hände.

Ich löse das nasse Handtuch, und es fällt auf den Waschtisch, hängt an einer offenen Schublade und schlägt gegen die Tür. Ich spreize die Beine und packe

Richards Kopf, greife in seine Haare, schließe die Hand zur Faust und drücke sein Gesicht zwischen meine Schenkel. Wasser sickert aus meinen Haaren, vermischt mit Schweiß, und tropft auf seine Stirn, in seine Augen.

»Lecken.«

Teil 3

Sonntagmorgen
Ein Jahr später

34
Richard Weatherford

»Jesus Christus ist am Karfreitag gestorben und am Ostersonntag wiederauferstanden, Karsamstag jedoch lag er tot in seinem Grabmal, während seine Jünger allein in ihrem Zweifel bangten. Das war vor fast zweitausend Jahren, aber heute Morgen weiß ich, dass manche von euch noch immer bangen.«

Ich blicke über die Gemeinde hinweg. Die Kirchenbänke sind an diesem Morgen selbst für einen Ostergottesdienst ungewöhnlich voll und spiegeln die Tatsache, dass die Zahl der Kirchgänger das ganze Jahr über kontinuierlich zugenommen hat. Die meisten der alten vertrauten Gesichter sind da, dazu neue Mitglieder und die übliche Mischung aus Familien auf Besuch sowie Feiertagschristen. Pastellene Spritzer aus Gelb, Rosa und Violett heitern die gewohnte Kleiderwahl auf. An Ostern putzen sich mehr Menschen heraus als zu unseren normalen Gottesdiensten.

»Gott will nicht, dass wir allein sind. Gott will nicht, dass wir durch die Dunkelheit wanken. Gott will nicht, dass wir in der Kälte beben. Gott wird unser ständiger Begleiter sein, unser Licht in der Dunkelheit, unser warmes Obdach gegen den eiskalten Wind.«

Ich trete an den Rand der Bühne.

»Ich möchte mich bei allen Darstellern heute für ihr Können und ihre Hingabe bedanken, mit denen sie uns Musik und Schauspiel des Osterprogramms dargebracht haben. Es war wunderbar. Doch bevor wir auseinandergehen, um den Rest dieses ganz besonderen Tages zu genießen, muss ich euch allen die Wahrheit sagen.«

Die Mitglieder meiner Familie sitzen auf ihren gewohnten Plätzen in der dritten Reihe. Penny hat einen Arm um Johnny gelegt. Matthew sitzt neben seiner Verlobten Sydnie. Mark sitzt neben Ruth.

Nur Mary fehlt, es ist das erste Mal, dass eines unserer Kinder an Ostern nicht bei uns ist. Sie sagt, es habe nichts zu bedeuten. Sie habe zu sehr in der Uni zu tun, sagt sie. Ich vermute etwas anderes, und ich weiß, dass Penny eigene Theorien über unsere älteste Tochter hegt.

Aber die anderen sind auf ihrem ordnungsgemäßen Platz, an dem Ort, an dem sie nun schon so lange gewesen sind. Sie sehen mir zu, sie hören mich, sie lieben mich. Anders als die Kinder, anders als jeder andere hier, beobachtet mich Penny mit frostiger Miene, wobei unsere Distanz der Distanz zwischen Kritiker und Künstler entspricht. Ihre Beurteilung ist kühl, präzise und stumm.

»Ja, ich muss euch die Wahrheit mitteilen«, wiederhole ich. »Und die Wahrheit lautet: Leben ist Verlust.«

Die Gemeinde windet sich angesichts dieser Vorstellung. Denn immerhin, *Leben ist Verlust* ist kein tröstlicher Gedanke, und dieser unbehagliche Gedanke kommt so unerwartet wie unwillkommen, ein jäher Schatten am Ende unseres heiteren Ostergottesdiensts.

»Leben ist Verlust«, sage ich, »und die Wahrheit ist, dass wir in diesem Leben jeden verlieren werden. Am Ende einer jeden Beziehung – ob sie nun damit beginnt, dass ein Junge sich mit einem Mädchen verabredet, oder mit einer Mutter, die ihr Baby zum ersten Mal in Armen hält –, am Ende einer jeden Beziehung steht ein Grab. Wir wollen so unbedingt, dass Dinge von Dauer sind, aber sie sind es nicht. Wir erzittern bei diesem Gedanken. Dieser Gedanke, diese absolute Gewissheit, dass wir jeden verlieren werden … er ist einfach zu groß, zu überwältigend, als dass wir ihn für länger als nur einige wenige Augenblicke im Kopf behalten können. Und doch wissen wir, dass es wahr ist, und dieses Wissen verfolgt uns. Wir werden sterben, und wenn es so weit ist, wird unser Körper in ein dunkles Grab sinken, das die Bestimmung eines jeden Mannes, einer jeden Frau, eines jeden Kindes ist. Tod ist die Bedeutung des Lebens, meine Freunde. Warum sind die Symbole unseres Glaubens das Kreuz und das Grabmal? Sie sollen uns erinnern, dass die Bedeutung des Lebens der Tod ist. Wir werden alle verlieren, die wir lieben. Wenn wir sie nicht zuerst verlieren, werden sie uns verlieren. Manche wohlmeinenden Seelen sagen: ›Nun, wichtig ist doch, was man zurücklässt.‹ Ein netter Gedanke. Aber die nüchterne Wahrheit ist doch, dass die Welt nicht stehen bleibt, wenn einer von uns geht. An meinem Todestag werden die Ampeln weiter von Rot auf Grün wechseln, und Burger King wird weiter Hamburger verkaufen, und die Welt wird weiter ihren Geschäften nachgehen. ›Nun, was ist mit deinen geliebten Kindern? Sie werden dich vermissen.‹ Und natürlich ist das so. Aber eines Tages werden auch sie fort sein, und dann werden eines anderen Tages ihre Kinder fort sein, und dann wird niemand mehr auf dieser Welt sich an mich erinnern können. Es wird für mich sein, wie es für jeden in diesem Raum sein wird: Es wird sein, als hätte es mich nie gegeben.«

Die Kirche ist still. Sie warten. Ich habe ihnen gesagt, dass am Beginn des Wissens die Wahrheit steht, dass das Leben zerbrechlich und endlich ist. Aber sie warten auf die Lüge.

Also gebe ich sie ihnen. Ich beruhige sie mit einer wunderschönen und kunstvollen Unwahrheit: Ich sage ihnen, dass der Tod nicht wirklich Tod ist. Ich drehe mich zum Kreuz um und ich sage ihnen, dass Christus hinabgestiegen ist ins Grab und wiederauferstanden ist, um uns das Geschenk des ewigen Lebens zu bringen. Ich sage ihnen, es gibt keinen Tod für jene, die dieses Geschenk annehmen.

Ich wende mich ihnen wieder zu. Die meisten glauben mir. Die meisten von ihnen haben niemals ernsthaft über die Frage von Leben und Tod nachgedacht. Den meisten von ihnen wurde als Kind gesagt, dass Jesu Tod irgendwie bedeutet, sie selbst würden niemals wirklich sterben, und das haben sie seitdem so geglaubt. Auch wenn die genaue Funktionsweise dieser Theologie für sie genauso uninteressant ist wie die genaue Funktionsweise ihrer Handys, erfüllt ihre Theologie genau wie ihr Telefon exakt das, was sie tun soll. Mehr müssen sie nicht wissen.

»Erinnert euch daran, was Paulus den Korinthern schrieb«, sage ich. »›Tod, wo ist dein Sieg? Tod, wo ist dein Stachel?‹«

Ich sage ihnen, dass der Tod tot ist. Ich sage ihnen, dass Jesus ihn getötet hat. Ich sage ihnen, dass sie im Himmel für immerdar leben können.

Die meisten glauben mir. Sie wollen mir glauben.

In der Menge jedoch steht zwei Menschen der Unglaube ins Gesicht geschrieben. Diese Menschen können mir nicht glauben, und doch sind beide aus demselben Grund hier.

Carmen Fuller ist, so weit ich mich erinnern kann, noch nie in dieser Kirche gewesen. Vielleicht ist sie einmal gekommen, vor vielen Jahren, um ihre Tochter Sarabeth aus der Jugendgruppe abzuholen. Falls es so war, habe ich sie nicht bemerkt. Ich kenne sie nur als Gesicht aus der Stadt. Ich gehe in den Gängen des Walmarts an ihr vorbei. Ich tanke neben ihr bei Exxon. Sie ist eine dünne, verhärmte Frau mit enttäuschten Augen und einem Raucherhusten.

Sie sitzt ganz hinten, starrt ins Nichts. Sie ist heute in die Kirche gekommen, davon bin ich überzeugt, weil sie hoffte, am Jahrestag des Todes ihrer Tochter ein wenig inneren Frieden zu finden.

Ein paar Reihen vor ihr sitzt Vaughn Doane. Sie grüßen einander nicht. Er ist heute allein da, so allein wie Carmen. Seine Frau Jill lehnt es ab, in die Kirche zu kommen. Der Tod ihres Sohnes vor einem Jahr hat alles an Glauben zerschmettert, was sie einst besaß. Vaughn hat mir erzählt, dass sie wütend auf Gott ist, obwohl ich vermute, dass man wohl richtiger sagen könnte, sie ist wütend, dass ihr Mann weiterhin an einen Gott glaubt, der sie so vollkommen im Stich gelassen hat.

Vaughn muss jedoch glauben. Er ist einer dieser Menschen, Gott segne ihn. Er muss glauben oder sich dem Abgrund ausliefern. Sein Glaube ist die einzige Boje, die ihn in seiner Verzweiflung über Wasser hält.

Ich fordere jeden auf, vorzutreten, wenn er jetzt Christus als den Erlöser annehmen oder sein Leben erneut Christus weihen möchte.

Es gibt weder Neubekehrte noch Menschen, die ihren Glauben erneuern wollen, was schon eine kleine Enttäuschung ist, weil mir meine Predigt gefallen hat, aber andererseits bin ich auch nicht unmäßig überrascht. Menschen finden nur selten bei einem Ostergottesdienst Erlösung. Die meisten Menschen wollen einfach nur nach Hause und zu Mittag essen.

Aber als ich frage, ob jemand aus irgendeinem anderen Grund mit mir beten möchte, tritt Vaughn aus seiner Bank, der Anzug verknittert, die Krawatte schief. Er möchte mit mir beten. Ich wusste es. Die meisten Leute, die heute hier sind, wissen, warum er mit feuchten Augen diesen mit Teppich ausgelegten Gang heraufschreitet. Sie beugen sich auf ihren Plätzen vor.

•••

Sein Sohn ist vor einem Jahr gestorben. In den frühen Morgenstunden des Ostersonntags wachten Vaughn und Jill auf, als ihr Sohn ihren Wagen in der Einfahrt abstellte und dann mit seiner Freundin Sarabeth davonfuhr. Während der nächsten Stunde versuchten Vaughn und Jill mehrmals, Gary anzurufen. Nachdem sie keine Antwort erhielten, riefen sie das Büro des County Sheriffs an. Die Polizei hielt dies nicht für einen Notfall, versprach jedoch, nach Gary Ausschau zu halten, und sagte Vaughn, er solle zu Hause bleiben. Vaughn hörte nicht auf sie. Er stieg in seinen Wagen und fuhr Richtung Stadtzentrum. Als er sich der Brücke näherte, der Brücke nicht weit entfernt von dieser Kirche, in der ich jetzt mit ausgebreiteten Armen stehe, um Vaughn zu empfangen, sah er unten am Little Red River Blaulicht flackern.

»Ich wusste es einfach«, sagte er mir später. »Als ich das Blaulicht sah, da wusste ich einfach, dass er tot war.«

Natürlich konnte er an diesem Morgen, als die schreckliche Wahrheit deutlich wurde, nicht wissen, wie oder warum sein Sohn gestorben war. Die Polizei fügte die Geschichte im Verlauf der nächsten Tage zusammen: dass Gary Doane, Sarabeth Simmons und

Brian Harten sich verschworen hatten, Tommy Weller zu bestehlen, dass Harten Tommys Statue in Brand gesetzt hatte, während Sarabeth vor der Bar blieb und Gary sich hinten hineinschlich. Nachdem Tommy Weller herausgefunden hatte, was geschehen war, stellte er zunächst Harten zur Rede und zwang diesen dann, ihm zu helfen, das junge Liebespaar zu finden. Während dieser Konfrontation schoss Harten jedoch Weller an und knüppelte ihn anschließend mit dessen Baseballschläger zu Tode. Als das Trio damit beschäftigt war, die Leiche auf der Brücke zu beseitigen, griff Gary anscheinend Harten mit dem Baseballschläger an, zertrümmerte ihm den Schädel und warf ihn hinunter in den Fluss. Offenbar in Panik geraten fuhren Gary und Sarabeth sodann zum Fluss hinunter, vielleicht weil sie eine oder beide Leichen aus dem Wasser ziehen wollten. In ihrer Aufregung kam Sarabeth von der Straße ab und tötete sie beide.

Die Indizien fanden sich schnell und waren eindeutig. Die Polizei verhörte Hartens Ex-Frau, die bestätigte, dass er sich ihren Wagen ausgeliehen hatte, um zu Weller zu fahren, und diesen dann mehrere Stunden zu spät und nach Benzin stinkend zurückbrachte. Zwei Kellnerinnen in der Bar bezeugten einen Streit zwischen Harten und Weller, bei dem es wohl um Geld gegangen war. Die Polizei sprach mit der Besitzerin einer Tankstelle in Birdtown, die sich erinnerte, Harten kurz vor dem Brand eine merkwürdig kleine Menge Benzin verkauft zu haben. Gäste der Bar bestätigten, dass Sarabeth dort war, als die Statue niederbrannte, und sie berichteten, dass sie vor Eintreffen der Polizei gegangen sei. Kurze Zeit nach dem Brand winkte der Sheriff selbst Weller wegen einer Geschwindigkeitsüberschreitung an den Straßenrand und bemerkte Harten auf dem Beifahrersitz. Weller räumte gegenüber dem Sheriff ein, dass er bereits kurz nach dem Brand eine körperliche Auseinandersetzung mit Gary und Sarabeth gehabt hatte, und Textnachrichten zwischen Weller und Sarabeth bestätigten, dass er versuchte, sein Geld von dem Pärchen zurückzubekommen. Ermittler fanden Tropfen von Hartens Blut auf dem Brückengeländer. Wellers Leiche war von der Strömung über eine Meile weit flussabwärts getragen worden, aber Harten wurde nahe der Brücke ans Ufer gespült, was es dem Team der Kriminaltechnik erlaubte, Schmauchspuren und Wellers Blut unter seinen Fingernägeln sicherzustellen. Sowohl Wellers Waffe als auch das verschwundene Geld, fast zwanzigtausend Dollar in kleinen Scheinen, auf einigen davon Blutreste von Weller und Harten, wurden auf dem Boden von Sarabeth' zermalmtem Wagen gefunden.

Die meisten Leute, die heute in der Kirche sind, kennen manche, wenn nicht gar alle dieser Details. Die meisten von uns kannten einen oder zwei der Verstorbenen, und die Doanes gehören bereits seit vielen Jahren dieser Gemeinde an. Ich konnte der Polizei helfen, die seelische Verfassung sowohl von Gary als auch von Brian zusammenzusetzen, da ich mit beiden noch am Tag ihres Todes gesprochen hatte. Ich war betrübt, den Ermittlern zu bestätigen, dass Gary tatsächlich ein deprimierter junger Mann war, der sich mit einem Mädchen niederen Charakters eingelassen hatte, und dass Brian, nachdem er begriff, dass sein Versuch, die bevorstehende Abstimmung über die Zulassung eines Spirituosenladens in unserem County zu seinen Gunsten zu entscheiden, zum Scheitern verurteilt war, einen verzweifelten und wirren Eindruck auf mich hinterlassen hatte.

Ich werde heute noch ständig nach diesen schrecklichen Ereignissen gefragt, und ich antworte den Menschen, was Paulus der Kirche in Rom gesagt hatte: »Der Sünde Lohn ist der Tod, die Gabe Gottes aber ist das ewige Leben.«

•••

Als Vaughn, der arme Mann, mich schließlich erreicht, weint er in meinen Armen. Die Anwesenden wissen, warum. Niemand zappelt, nicht einmal die Kinder, und diese Ostergemeinde ist nicht mehr hungrig auf das Mittagsmahl, brennt nicht mehr ungeduldig darauf, zurück zu ihren Fernsehern zu gelangen. Nichts in der Glotze kann mit dem Live-Theater eines auf höchstem Niveau verlaufenden Gottesdienstes konkurrieren. Zuinnerst, auch wenn viele von ihnen dies nicht wissen, ist dies der Grund, warum sie überhaupt in die Kirche kommen. Nicht wegen Kastratenmusik oder schlecht vorgetragener Theologie. Es ist allein wegen der Möglichkeit, authentische menschliche Schwäche bloßgestellt zu sehen, dieselbe Schwäche, vor der sie auch trotz noch so viel Essen, Bier und Football die Augen nicht verschließen können. Sie wissen, was dieser Schmerz ist. Wir alle wissen, was dieser Schmerz ist.

Vaughns Weinen, sein öffentliches Eingeständnis der eigenen Machtlosigkeit, ist die einzige Erlösung, die für jeden von uns verfügbar ist. Kein unsichtbares göttliches Wesen sorgt sich um uns, kein uralter Text kann uns erlösen. Dieser Mann ist gebrochen an der Grausamkeit des Lebens, entmenscht durch das vollkommene Desinteresse des Universums an seinem Leiden. Er braucht etwas, an dem er sich festhalten kann, braucht jemanden, der ihn hält, damit er nicht in die dunkelsten Regionen der menschlichen Verzweiflung entschwindet.

Er braucht mich.

DANKSAGUNGEN

Zunächst muss ich mich bei meinem Agenten Nat Sobel bedanken. Ihr Verständnis dieses Buches und Ihr Einsatz dafür waren unbezahlbar. Mein aufrichtiger Dank gilt der ganzen Mannschaft von Sobel Weber Associates.

Danke auch meiner wunderbaren Lektorin Katie McGuire und dem Team bei Pegasus Books, besonders Andrea Monagle, Dan O'Connor und Sabrina Plomitallo-González.

Dem großen Oliver Gallmeister, merci beaucoup. Und allen bei Éditions Gallmeister, besonders meiner brillanten Übersetzerin Sophie Aslanides.

Heather Brown, Lindsey Muller, Jay Varner, Chris McSween und Patrick Culliton meine tief empfundene Dankbarkeit für ihre Liebe und Freundschaft.

Allen Hinksons meinen anhaltenden Dank für eure Liebe und Geduld.

Und Anne-Sophie Rouveloux, preuve d'amour. Je t'aime, ma cacahuète.

»Der Teufel und die Theologie des Zynismus«

Ein Nachwort von Günther Grosser

Hat der Teufel schon gewonnen, als Pastor Weatherford sich einen kleinen schwulen Seitensprung erlaubt, der ihn erpressbar macht, oder trägt er den Sieg erst davon, als die Spirale des Mordens sich zu drehen beginnt? Für die fünfzehn Millionen Anhänger der größten amerikanischen Kirche, der Southern Baptist Convention, gibt es da keine Zweifel: Jegliche sündige Verfehlung öffnet dem Treiben des Satans Tür und Tor. Und Jake Hinkson weiß ganz genau, wovon er redet, wenn er in »Verdorrtes Land« draußen im Van Buren County in den Ausläufern der Ozark Mountains eine Baptistenfamilie an den Rand des Abgrunds treibt. Tief eingebettet in eine erzkonservative christliche Umgebung wuchs er in ebenjenem Van Buren County in Arkansas auf, der Vater Diakon, ein Onkel Pastor, die Mutter führte die Bücher der Kirchengemeinde. »Das Christentum bildete in meiner Familie das Zentrum der menschlichen Existenz.« Das klingt harmlos, nach 365 Seiten »Verdorrtes Land« weiß man jedoch, welche Fallgruben und Minenfelder da lauern. Inzwischen lebt der 46jährige Hinkson in Chicago und unterrichtet Medienkunst an der dortigen Academy for the Arts. In seinem rabenschwarzen Debüt »Hell on Church Street« bohrte er vor zehn Jahren zum ersten Mal in der schwärenden Wunde der Bigotterie und des religiösen Fundamentalismus. In Frankreich schätzte man das Angriffslustige dieser Noir-Haltung sehr und zeichnete ihn mit dem Prix Mystère de la Critique aus. Mit »Verdorrtes Land« und Richard Weatherford kehrt er erneut zurück zu seinem halb-autobiografischen Ansatz.

Mit den Pastoren und Pfarrern der klassischen Kriminalromane aus dem klerikalen Milieu hat Weatherford jedoch nur am Rande zu tun; er und Chestertons Pater Brown etwa hätten sich wenig zu sagen, seine pragmatische Glaubensvariante würde auf Erstaunen und Naserümpfen stoßen. Er ist ein Mann aus der Riege der schwarzen Priester des Film Noir, wo die Sünde und das Böse nicht durch zweitausend Jahre theologischer Spitzfindigkeiten raffiniert wurden sondern wie Urgewalten aus dem Hinterhalt über die Leute kommen und Kerle mitbringen wie Harry Powell, den »bible-totin' son of a bitch« mit den Love- und Hate-Tatoos auf den Fingern, den Höllenpriester aus Charles Laughtons schwarzem Meisterstück »Die Nacht des Jägers« aus dem Jahr 1955. Harry Powell lechzt noch nach dem alten Ziel aller Gier, nach Geld, Weatherford nach dem neuen – Sex. Als ausgewiesener Experte des Film Noir, Autor zahlreicher Essays zum Thema, kennt Hinkson die Regeln des Genres und weiß, wo das 21. Jahrhundert seine Anknüpfungspunkte hat und wo es neue Regeln und neue Ästhetik nötig hat. Korruption und Machtmissbrauch sind nicht mehr die Kernthemen, es ist der Zerfall des Sozialen: Pastor Weatherfords Familie wird den Zentrifugalkräften der Zeit nicht standhalten können, seine Frau Penny akzeptiert den Frust nicht mehr und fordert ihren Platz. Dazu gehört auch Sex, Sünde hin oder her.

Zu den sündigen Verfehlungen zählt auch der Genuss von Alkohol, und die Southern Baptist Convention setzt seit dem Ende der Prohibition in den frühen 1930er Jahren alles daran, dem Teufel hier einen Riegel vorzuschieben, indem sie wo immer möglich auf Politik und Öffentlichkeit einwirkt und den Verkauf des Teufelszeugs verbieten lässt. So verwandelten sich über die Jahrzehnte zahlreiche US-amerikanische Landkreise in sogenannte »Dry Countys«, wo der Verkauf von Alkohol verboten ist wie in fast der Hälfte aller 75 Countys in Arkansas. Mehr als 500 Gemeinden – Städte, Dörfer, Landkreise – in den USA sind bis heute »dry«, und man muss über die Grenze ins nächste Dorf oder County fahren, um sich einen Sixpack Bier oder eine Flasche Whiskey zu kaufen. Die Kuriosität, dass eine der größten Whiskey-Brennereien der USA, Jack Daniels, im »Dry County« Moore in Tennessee seine hochprozentige Ware brennt, sie dort aber nicht verkaufen darf, muss man sich auf der Zunge zergehen lassen. Verständlich, dass Brian Harten in »Verdorrtes Land« alles auf die eine Karte Schnapsladen setzen will: Würde das Verbot gekippt, wäre er ein gemachter Mann. Jake

Hinkson lässt ihn auflaufen. Ungeschoren kommt hier sowieso keiner davon und mit dem Leben auch nur die wenigsten. Ist das tragisch?

Die Frage ist berechtigt, denn eine der zwiespältigen Leistungen der US-amerikanischen Kultur ist die Abschaffung des Tragischen: Die Helden der ersten Frontier-Romane und der billigen Cowboy-Heftchen des frühen 19. Jahrhunderts plagten sich nicht mit Skrupeln und fanden immer einen Ausweg. Der Westerner, dann der Privatdetektiv, der Cop, der Weltraumreisende – es waren bis vor kurzem nahezu ausnahmslos Männer – geriet vielleicht an den Rand seiner Möglichkeiten und musste viel einstecken, ausweglos scheitern wie Ödipus oder Hamlet, die tragischen Helden mit den zerrissenen Seelen, wird er hingegen nie. Die Wunscherfüllungsmaschine Hollywood perfektionierte diesen verlogenen Optimismus und lässt ihre Helden bis heute von Glück erfüllt in den Sonnenuntergang reiten. Tragisch untergegangen, weil sein eigener Codex einfach nicht mit der verlotterten Gesellschaft in Übereinstimmung zu bringen war, ist da schon lange keiner mehr. Ein paar wenige Grübler allerdings wie Melville, Hemingway, Orson Welles, Kubrick und besonders die Tragödienbastler des Noir wie Cornell Woolrich, James M. Cain oder Jim Thompson spürten diese Diskrepanz, diese Lüge, ließen ihre Figuren »schuldlos schuldig« werden und trieben sie in den Untergang. Jake Hinksons Pastor Weatherford wird schuldlos schuldig – eine kurze Affäre, und seine Welt kollidiert mit der anderen; er kann die Spirale der Gewalt nicht aufhalten, stapelt Leiche auf Leiche und erfährt schließlich eine kuriose Läuterung: Er weiß nun, dass seine Schäfchen allesamt die Lüge leben und sonntags nur darauf warten, dass sie von der Kanzel herab verabreicht wird. Untergehen darf er nicht, er muss mit Schuld und Lüge leben.

Als wichtigen Einfluss auf seinen Roman nennt Hinkson übrigens mit »Dare Me« ein schwarzes Meisterstück der im deutschsprachigen Raum noch so gut wie unbekannten 51jährigen Megan Abbott aus Detroit, von deren zehn Romanen bislang nur ein einziger ins Deutsche übertragen wurde. »Dare Me«, eine Noir-Perle aus dem Cheerleader-Milieu, zeigt Obsessionen, Träume, Hinterhältiges ganz aus dem Blickwinkel zweier Teenager und ihrer neuen Trainerin. Dieser Einfluss scheint kurios, denn überzogene Religiosität, Heuchelei und Bigotterie in Arkansas haben mit Cheerleadern, Teenagerträumen und Machtspielchen in Ohio nicht einmal mehr am Rande zu tun. Allerdings geht es Hinkson hier um das Formale: Wie Abbott erzählt er den Untergang seiner Weatherford-Familie konsequent aus den Blickwinkeln der fünf zentralen Figuren. Diese radikal subjektiven Perspektiven erlauben hier wie dort Einblicke in geschlossene Gruppen, die sich ihre eigenen Regeln geben und Einfluss zu nehmen versuchen auf die Gesellschaft, ob missionarisch, politisch oder ökonomisch. Das genauso streng durchgehaltene Erzählen im Präsenz gibt den Vorgängen dann zusätzlich eine treibende Dringlichkeit – so etwa dem Abstieg und dem Versinken Pastor Weatherfords in der kohlrabenschwarzen Theologie des Zynismus: »Die Kirche ist still. Sie warten ... Sie warten auf die Lüge. Also gebe ich sie ihnen.« Der Teufel kichert.

„Young God ist ein poetischer, grimmiger und wunderschön dunkler Roman über Gewalt und Schrecken im Hinterland, der mit einer gefühlslos machenden, lakonischen Stimme erzählt wird."

Daniel Woodrell

„Das ist vielleicht das beste Debüt, das ich seit Fight Club gelesen habe. Roh, sparsam und verdammt poetisch, dieses harte Debüt wird dich verfolgen."

Frank Bill

Aus dem Amerikanischen von Alf Mayer
Mit einem Nachwort von Kirsten Reimers

228 Seiten, Klappenbroschur 113 x 180 mm
ISBN 978-3-945133-95-0 | EUR (D) 12,00 / EUR (A) 12,50
auch als E-Book | Coverfoto © Monkey Business/Adobe Stock

„Factory Town: Ein halluzinatorischer Abstieg in eine urbane Hölle, die Jim Thompson wegen dem schieren Entsetzen Konkurrenz macht. Jon Bassoff ist ein Meister auf diesem Gebiet, wo Pulp zu Poesie wird, Krimi mit Horror gepaart wird, aber dieser Roman ist in hohem Maße sein eigenes Selbst – ein beunruhigend individuelles Werk."

Ramsey Campbell, preisgekrönter Autor
von Ancient Images bei Bram Stoker

Aus dem Amerikanischen von Sven Koch
Mit einem Nachwort von Marcus Müntefering

256 Seiten, Klappenbroschur 113 x 180 mm
ISBN 978-3-948392-22-2 | EUR (D) 14,00 / EUR (A) 14,60
auch als E-Book | Coverfoto © gui-yong-nian/Adobe Stock

Weitere Informationen sowie Leseproben und Interviews finden Sie unter www.polar-verlag.de

„Kraftvoll ... explosiv ... Browns lyrische Prosa ruft eine grüne Landschaft hervor, deren reiche Vergangenheit in ihre Wurzeln und Menschen eingewoben ist; ihre Abhängigkeit vom Land und der Respekt vor seinen großen Geheimnissen sind spürbar. Diese Geschichte von Loyalität und Vergeltung wird bei den Lesern anhalten."

Publishers Weekly

Aus dem Amerikanischen von Susanna Mende
Mit einem Nachwort von Kirsten Reimers

416 Seiten, Klappenbroschur 113 x 180 mm
ISBN 978-3-948392-18-5 | EUR (D) 14,00 / EUR (A) 14,60
auch als E-Book | Coverfoto © Adga/Adobe Stock

William Gay schreibt „mit der Weisheit und Geduld eines Mannes, der schwere Zeiten miterlebt und gelernt hat, dass Panik oder Absicherung bessere Zeiten nicht schneller kommen lassen; er betrachtet Schönheit und Gewalt mit gleichem Maßstab und gibt genau Auskunft darüber, wie viel von jedem in einem Menschenherz enthalten ist.“

„The Long Home“ - Tony Earley, New York Times

Aus dem Amerikanischen von Sven Koch
Mit einem Nachwort von Jürgen Ruckh

392 Seiten, Klappenbroschur 113 x 180 mm
ISBN 978-3-948392-12-3 | EUR (D) 14,00 / EUR (A) 14,60
auch als E-Book | Coverfoto © Martin/Adobe Stock